谁在原地等钱

邱文英◎著

天津出版传媒集团
百花文艺出版社

图书在版编目（CIP）数据

谁在原地等我 / 邱文英著 . -- 天津 : 百花文艺出版社 , 2022.5
ISBN 978-7-5306-8288-3

Ⅰ . ①谁… Ⅱ . ①邱… Ⅲ . ①中篇小说—小说集—中国—当代②短篇小说—小说集—中国—当代 Ⅳ . ① I247.7

中国版本图书馆 CIP 数据核字 (2022) 第 059638 号

谁在原地等我
SHUI ZAI YUAN DI DENG WO
邱文英　著

出 版 人：薛印胜
责任编辑：魏　青
装帧设计：书点 書點文化

出版发行：百花文艺出版社
地址：天津市和平区西康路 35 号　邮编：300051
电话传真：+86-22-23332651（发行部）
+86-22-23332656（总编室）
+86-22-23332478（邮购部）
主页：http://www.baihuawenyi.com
印刷：成都蓉军广告印务有限责任公司
开本：880 × 1230 毫米　1/32
字数：250 千字
印张：10
版次：2022 年 8 月第 1 版
印次：2022 年 8 月第 1 次
定价：68.00 元

如有印装质量问题，请与成都蓉军广告印务有限责任公司联系调换
地址：成都市金牛区振兴路 66 号
电话：028-88451797　邮编：610036

序

写作是一种全面占有世界的努力

孙书文

若把古往今来从事文学创作的群体做个数量统计，无疑将是一个令人惊叹的巨大数字。“吟安一个字，拈断数茎须”“两句三年得，一吟双泪流”……为何那么多人为文学而殚精竭虑？这是一个带有神秘性的问题。纳博科夫在《文学讲稿》中讲，文学创作者能体验到创造的激情：“我们这个世界上的材料当然是很真实的”，“但却根本不是一般所公认的整体，而是一摊杂乱无章的东西，作家对这摊杂乱无章的东西大喝一声‘开始’，霎时只见整个世界在开始发光、融化，又重新组合，作家是第一个为这个奇妙的天地绘制地图的人，其间的一草一木都得由他定名”。正是这种高峰体验赋予写作以巨大的魅力。邱文英 2018 年创作出版了《麦穗》，2021 年出版了扶贫题材的纪实文学集《时代不会忘记》，时隔半年，又要出版这本中短篇小说集。她不是一个体制内的专业作家，也不需以写作来养家糊口，写作不是她的职业，而是她的“志业”。非专业作家这样专注、痴情于写作的，邱文英肯定不是少数人中的一个，在她的身边便有一个不大不小的写作群体。这引人思考：支撑写作者写作的力量是什么？这种力量中的哪些质素支撑她更远、更好、更快乐地在这条道路上走下去？

邱文英的小说具有打动人心的力量。《谁在原地等我》把“杨玉环”（杨钰涵）、“赵飞燕”（赵菲艳）两个小姐妹分而合、合而分，最终抱团取暖的历程写得荡气回肠，是一枚能量不小的泪弹。《饮弹而亡》把情感面对利益时的无力写得曲曲折折、力透纸背，令人唏嘘。总起来说，这些作品延续了其长篇小说《麦穗》的特质——够复杂，写出了复杂的人物，写出了复杂的人性，写出了复杂的社会。

邱文英的每篇作品都有一个“梗”，都有一个主人公试图越过、但最终无法越过的“梗”，它成为故事推进的动力。“郭倩使完性子，往往还跟上一句话，‘我放弃了那么多来投奔你，你怎么能这么对我？’”（《回到大海的熟螃蟹》）追求爱情的牺牲者，后来以自己的牺牲来要求、甚而是要挟被牺牲者，被牺牲者也就成了牺牲者了。邱文英善于在小说中制造这样的纠结，写出了人生的复杂，这是其小说情节的逻辑推进力，也是其作品弥漫烟火气、“接地气”的原因所在。

邱文英的小说写得实、写得细，把偶然、巧合充分调动起来，且用情感把它们浸泡过，让人读后会心一笑，也显得格外蕴藉。“郭倩也没睡午觉，匆匆用凉水洗了把脸，就换好衣服要出门。白色手包的带子挂在了门把手上，出门一转身，砰的一声，门被重重地关上了。郭倩捂着心口，心想怎么这么寸？不过她很快挺了挺腰杆儿，噔噔噔下楼去了。管鹏妈听着那砰的一声，翻了翻白眼。”（《回到大海的熟螃蟹》）类似的细节，妙在一连串动作干净利索，有劲道、有嚼头，耐得住回味，细咂摸，颇有些向经典小说致敬的味道。

邱文英小说的动人，在于作品中有分量不小的温暖，更在于她敢于毫不客气地打碎我们温情的梦，把现实的残酷、人生的“无端由”抛给我们。肖波的父母本不接纳他的女友“理发妹”姜楠，但肖波因车祸离世，恰好姜楠有了身孕，为寻一份情感慰藉，肖波父母请求她能把孩子生下来，这是两位老人撕心裂肺的期待。另一方，姜楠母亲离开了这个世界，她独自一人，无依无靠，还要面对将要到来的小生命。肖波的母亲来到姜楠的老家，将为人母的姜楠理解了肖波母亲的苦心，接纳了老人家。如此，两个本是敌对的女性共同等待小肖波的到来，甚而有些相依为命之感。我们静静地期待、甚至是乞求造化给我们一个温情些的结局：孩子来到世界上，法律上还未成为婆媳的两个女性相互支撑，哺育一来到世间便没有父亲的小生命。但作者是有些残酷的，“我们的孩子六个月了”，姜楠的“一只脚还没着地，伴随着腹部一阵绞痛，姜楠感觉下身一阵温热”，“血顺着她的大腿流下来，又蜿蜒着流到了拖鞋上”。一对黄昏恋人老胡与田桂珍，本可美美满满携手走完人生的下半程，却仅仅因房子拆迁的消息便分道扬镳、成为仇人，美好的生活“饮弹而亡”（《饮弹而亡》）。枪已上膛，积蓄了满满的能量，最终却是一枚哑弹，“所有的结局都已写好 / 所的泪水也都已启程 / 却忽然忘了是怎样一个开始”（席慕容《青春》），情节的放空会给读者心灵造成更大的冲击力。

邱文英对写作有热爱、有情怀。如其后记中所说，“我力图能以生命的宽广与仁慈来打量一切人与事”，“而我最终书写他们，是因为我发现，我也具有他们内心的一切不安与怯懦，却没有他们一切的高尚与勇敢”。这是其前行的支撑，由此也就有了创作出好作品的可能。作家毕飞宇曾说，热爱是一种特别的力比多，它分泌出来的东西就叫直觉。这种直觉能够不借助于概念、符号，直接把我们引到生命的内容，即哲学家柏格森所说的“绵延”之流，达到生命本质的体验领域。催生出这种“直觉”，需要长期积累、需要立足于高台之上，“若要真正想获得历史叙述的纵深感和高度，绝不是靠对现象的堆积，对经验世界的鸡零狗碎的捡拾，而是需要能够基于人文主义的精神，对现实经验和历史本身进行深度的处理，将之真正升华为精神性的命题，方能够使写作获得意义。”（张清华：《如何将现实经验升华为精神性命题》）如此，方可把小说写成“人类命运的无穷长诗”（别林斯基）。

期待着邱文英写出更多更好的作品。

是为序。

孙书文，山东师范大学文学院院长，教授，博士生导师。兼山东省作家协会副主席、全国毛泽东文艺思想研究会副会长、山东省中华诗文教育学会会长。出版著作 12 部，发表论文 100 余篇。主持国家社科基金艺术学项目等，获第九届中国文联文艺评论奖文章类二等奖、泰山文艺奖一等奖、刘勰文艺评论奖等。

目　录

谁在原地等我

这个世界你来过，我来过
似乎谁都没留下什么踪迹
在世上，你爱过，我爱过
谁又会在原地等我？
风儿悠长，吹不出神仙巷
这条悠长的胡同

（1）

“杨玉环”和“赵飞燕”又掐上了，那火气，你高一尺我偏要蹿到一丈，眼看就要擦枪走火。

车间的人都停下手里的活儿，一边窃窃私语，一边瞪大眼看着这俩冤家对头。

“这姐俩儿以前不是快好成一个人了吗？咋的了这是？”

“你们听说了没？‘杨玉环’打听到滕大彬住神仙巷，直接打车杀过去，要不是大彬他妈及时出手，差点儿就生米煮成熟饭了呢。”

“这小姑娘平时看着蔫了吧唧的，没想到还有这一出啊。”

不管她俩咋吵，大家都不劝，劝也没用。

女人之间的交锋不像男人那样来几句国骂就撸起袖子干架。这姐俩儿吵架不是那种真刀明枪直接交锋，枪口都没直指目标，但是子弹都是拐着弯儿的，经过弯道迂回的子弹威力不减反增，含沙射影，却直击要害。

赵菲艳挺着丰腴的小胸脯，小嘴叭叭叭，明里是训斥自己几个小徒弟，语气里夹枪带棒直指杨钰涵：“小何你怎么这么没眼色，这点儿小疵点说你多少回了就是不改，还整天东瞅西看。你以为你是在有人组里，是自己的不是自己的都可以往自己碗里捞？”声音大到整个车间都有回声了。

那杨钰涵拿一根钢尺敲着面前的一个纱筒，调门儿比平时提高了八度也呵斥徒弟：“你长着眼珠子是喘气的？别光支棱着耳朵听那些飙乎乎的醋溜扯淡，好好儿干你的活儿是正经。”

被杨钰涵训斥的徒弟小蔡低声喊了句：“车间主任来了！”大

家这才偃旗息鼓不再吱声。

杨钰涵和赵菲艳都是孚日集团棉纺二厂细纱车间的纺织工，两人同龄，且同年进厂。报名那天，正是阳历的七月，天气又闷又热。

孚日纺织厂负责招工的人叫沈爱民，只见他肚子上的肉被黑色T恤勒成一圈一圈的堆在腰间，T恤的后背被汗溻湿了一大半。他一边登记一边不住地擦汗，汗珠子还时不时地滴在面前的登记表上。他踢了踢脚边的几个空矿泉水瓶子，小眼睛一瞪，望了一眼面前拐了好几个弯儿的长队，厚嘴唇一撇："这鬼天气，真热！都给我麻利点儿，别上轿了才扎耳朵眼儿，把证件提前准备好，这点儿事还用嘱咐？"

大家都用手里的拎包或者宣传彩页挡着头顶的太阳，一边擦汗，一边左顾右盼，希望等待登记的队伍能加速蠕动，快点儿轮到自己。

赵菲艳把毕业证和身份证递给了负责登记的沈爱民，沈爱民嘴里嘟囔了一句："赵菲艳……赵飞燕！呵，这名字好贵气。"边说边瞅了一眼赵菲艳胖嘟嘟的娃娃脸，"模样还中，就是肉多了点儿。赵飞燕，你得努力减肥啊，要不然怎么在水晶盘子上跳舞？"赵菲艳乜斜了一眼这个又黑又胖的男人冒着油汗的脸，在心里嘀咕："死胖子，自己肥得跟猪一样，还说别人胖。"

排在赵菲艳后面的三四个人都登记完了，轮到一个又瘦又高、扎着马尾的女孩儿走到登记桌前面，女孩儿满面通红，着急地翻着背包的各个夹层："奇怪啊，我明明把身份证放在最外面一层了，咋没了呢？"

"看看，我说什么来着？又来一个上轿了才扎耳朵眼儿的，什么名字？"沈爱民擦着汗，拿在手里的一支笔不耐烦地在登记表上划拉着。

"杨钰涵。"

“什么？杨玉环！”胖子一下子挺直了腰板儿，眼睛欻的一下亮了。

“今天这是招工还是皇帝选美，前面一个赵飞燕，这又来了个杨玉环，哈哈，有意思，真有意思。”

杨钰涵赶紧把好不容易找着的身份证递过去。

沈爱民似乎在为自己的发现得意洋洋，正反来回翻看着杨钰涵的身份证，似乎想从身份证上发现杨钰涵就是杨玉环的什么证据。

“不是杨玉环，是杨钰涵。”杨钰涵赶紧纠正，她一边说一边伸出手想把自己的身份证从沈爱民手里拿回来。

“听起来就是杨玉环嘛！你们说是不是？哈哈哈。”

杨钰涵登记完了，眼睛下意识地扫了一眼走过去的“赵飞燕”。

沈爱民看着她俩的名字，嘴里不住地叨叨：“赵菲艳，杨钰涵……赵飞燕，杨玉环……呵呵，有意思，真有意思！”

旁边一个人提醒他：“沈工，快干活儿吧，再叨叨，人家该喊你沈太监了。”

沈爱民拿起本子砸了一下那个人的头：“骂谁呢，你才是太监呢，抽死你个小崽子！”

本是一个无心的玩笑，谁知从那天开始，大家叫顺了嘴，渐渐把杨钰涵和赵菲艳的本名都忘了，两人就这样上位成了“贵妃”。最让沈爱民没想到的是，他挖了个坑，把自己给陷进去了——大家背后都叫他沈公公。

都说环肥燕瘦，她俩让这个词倒了个个儿，成了“燕肥环瘦”。

赵菲艳天生婴儿肥，可爱小女人的标配她都具备：一张胖嘟嘟的娃娃脸，肌肤吹弹可破。最要命的是她的小虎牙和小酒窝，可能因为微胖，别人酒窝都是两个，她不一样，一笑就是四个。赵菲艳那四个酒窝伴着悦耳动人的清甜笑声，也不知让多少男人的目光醉倒在里面，掉了魂，迷了路，更找不着北。她的小圆脸总让人想起那几年演琼瑶剧里爆红的小童星金铭，大家都啧啧地感慨："像，真像！"

别看赵菲艳长得清甜，干起工作来一点儿也不含糊，自己带的徒弟哪个不听话，上去抬脚就踹。

杨钰涵恰恰相反，虽说占着个贵妃的名头，人却苗条得很，怎么吃都不胖。眼睛细长，眉头稍微蹙着，左边眉毛的眉峰处若隐若现着一颗红色的小痣。脸上皮肤稍有点儿偏黄，染成栗棕色的头发散漫地扎成一个马尾。因为人瘦，身上的紫色连衣裙像挂在衣服架子上，整个人看上去像一株开着淡紫色花朵的小野菊，很寂寥地摇曳在风里，诉说着无限的秋韵流波。

杨钰涵和赵菲艳一开始进厂那会儿特别热络。热络自有热络的缘由。两个人都是新人，心理上都对老职工有点儿敬畏，她俩就走得格外近，有那么点抱团取暖的意思在里面。话又说回来了，新来的职工那么多，为啥偏偏她俩走到一起？这还真跟报到第一天那次玩笑有关，无意之中的一句话，加上同事们整天开玩笑，让两个本来毫无关联的小姑娘心里起了微微的小波澜，平时就有意无意地格外关注对方，关注得多了，说话自然要比别人多一些。

杨钰涵和赵菲艳经过了一段时间的接触与了解，两人从最初的拘谨与互相试探，渐渐地敞开了心扉。杨钰涵跟别人在一起的时候基本没话，可是跟赵菲艳在一起天南海北啥都能聊，聊车间谁的技术好，聊谁跟谁面合心不合，聊中国男足的臭脚，聊痛经如何折磨人，聊哪里又新开了一家德克士。

有时候，杨钰涵又摆出一副忧国忧民的样子，"菲艳，中国五千年都没解决的老百姓的温饱问题解决了，你说是好事还是坏事？"

"当然是好事啊！难道饿肚子是好事？"

"但是咱们把几亿年形成的煤炭石油不到一百年用了一半，用完了以后怎么办啊？"杨钰涵夸张地皱着眉头。

赵菲艳摁了一下杨钰涵的鼻子："还来劲了啊，这些也是你我能操心的？你还是先考虑一下怎么把自己嫁出去吧。"

杨钰涵又蹙起眉头："看过《三体》吗？刘慈欣说在这个冷酷的宇宙中，只有外向型的文明才能生存，偏安一隅终究要灭亡，你信吗？"

赵菲艳摇摇头瞅着杨钰涵，眼神里是一副你简直不可救药的样子。赵菲艳喜欢摁杨钰涵的鼻子。杨钰涵脸上的皮肤本来就好，尤其是鼻尖处，玲珑又光润，像早春初开的玉兰花瓣。赵菲艳总是时不时地摁一下捏一下，惹得杨钰涵总是朝她翻白眼。

但是赵菲艳发现杨钰涵和自己也不是啥都聊，当她聊起家里的人时，杨钰涵就会马上转移话题，或者借故走开，不再继续聊下去。

女孩子表达友谊的方式，除了毫不设防地说一些私密话，往往还互送一些小礼物，不很贵，但却别致，有自己的小心思在里面。

赵菲艳每次买头饰一定会买两个，自己一个杨钰涵一个，买袜子一次买两双，自己一双杨钰涵一双。更不可思议的是，赵菲艳买衣服也会故意小一个号，因为杨钰涵瘦，买小一个号，她的衣服杨钰涵也能将就着穿一下。一条裙子，今天赵菲艳还穿着招摇过市，明天杨钰涵就穿着它春风摆柳了。

每次只要赵菲艳送给杨钰涵东西，杨钰涵也一定要回赠点什么。

就在前几天，赵菲艳去金孚隆超市买了两个镶水钻的发卡送给了杨钰涵。杨钰涵拿在手里翻来覆去地连声说真漂亮，太漂亮了。

"挺贵的吧？"

"嗨，管它贵不贵的，好看就行。再说了，咱们刚上班，太贵的咱也买不起不是？"

过了两天，杨钰涵买了一条仿贝壳的毛衣链送给了赵菲艳。

（2）

过了学徒期，赵菲艳和杨钰涵领到了平生第一个月的工资，同时迎来了上班之后的第一次休班。赵菲艳有点儿兴奋，拉着杨钰涵去附近的超市买这买那：给父母的、给爷爷奶奶的、给哥哥嫂子的。她不光自己买，还撺掇着杨钰涵也买。

杨钰涵不解地看着赵菲艳不亦乐乎的样子："你又不是衣锦还乡，买这么多东西干吗？"

"咱们孚日虽然不是什么央企国企，但在咱高密也算是有头有脸的大企业了，咱们这是第一次领自己的工资，父母养了我们这么多年，咱们终于可以自己挣钱了，你不觉得意义非常吗？生活需要仪式感。"

"你还净是新词，还仪式感……"

赵菲艳在人缝里钻来钻去，杨钰涵放慢了脚步，在头饰专柜前左瞧右看。她扭头看了看去了服装专柜的赵菲艳，问售货员那款镶着透明水钻的发卡多少钱。

"98，要一个吗？"

"坏了，那个贝壳毛衣链才 20 块钱……"

"什么贝壳毛衣链？我们这里没有毛衣链。"

"不是……我是说……"

"不是刚给你买了一个这样的发卡嘛，别看了，快去别的地方转转。"赵菲艳等不到杨钰涵，兜了回来，一嗓子把杨钰涵吓了一跳。

"刚买了还问啥问！"售货员不满地小声嘟囔了一句，把那个发卡收进了柜台。

杨钰涵脸红了一下，赶紧随着赵菲艳离开头饰专柜。

赵菲艳看见一条漂亮的玫红色丝巾，“钰涵钰涵，这个丝巾真漂亮，才 60 块钱，你给你妈买一条，我也给我妈买一条，颜色正适合她们这个年龄段。”

杨钰涵瞅着那条丝巾老半天不言语，赵菲艳一个劲地嚷嚷着合适合适，让她赶紧买。杨钰涵咬着嘴唇，想说什么又没说，最后还是买了一条，后来又去儿童专柜买了儿童玩具和食品。

赵菲艳奇怪地瞅了瞅杨钰涵，“你还有那么小的弟弟妹妹，怎么从来没听你说起过？”

“你也没问不是？一个弟弟一个妹妹。”

赵菲艳感觉杨钰涵有点儿不对劲，说不上来哪里不对，但就是感觉语气里有那么一丝倦怠和漫不经心。

从超市出来，头顶的太阳毒辣辣的，脚下的柏油路散发着灼人的气息。滚烫的热浪让街上的行人一个个蔫头耷脑，都想尽快逃离肆虐的紫外线。赵菲艳看着杨钰涵满脸沉郁得像一条搁浅的鱼，心想这家伙肯定是热坏了，连话都懒得说了。赵菲艳赶紧去路边一个冷饮店买了两只冰淇淋，一只递给杨钰涵。

杨钰涵摆摆手，“我来事了，你吃吧。”

“不是刚过去吗？”

“谁知道呢……这月……这月有点儿不正常吧。”

赵菲艳望着杨钰涵有点儿僵硬的背影，愣了一下。

休班回来，赵菲艳迫不及待地去宿舍看看杨钰涵回来了没。宿舍里静悄悄的，只有杨钰涵一个人坐在床边低头不语。赵菲艳赶紧凑上前，拍拍她肩膀：“在这里修仙呢，两天没见都不知道想我，真是的。”

杨钰涵不动也不说话，赵菲艳感觉有点儿异常，用手一扳杨钰涵的脸，杨钰涵满脸的泪痕把她吓了一跳："唉哟喂，咋的了这是？"

杨钰涵啥都不说，干脆趴在被子上抽泣起来。越是这样赵菲艳就越是着急："钰涵你要急死我啊，到底怎么了？"

"没事，真没事，不用管我。"

"既然没事，就别哭丧着个脸了，走，出去溜达溜达。"

杨钰涵抹了一把泪，停顿了一会儿，站起身，"走，出去透透气也好。"

两个人来到厂区内的一片小树林里，林子里全是垂柳，蝉声响成一片，傍晚的阳光像色彩迷幻的美酒，斟满在林中草地上一朵朵杯形的小野花里。

赵菲艳深深地吸了一口林中清新的空气，歪头盯着杨钰涵看了一会儿，她在等杨钰涵说。

杨钰涵眼睛红红的，咬着下嘴唇，拉着赵菲艳的手低头走路，绝口不提自己为什么哭。

赵菲艳时不时撩一撩晃到自己面前的柳枝，寻着别的话题逗杨钰涵开心。小道消息说，沈爱民的老婆特别厉害，一直控制沈爱民的零花钱。为了给自己留盒烟钱，沈爱民在内裤里缝了暗兜藏私房钱，结果被老婆发现，他老婆罚他半年没穿内裤。

杨钰涵被这个有点儿"污"的笑话逗乐了，捂着嘴哧哧地笑。

赵菲艳得意地瞅瞅杨钰涵，"终于笑了，还是跟我在一起开心吧？"

"艳儿，你知道我为什么愿意跟你在一起吗？"杨钰涵用力地握了一下赵菲艳的手问。

"为什么？"

"因为你能给别人减压，又不步步紧逼地追问。这对我来说，是最好的治疗。"

赵菲艳愣了一下，没弄明白杨钰涵的意思。其实她想问杨钰涵为什么哭，可是她没找到从哪里切入，她怕自己一问，杨钰涵会哭得更凶。她其实特别希望杨钰涵能自己主动说出来，然而杨钰涵什么都没说。她突然间有一种没被杨钰涵当成自己人的失落——她们是好姐妹，好姐妹就应该毫不隐瞒，不是吗？

回到车间，赵菲艳还在琢磨杨钰涵那句话，琢磨了半天也没弄明白什么叫不步步紧逼？什么叫最好的治疗？治疗什么？琢磨得赵菲艳头都大了。

日子就这么波澜不惊地过着，不知不觉中，两年就过去了。

赵菲艳正在车间忙活着，有人喊她说“沈公公”召见。

赵菲艳有点儿摸不着头脑，不知道沈爱民突然找他干吗？她跟沈爱民除了报到那天有过交集，平时很少打交道。

沈爱民的黑脸还是跟报到那天一样泛着油光，他打量了一眼穿着工作服的赵菲艳，厚嘴唇一咧：“嘿嘿，娘娘驾到。”

赵菲艳乜斜了一眼沈爱民，“沈公公”三个字到了嗓子眼儿，又硬生生咽了回去，毕竟沈爱民不大不小也算个官儿。

“有几个刚来的小姑娘，想让你带带她们，从今天起，你就是她们的师傅了。你和杨钰涵技术都挺好，觉得你俩谁带都行，想来想去还是你性格更合适。”

“来了几个人？”

“四个，怎么了？”

“四个的话，我和杨钰涵可以一人带两个，这样多好呀。”

“带徒弟可是个好差事。徒弟学徒期干的活儿都算师傅的，要是提前出徒，还有奖励。”

“这些我都知道，还是一人带两个吧。”

“都说你俩好得不得了，看来还真是哈。行，只要你愿意，就分你们一人两个。小何和小李跟着你，小蔡和小刘跟着杨钰涵。”

赵菲艳看到沈爱民的眼角有一块儿淤青，本来想跟他开句玩笑，后来想想，揭人家短会惹人不高兴的。沈爱民的老婆管钱管得特严，难道还有家暴习惯？

赵菲艳走的时候，沈爱民让她捎信儿，让杨钰涵来一趟企管办。

杨钰涵从企管办回来的时候满面春风，她从后面抱住赵菲艳的肩膀，低声说："艳儿，谢谢你，今晚咱们撸串儿怎么样？"

"好啊，听说撸串儿喝扎啤很过瘾呢，咱俩也去过瘾一把。"

夜晚的高密烧烤一条街，人潮汹涌，烟雾缭绕。烤肉、孜然和扎啤弥漫出浓浓的市井味道。赵菲艳和杨钰涵坐到了边角最安静的一个位置，两个人要了一大罐扎啤，有点儿一醉方休的意思。

扎啤喝下去一大半儿，两个小女子都有了微微的醉意。赵菲艳迷离着双眼："钰儿，你说别人都说咱俩不正常，谁不正常了？我看她们就是嫉妒！你说是不是嫉妒？"

"没错，让她们嫉妒好了，来，咱俩交个杯。"

两个小妮子旁若无人地嚷嚷着，交了好几杯，一大桶扎啤就剩了一个底儿。

烧烤摊上的人越来越少，她俩也不管，把店小二喊过来又要了一桶扎啤。

"今天真是破天荒，我其实挺恨酒，尤其恨醉酒的人。"

"为什么呀？"

杨钰涵的两腮红红的，她沉默了好一会儿，像做出了一个重大决定一样跟赵菲艳道出了埋藏在心里的一些隐秘。

（3）

杨钰涵的亲妈在她七八岁时就去世了，多少年来，她都不敢听别人提“妈”这个字。亲妈是得乳腺癌去世的，妈妈病重期间，爸爸杨文斌固执地认为妻子这样的人一定会好人有好报，一定会闯过这道难关的——妻子不但伺候瘫痪在床的婆婆直到去世，在公公打了一辈子光棍儿的大哥患老年痴呆不能自理之后，她又像照顾三岁孩子那样伺候这个叔伯公公直到他老人家寿终正寝。老天爷不会这么不长眼，他一定要把她的乳腺癌治好，哪怕倾家荡产也要治！

家产确实几乎倾尽，但是妈妈却在第三个疗程的化疗之后离开了人世。杨钰涵永远忘不了妈妈去世前的目光，那目光像被毒箭射中的小兽，无奈、绝望，又有万般的不甘与不舍……杨钰涵以前怎么也想象不出万箭穿心是种什么滋味，什么样的痛能抵得上万箭穿心？妈妈的目光让她一下子明白了一万支箭穿透肺腑是一种怎样的痛。

爸爸在妈妈离去的前两年整天借酒浇愁，动不动就对着杨钰涵撒酒疯。杨钰涵的额头上至今还留着爸爸喝醉酒之后一酒瓶子扔过来留下的疤痕。都说那些对妻子儿女施暴的人骨子里是懦弱的，他们因为懦弱才找比自己更弱小的人充当自己发泄情绪的牺牲品。但是杨钰涵不这么认为，夜深人静，她抚摸着自己的伤口睡不着觉时，心里反而会莫名其妙生出一种妥帖和心安。杨钰涵也知道伤口疼，可那是一种让人心安的疼。爸爸这样对自己，十三岁的杨钰涵却对爸爸没有半点儿怨恨，相反，他觉得爸爸是因为妈妈才这样。她觉得自己受多大的委屈就代表着爸爸对妈妈的感情有多深。

一切的改变就是从家里来了这个叫王少红的女人开始的。就在迎接这个女人进家门第一天，爸爸喝醉了。他们是去酒店办的酒席，可能因为两个人都是二婚，没有大办，只是两家的亲戚一起吃了个饭就算把婚结了。在去不去酒店吃饭这个问题上，杨钰涵犹豫了好久，她不想去，但是她又知道，如果她不去，爸爸肯定会不高兴。杨钰涵实在想不出该如何称呼那个占了自己妈妈位置的女人，她在心里恶狠狠地告诉自己，杨钰涵，你要是敢把那个女人叫妈，那你还不如去死！

酒桌上，在爸爸讶异的目光里，杨钰涵吃得特别多也特别快，仿佛吃完这顿以后就再也没有饭吃了一样。杨钰涵发现爸爸的眼里有一种如释重负，仿佛自己吃得下这顿饭就代表她接受了这个女人。吃饭的时候，旁边的人鼓动着杨钰涵管那个女人叫妈。杨钰涵竟然叫了，不光叫了，她还主动站起来，把盘子里一只肥硕的烤鸭腿夹起来递给了那个女人。那一刻，那个女人露出了开心的笑容，惊喜点亮了她的眼睛。所有在场的人都愣了一下，包括她的爸爸。爸爸在消沉了两年之后，脸上的悲戚和彷徨突然间变成了阳光明媚。

杨钰涵一面笑着，一面恶心着自己，她不明白，为什么一个人可以那么容易就背叛自己，她只有用面前丰盛的食物来压抑自己不断上翻的恶心。出乎杨钰涵意料的是，爸爸这次竟然喝醉了！爸爸以前喝醉一千次一万次都可以原谅，因为他心里有苦，唯有这一次，杨钰涵恨透了爸爸那醉醺醺、后半生有了奔头儿的样子。太丑了，简直丑得要死！爸爸回家后把喝进去的酒吐进了马桶里，杨钰涵闻着从卫生间窜出来的那种丑恶的味道，她把塞进肚子里的汤汤水水也吐了个精光。

晚上，杨钰涵回到自己房间把门锁死，用被子蒙住头呜呜地哭了起来，那种压抑的哭像一只北风中饿得奄奄一息小猫崽的叫声，弱小又凄厉。

后妈给杨钰涵生了一个妹妹，后来又生了一个弟弟，妹妹取名叫宝宝，弟弟叫贝贝。杨钰涵的弟弟特别聪明，王少红从他刚会牙牙学语就教他念唐诗。他不光会背床前明月光这样简单的诗，还会背：大鹏一日同风起，扶摇直上九万里。假令风歇时下来，犹能簸却沧溟水……

背完了，王少红问他："这首诗的作者是谁？"贝贝忽闪忽闪大眼睛没想起来。然后宝宝就提醒他："贝贝，记住了，作者是李白。"

贝贝歪着小脑袋，大眼睛眨巴了一下问道："坐着是李白，那站着是谁？"一句话，把在场的一家人都逗乐了，尤其是爸爸，双手拍着自己的大腿，笑得眼泪都出来了。杨钰涵在自己的卧室里，不知道他们因何乐成这样，尤其是爸爸的笑声让她觉得特别刺耳。宝宝颠颠地跑到杨钰涵的卧室跟她描述刚才这个笑话，杨钰涵脸上挤出一丝笑容，赶紧把宝宝打发了出去。

讲了这些，杨钰涵似乎放下了一个沉重的包袱，咕咚一下，把面前的一杯啤酒灌了下去。赵菲艳离开座位坐到杨钰涵的凳子上，紧紧地把她揽进怀里。

其实赵菲艳早就看出来了，每逢杨钰涵歇班，每次回来都拉长着脸。

"钰涵，何苦呢，有些事，你得打心眼儿里学会放下。"

"你没经历过，根本不知道我心里的痛。"

说完这句，杨钰涵把面前的啤酒一口气喝完。店小二第二次催她们的时候，两个人相拥着回到宿舍。杨钰涵一下子把自己摔在床上，拉下被子蒙住脸把自己闷了起来。

半夜的时候，赵菲艳睡醒一觉一睁眼，黑暗中发现一个黑影趴在自己脸上，吓得她啊呀一声大叫，把整个宿舍的人都唬了起来。

原来是杨钰涵睡不着老是在琢磨赵菲艳的话，她觉得今天自己对赵菲艳的态度有点儿过分了，突然特别想跟赵菲艳说说话。她悄无声息地来到赵菲艳床前，想叫醒她又有点儿犹豫，就俯下身，看看赵菲艳是不是真睡熟了，结果把她吓了个半死。

“大半夜的，你俩闹什么鬼啊！真是的。”宿舍里的同事都埋怨起来。

赵菲艳赶紧把杨钰涵拉进自己的被窝，杨钰涵浑身冰凉，赵菲艳把她的手脚抱在自己肚皮上暖着。两个人被窝里嘀嘀咕咕直到天明，杨钰涵撑不住，躺在赵菲艳怀里睡了过去。

赵菲艳给她掖掖被角。这丫头是个没妈的孩子，我得疼她。

同事们经常打趣这一对“贵妃”：“喂，本来贵妃是伺候皇上的，女人之间不都是争宠‘宫斗’吗，你俩整天这么腻歪干吗？”

赵菲艳跟同事们说，“我们愿意，管得着吗？”

（4）

今年孚日效益好，公司领导为了激励员工，要组织一次苏杭旅游。路途遥远，为了省出更多时间逛景点，大家早上要很早坐旅游大巴出发。

杨钰涵的老家正好处于大巴必经路段，请示了一下沈爱民，她打算在家门口上车。杨钰涵问赵菲艳愿不愿意跟她一起回家，“我们这样就可以半道上车，早上不用起那么早，你这个懒猪又可以赖床了。”

赵菲艳撇撇嘴：“我懒猪，你也不见得多勤快。好吧，今晚和你挤一个被窝去。”

走到门口的赵菲艳突然回转身,“算了,我不去了,你家那么多人,不合适。”

“我就知道，你是突然想起来我是后妈，那是我爸的家，怕什么呀？非去不可。”

赵菲艳没否认。

“赵菲艳你少来这一套啊，说好的事不能反悔，今天你必须跟我回家。”

杨钰涵的家位于高密城西南角，单门独院小二层的楼房，房前有个小院，虽然不大，但是在城市，能有这样一个小院也算是奢侈的一件事。小院内整理得井井有条，一棵凌霄爬满了院子的东墙。

进了门，杨钰涵欢快的笑声戛然而止。她低声跟赵菲艳说：“这个房子是我爸和我妈奋斗了十几年攒钱盖起来的，房子盖好了，我妈也走了……”

赵菲艳拍了一下杨钰涵的肩膀。

“钰涵回来了，文斌，钰涵回来了。”赵菲艳正在欣赏满墙的凌霄花，屋内出来一个女人，四十来岁，微卷的短发，眉毛淡淡的，一边说话一边把杨钰涵手里的包提了过去。杨钰涵和女人打了声招呼，声音低低的。赵菲艳模糊听得出来杨钰涵应该是喊了一声“姨”。

一个五十左右的男人也从屋里出来了。

“爸，这就是我经常说的那个赵菲艳，我同事。”

赵菲艳发现杨文斌鬓角的头发已经白了，衬托出一种与年龄不相称的沧桑。

杨钰涵的后妈，这个叫王少红的女人没有赵菲艳想象中的那种后妈形象，她暗笑自己可能是小时候白雪公主看多了，以为后妈就一定长着一张凶神恶煞的巫婆脸呢。

本来提前到杨钰涵家是为了早上睡懒觉，结果赵菲艳换个地方睡不着了。怕影响杨钰涵，她小心翼翼地下了床，来到客厅。

赵菲艳的突然出现把客厅里的人吓了一跳，那个人赶紧拧亮客厅的落地灯。赵菲艳看清是王少红，她的面前摆了一堆东西：火腿肠、苹果、橘子、矿泉水、面包、遮阳伞，甚至还有卫生巾……

王少红手里拿着纸和笔，把面前的东西一样一样往旅行包里放，放一样，就在纸上用笔画一下。

赵菲艳不解地看着王少红："阿姨，您这是？"

"我脑子不好使，怕落下什么东西，只能用笨办法一样一样确认。在家千日好，出门一日难，把东西给钰涵准备齐了，我记得她来事就是这两天，卫生巾也预备了。对了，每一样都是双份，你俩一起吃一起用。"

赵菲艳赶紧摆手："阿姨，您千万别这么客气，我出门从来都是轻装简行，渴了饿了，在景区买点儿对付一下就行。"

"那哪行啊，景区的东西死贵，质量还不一定好，我都预备好了，难不成你还给我扔家里。"

"太感谢了阿姨，钰涵有您这样的……妈，真有福气。"赵菲艳瞅了一眼杨钰涵关闭的房门，心头突然间涌上了很多的味道。

大巴车准时开来了，杨钰涵径直往车门口走去，赵菲艳从王少红手里接过大包小包挥挥手上了车。落座后，赵菲艳用脚踢一下杨钰涵，"你妈还在车下看着咱们呢，你好歹打声招呼啊。"

杨钰涵漫不经心地欠起身，朝王少红挥了挥手，王少红赶紧朝杨钰涵和赵菲艳猛挥了几下手。

为了活跃气氛，导游在车上要大家表演即兴节目，整个车厢又是鼓掌又是大笑，热闹得很。杨钰涵扭头看看赵菲艳，“干吗呢？怎么一路上没听你吱一声，有心事？还是没睡好？”

“确实没睡好，但不是因为这个。钰涵，今早上你妈，噢，就是你一直说的那个女人，一大早就起来帮你准备这一大包东西，而且怕落下，用笔一样一样打钩确认往包里放，我……”

杨钰涵沉默好半天冒出一句：“这人就是一心机婊。”

“这个词我好像不是第一次听你说了。”

“她越这样我越觉得她虚伪。她会打心眼儿里疼我吗？有几次我和宝宝吵架，她不问青红皂白就打了宝宝一顿，她什么意思？这不是明摆着告诉别人我这个当姐姐的有多恶毒吗？”

“那你要她不问青红皂白就打你吗？那不更成你仇人了？”

“她会比疼宝宝和贝贝还疼我吗？这不是装是什么？她这是做戏给外人看呢！”

“钰涵，我问你，像给你准备卫生巾这样的事她做了这一次？还是两次？还是多次？”

“倒不是一次两次，装呗，谁不会装啊。”

“钰涵，细节是装不出来的。退一万步讲，她就真是装，一个人能十年二十年假装对你好，一辈子假装对你好，那这样的好是真好还是假好？再说了，谁会有耐心对一个人装十年二十年？你有吗？”

“赵菲艳,你这口气跟我爸怎么这么像啊,都有点儿受不了你了。一包东西就把你征服了，你怎么这么容易变节呀。”杨钰涵说完，扭头瞅着窗外稍纵即逝的风景。

“我觉得你对她有偏见。”

“别说了，还想不想愉快地旅行了呀？”

原来又唱又笑的一车人也慢慢安静下来，有的倚在座椅靠背上打盹儿，有的在看手机，有的已经打起了鼾。

杨钰涵闭着眼，脖子僵直地靠在座椅后背上。赵菲艳知道，她肯定没睡，睡着的人放下了所有的戒备，不会如此僵直。赵菲艳把胳膊搭在杨钰涵肩膀上，杨钰涵的脖子接着软了下来，歪在了赵菲艳肩头。赵菲艳会心地笑了一下，也眯起了眼。

（5）

赵菲艳正在宿舍里洗衣服，一个戴着红领巾的小姑娘探头探脑地在门口张望。赵菲艳看着眼熟，赶紧招呼："小朋友，找谁呢？进来吧。"

王少红手里提着一个方便袋，领着宝宝进了门。

"原来是您啊，快进来吧阿姨。"

"今天我送宝宝来参加一个舞蹈比赛，正好来给钰涵送点儿吃的用的。"

"其实这里啥都有，不用专门跑过来送。"

宝宝看样子是累了，跑到杨钰涵床上就躺了下来，"妈，你自己去找我姐吧，我休息一会儿。"

"行，这孩子晕车，吐了一路呢，菲艳你跟我说说钰涵在哪儿，我去找她。"

王少红出去了，赵菲艳给宝宝倒了一杯水，找一条毛巾被给她搭身上。

"菲艳姐姐真好，我姐姐要是这样该多好。"

赵菲艳被宝宝逗乐了，"小家伙，人不大，嘴还挺甜。"

“我姐明明什么都不缺，我妈非要来送这个送那个，这样费力讨好累不累呀……”宝宝没正面回答赵菲艳，只顾自说自话。

赵菲艳发现，说这句话时宝宝的口气已经完全不像一个上小学一年级的孩子。

“而且……而且每次我跟我姐吵架，我妈不问青红皂白，上去就打我，就是姐姐错了也打我……”

赵菲艳愣住了，她突然之间不知该如何安慰这个一脸委屈的小女孩儿。她把宝宝前额的刘海儿抿了一下，“也许，也许妈妈觉得你是亲生的，所以……”

“亲生的就得认倒霉？亲生的就得受冤屈？我不要她偏袒我，我只要她公平！为什么明明是姐姐错了也要揍我？菲艳姐姐，你说这公平吗？”

赵菲艳不知该如何回答宝宝。

宝宝不再说话，小胸脯剧烈地起伏着，眼睛里亮晶晶的，眼泪似乎就要滚下来。

王少红很快回到宿舍，手里的袋子不见了，脸上却有点儿异样。

杨钰涵回来的时候，王少红已经领着宝宝走了，她把王少红送来的那一包东西一下子扔在床头的小柜子上。

“咋的了这是？人家来给你送东西又惹着你了？再这样可有点儿不知好歹了啊。”

“心机婊！你说她来送这点儿东西，放在宿舍就行了，用得着费劲巴拉地跑到车间嚷嚷？你说她这是表演给谁看呀？”

赵菲艳挠了挠后脑勺，叹了口气，“凡事多往好的方面想。”

杨钰涵又要争辩，赵菲艳赶紧摆摆手：“行了，赶紧睡觉吧，别想那么多了。”

夜深了，赵菲艳翻来覆去睡不着，从杨钰涵克制的呼吸判断，她肯定也没睡。赵菲艳脑子里乱糟糟的，王少红、宝宝、杨文斌……一张张脸在她的眼前晃来晃去。赵菲艳叹了口气，她知道自己说服不了杨钰涵。她也知道，如果她是杨钰涵，自己也不一定做得更好。那个王少红到底是装还是不装，杨钰涵到底是错还是没错，没有答案。这个世界谁都错了，谁也都没错。

为了完善个人信息，公司对员工进行信息统计，要填祖籍、家庭成员情况等。

杨钰涵的表交上去了，收表的人拿着表浏览了一遍，把刚要出门口的杨钰涵叫了回来："你这个表不对呀，家庭成员一栏没填全。"

"都填了呀，怎么没填全？"

"你看，家庭成员一栏，你只填了父亲。父母，要是还有弟弟妹妹，哥哥姐姐都要填的呀。"

"你怎么知道我有弟弟妹妹？"

"我也没说你一定有弟弟妹妹嘛，我只是……"

"我家的人都死光了，没别人！"杨钰涵气呼呼地跑出了办公室。

到饭点了，赵菲艳过来约她去食堂打饭，杨钰涵没抬头，"你自己去吧，我不饿。"赵菲艳也不多问，自己一个人打了两份饭回来往桌上一放，双臂抱在胸前瞅着杨钰涵："娘娘，奴才给您把饭打回来了，赶紧用膳吧。"

往常这样说，杨钰涵一定会笑着骂赵菲艳"这个挨千刀的"，但是今天她一反常态，嘟着嘴不抬头也不说话。

赵菲艳赶紧搂着杨钰涵肩膀："告诉我，谁又欺负我们娘娘了？"

"没人欺负我，我就是不想吃饭，你自己吃吧。"

"杨钰涵你什么意思，我打了两个人的饭你让我自己吃？你什么意思呀！"

“没啥意思，我谢谢您，饭我留下了，你去吃吧。”

“爱吃不吃，不吃拉倒。”赵菲艳拿起自己那个餐盒气呼呼地往外走。身后“哐啷”一声，她一回头，脸一下子涨成了紫色——杨钰涵竟然把餐盒扔进了垃圾桶。

赵菲艳飞快地回转身，“哐啷”一声，把自己的餐盒也扔进了垃圾桶，一屁股坐在床边哭了起来。

杨钰涵从牙缝里挤出一句话：“把朋友的秘密到处兜售，这算什么朋友？”

赵菲艳一听话头不对，一下子冲到杨钰涵面前质问：“你说清楚，什么秘密？我兜售什么秘密了？”

“我又没说是你，你心虚什么！”

“杨钰涵，你别欺人太甚！这屋里没第三个人，你不是说我，难道是说给空气听的？”

“我欺人太甚，我家庭情况……我后妈和弟弟妹妹我从没跟第二个人说过，办公室的人怎么知道的？”

赵菲艳愣了一下，“你说是我跟他们说的？我干吗要跟他们说这个？我……”

赵菲艳红着眼睛跑出了宿舍。

杨钰涵趴在床上哭得更厉害了。

车间的人都看出来了，这姐俩儿不搭腔好长时间了。大家都私底下猜测是什么原因，众说纷纭，莫衷一是。

赵菲艳的徒弟小何手里拿着一个小红包神神秘秘地递给赵菲艳。

赵菲艳瞅了一眼，“什么呀这是？”

“杨钰涵给你的，一个手串，猫眼石的，质量还行。”

赵菲艳打开盒子，盒子内盖上贴着一个标签，上面标着“¥90”。

赵菲艳突然想起来杨钰涵送给自己的那个看起来有点儿廉价的贝壳毛衣链，又想起来那天在超市，杨钰涵似乎询问过自己送给她的那个发卡的价钱。赵菲艳雀跃的心咯噔一下沉了下去，她明白了，杨钰涵送她这个不是要跟她和解，只不过是对那个水钻发卡的等价交换，是在对她宣示：不欠情！

赵菲艳把那个小包往小何手里一塞："给你了。"

小何赶紧推让。

"你喜欢就留着，不喜欢就扔垃圾桶！"

杨钰涵整天无精打采，平时叽叽喳喳的赵菲艳也蔫蔫的，甚至整个车间的气氛都因为她俩的异常变得怪怪的。

杨钰涵成宿成宿地失眠，她在一遍一遍地回忆当时办公室那个人说话的口气和表情，难道真的是自己错怪了赵菲艳？那个人是知道了她的真实情况才这样问，还是只是随口这样说而没有具体的指向？杨钰涵辗转反侧，她被失眠折磨得惶惶不可终日，感觉自己快要疯了。

有时候，杨钰涵也安慰自己，不就是个朋友吗？谁也不是谁的谁，没啥大不了的。这样想完之后，杨钰涵白天干活的时候精神头就稍微活泛起来。可是到了晚上，她内心的焦虑就像被一只小手又撩拨了起来，她双手一会儿捶着太阳穴，一会儿抓着自己的头发。

外面不知什么时候下起了雨，噼里啪啦的雨声把夜敲碎，夜也零落成了雨。

杨钰涵一会儿坐起来一会儿又躺下，就这样反反复复无数次。宿舍的床都是双层，上面的同事不干了。

"杨钰涵，你干吗呢？你不睡也不让人家睡，这晃晃悠悠的跟坐船一样，瞎折腾什么呀？"

杨钰涵没说什么，终究是自己理亏，她躺在那里再也不敢动弹，眼里的泪却不自觉地流了下来。每个人只会在意别人如何打扰了自己，谁会在意那个打扰自己的人有何不安呢?

第二天晚上，杨钰涵还是睡不着，睡不着却不敢再起来躺下地折腾，也不敢辗转反侧。她像具风干了的木乃伊僵直地躺在那里，不能入睡却要这样一动不动地躺着，杨钰涵感觉自己浑身酸麻起来。

宿舍里响起了一片细匀的呼吸声，只有杨钰涵一人瞪着眼瞅着上铺的床板。杨钰涵对自己绝望极了，失眠已经折磨了她十几天，再这样下去，她感觉自己会疯掉的。她小心翼翼地起身，轻轻穿好衣服，蹑手蹑脚地打开宿舍门。

深夜的寒凉让她浑身一哆嗦，杨钰涵缩着脖子双臂交叉抱着肩膀，加快了步伐，想用快走驱走身上的寒意。十几年前妈妈离去时那种无助、不甘的感觉又一次刺痛着杨钰涵的神经。她感觉自己的身体比一片被树枝遗弃的落叶更轻，她像一只被猎人赶到悬崖边的小兽，面前没有退路，只有绝望与虚无。杨钰涵觉得，要是现在自己面前有一道悬崖，她真的会毫不犹豫地跳下去……

杨钰涵一个人晃晃悠悠出了厂区大门。一条蜷缩在门边的流浪狗被杨钰涵惊醒，散漫地叫了两声，又躺了下去。

杨钰涵不知道自己该往哪里去，该走哪条路。她一咬牙，索性往城外的胶河边走去。

一辆摩托车突突地经过杨钰涵身边，坐在后座的那个男人朝她吹了一声口哨，一阵浓烈的酒味让杨钰涵皱起了眉头。

那辆摩托车走过了一段路，又突然掉头朝杨钰涵驶了回来。

杨钰涵的心一凛，她赶紧停下脚步，前后左右看了看，除了摩托车的突突声，大街上空无一人。

她这才看清摩托车上坐着两个人，两个人嘴里都喷着浓重的酒气。坐在后座的那个人下了摩托车，凑到杨钰涵面前。

“小……妹……妹，大半夜的一个人不……不害怕呀？”

杨钰涵不敢回话，赶紧回转身，与摩托车朝相反的地方跑去。那两个人发出一声唿哨，摩托车轰的一声，停在了杨钰涵的前面。

杨钰涵一下子慌了，她的腿肚子哆嗦着，她想喊，可是大张着嘴却发不出任何声音。后座上那个男人又下了车，打着饱嗝一下子拽住了杨钰涵的胳膊。

“救命啊！快来人啊，救命啊！”杨钰涵变了调地呼喊着，拼命地想甩掉那个人的手。

那个人嘴里含混不清地说着什么，一下子搂住了杨钰涵。杨钰涵一边哭喊一边用膝盖狠狠地顶了一下他的裤裆，那人惨叫着蹲了下去。一直跨骑在摩托车上的另一个男人赶紧走上前，手里还抓着一根半米多长的棍子。

杨钰涵绝望地坐在了地上，脑子里顿时一片空白……

“杨钰涵，你做死啊，大半夜往城外跑。”赵菲艳气鼓鼓地一下把瘫坐在地上的杨钰涵拉了起来。

沈爱民手里拿着一块砖头，朝着仓皇远去的摩托车骂着娘。

“你这杨玉环，想出宫微服私访还是怎么地，要不是保安说你往这个方向来了我们找到这里，今天你就白瞎了。”

恐惧、委屈一齐涌上杨钰涵的心头，她捂着脸呜呜地大哭起来。

“沈公……沈主任，谢谢你……谢谢你……们。”杨钰涵瞅了一眼沈爱民，又低声啜泣起来。

“不用谢我，要谢就谢赵菲艳吧，我出来上厕所正好碰见她着急忙慌到处找你，这不，她说她害怕，连我也拉上了。”沈爱民一边说一边打了个哈欠。

杨钰涵别别扭扭地瞅了一眼赵菲艳，嘴唇动了动，却没说话，双手一下一下地抹着眼泪。

赵菲艳一下子把杨钰涵搂在怀里："坏丫头，把坏人帮你打跑了都不谢我，还哭个屁呀你。"

杨钰涵顺势趴在赵菲艳的肩膀上哭得更厉害了。

沈爱民赶紧打圆场："差不多就行了，大半夜的鬼哭狼嚎，一会儿把警察引来了。你也不用谢我，别背后叫我沈公公就行了，别以为我不知道。"

杨钰涵扑哧一声，不好意思地笑了。

赵菲艳挤挤眼，掐了一下她的胳膊。她这个顽皮的动作完全消除了杨钰涵心中的芥蒂，她一下子挎住了赵菲艳的胳膊，两个人又和好如初了。

沈爱民走在前面，一个人在那里喋喋不休："你们女孩子就是这样，平时吧好得像一个人，粗的细的该说的不该说的啥都说，啥都想一起兜着。用句时髦话说那叫没有了距离，一旦没有了距离，有一点儿不遂心，那生分得也快。不像我们男人，我们在一起吆五喝六吹牛行，一般不去跟谁掏心窝子，也就没你们女人之间那么多叽叽歪歪……"

赵菲艳在后面学着沈爱民唐老鸭一样的走路姿势，一边小声跟杨钰涵说："沈公公唠叨起来真像个娘们儿……"

两个人捂着嘴使劲憋着笑。

（6）

女孩子重归于好之后会比以前更好，因为经历了失而复得，也就知道了"得"的珍贵。

那天赵菲艳洗完头，一半撒娇一半图省事，赖着杨钰涵给自己吹头发。杨钰涵白了她一眼："嗲声嗲气地你要把人麻死。少来啊，我可不是男人，不吃这一套。"

话虽这么说，杨钰涵还是接过赵菲艳手里的吹风机，仔仔细细地给她吹了起来。

杨钰涵居高临下，赵菲艳一对丰满的胸在单薄的小背心里呼之欲出，灼得杨钰涵眼珠子生疼。杨钰涵一边吹头一边嘴巴凑到赵菲艳耳朵上，"听说你有男朋友了，还是咱们孚日的。你们，你们'那个'了没有？"

"滚，你才'那个'呢。才见面几天就……亏你想得出来！"

"哼，少来。我就不信那小子能熬得住。"杨钰涵嘴里说着，就随手把赵菲艳那小背心往上一掀，速度极快地在赵菲艳胸上掐了一把："我的天……我就不信那谁能熬得住。"

杨钰涵知道自己惹祸了，说完丢下吹风机逃跑了。

赵菲艳扯了一把衣服，披散着湿淋淋的头发一边气急败坏地骂着一边没命地追打着杨钰涵。追上杨钰涵，赵菲艳一下子把她摁倒在地，就要撕她的上衣。杨钰涵嗷嗷叫着赶紧求饶，"人家闹着玩嘛。真是的，你这不是成心埋汰人嘛。你那胸是滚瓜溜圆的大柚子，俺这顶多是旺仔小馒头。别闹了，头发还没吹干呢。"

杨钰涵把"余怒未消"的赵菲艳摁在座位上，又开始给她吹头。

"哪天你指给我认认，我看看是哪个混小子把你泡了。"

"说话真难听。"赵菲艳拧了杨钰涵一把，"别光说我，你也该考虑考虑自己了。"

"我……我还真看上一个人。也是咱们孚日的，可我拿不准他心里怎么想的，哪天我要找他挑明了。"

赵菲艳抬头看一眼杨钰涵的脸，又坏笑着看一眼杨钰涵那扁平的胸。呵呵，旺仔小馒头！

她俩开始嘀咕着关于“那个”的话题。女孩子之间能谈“那个”，那关系就非同一般，只有贴心贴肺的闺蜜和老铁才能做到。

这个话题让杨钰涵晚上闹起了失眠。她把窗帘轻轻拉开一道缝，外面的月光一下子雀跃着涌了进来。初夏的月亮，具有这个季节特殊的暖意和莹润，明亮，澄澈，像蓝色天幕上一个美好的童话。月光中似乎有清澈的溪水流淌，窸窸窣窣的虫鸣在月光的照耀下如天籁，如在河之洲的关关雎鸠。

杨钰涵好久没看过月亮了，内心涌上的小甜蜜让她嘴角泛着一抹笑意——其实不管生活中有多难，一个人能发自内心地爱着另一个人，那人生就还有救。

一切的改变都是因为遇见那个滕大彬。

那天赵菲艳和杨钰涵一起下夜班，两人一边打闹着一边往宿舍走。赵菲艳突然扯了一把杨钰涵，“看，就是他！”

“谁呀？”杨钰涵顺着赵菲艳手指的方向看过去，滕大彬手里拿着一件工作服正往车间走。

“就是那个‘他’嘛！怎么样，帅吧？”赵菲艳得意地乜斜了一眼杨钰涵。

杨钰涵的脸唰的一下白了，定在那里愣起了神儿。

“瞧你那点出息，没见过帅哥是不是。”赵菲艳扯了一下杨钰涵。

“帅什么帅，你看他长得三长两短、那个撕心裂肺样。”杨钰涵突然之间的烦躁让赵菲艳莫名其妙，她看看滕大彬那两条大长腿。“哼，你才三长两短呢。”

接下来的日子，赵菲艳打完菜又凑到杨钰涵面前，杨钰涵却把自己的菜往边上挪了挪。“我感冒了，别传染你。”

赵菲艳抬手去试杨钰涵额头，“我试试，发烧了没。”杨钰涵却抬手挡了回去，端着自己的饭菜郁闷地去了另一张桌子。

这顿饭赵菲艳都不知自己是如何吃完的，杨钰涵的郁闷让赵菲艳也非常郁闷。人不怕烦恼，就怕烦恼来得莫名其妙。

徒弟小何看看左右，神秘地凑了过来。小何平时因为干活不伶俐，没少挨她这小师傅的训。

“师傅，我看您这两天怎么有点儿不高兴。”

“没，干好你的活，别瞎操心。”

“师傅，您那个男朋友滕大彬……”

一句话让本来已经走开的赵菲艳又回过头来，“大彬怎么了？”

小何伏到赵菲艳耳朵上，“杨玉环也喜欢滕大彬，她让我捎过口信约滕工。不过那天滕工下班早，信没捎到。”

赵菲艳呆住了。杨钰涵这些日子的反常一下子有了答案。我的天，这情节怎么跟演电影似的？天下男人又没死光，咱俩别的事搭伙我没二话，男朋友？没门儿！

下班换下工作服，赵菲艳双臂交叉挡在门口，拦下了目不斜视的杨钰涵。

“有件事你必须跟我说清楚。”

“什么事？”

“我都知道了，你不能这样。我跟藤大彬都谈了一段时间了。”

“既然挑明了，我也不藏着掖着了。这又不是超市搞活动先到先得，我可以和你竞争。”杨钰涵一脸的无所谓。

“我们是朋友！”杨钰涵的无所谓激怒了赵菲艳，“朋友”两个字她说得掷地有声，像鞭子凛凛地甩了出去。

杨钰涵的脸似乎被鞭子抽了一下，倏的一下红了，但很快又恢复常态。她边走边把工作服甩在肩上。“让大彬做决定吧，你我都说了不算。”

“咣”的一声，赵菲艳一脚把门踹上。

赵菲艳和杨钰涵从此就开始掐上了，从工作到生活，从面子到里子，全方位地掐。

两个人车间里拼技术、拼谁带的徒弟出师早。为了备战全国纺织行业职业技能大赛，两人不要命地比着练。赵菲艳早上七点进车间练接头、换纱，直到晚上八点多才回宿舍。吃完饭就背各种理论知识，晚上熬到十一点才睡觉。

杨钰涵看赵菲艳七点起，她就六点起。杨钰涵到十一点睡觉，她就拼到十二点。

长时间不间断换纱接头，杨钰涵的腿脚都有点儿僵了，腿上的肉一碰就钻心地疼。赵菲艳也因为没日没夜地练习，指甲练劈了，手指捏肿了，张开手，手心里全是泡。

杨钰涵把接头速度由原来的四十秒硬是练到了二十几秒。赵菲艳就把换纱速度由原来的九十多秒提高到了五十来秒。

这两个女人在一场无声却像千军万马的厮杀中，把她们的友谊践踏得千疮百孔。

战争是因为滕大彬而起，可是四起的硝烟却把滕大彬淹没了，他被搁置在战争之外，甚至毫不知情。

比赛结束了，结果沸腾了整个孚日集团——两人并列拿了全国亚军。车间主任被她俩飞速的进步惊得目瞪口呆。神了，这杨玉环和赵飞燕简直神了！

（7）

杨钰涵趴在宿舍窗台上看着窗外的滂沱大雨，这个本来就沉默寡言的姑娘现在动不动就心事重重地坐那愣神儿。她突然把脸贴在玻璃上，眼睛瞪大了使劲往外看。滕大彬？没错，那个在雨中急急忙忙赶路的人就是滕大彬。杨钰涵想都没想扯过一件雨衣一下子冲了出去。她顾不上把雨衣穿在身上，就像个落汤鸡一样杵在滕大彬面前："给，穿上吧。"滕大彬愣愣地看着这个把雨衣递到他面前自己却浑身淋得湿透的杨钰涵，愣过之后，他赶紧把雨衣撑起来，把杨钰涵揽到雨衣底下。滕大彬坚持先把杨钰涵送回宿舍，再三谢过杨钰涵之后，披着杨钰涵的雨衣走了出去，还频频回头，嘱咐杨钰涵赶紧换衣服，别感冒了。

这次雨中的经历，让杨钰涵情绪上的阴霾一扫而空。她反复回味着滕大彬怕她淋雨用胳膊揽住她的腰留在她身上的温度，反复咀嚼着滕大彬叮嘱她赶紧换衣服时眼中流露出来的那种温情。大彬肯定喜欢我，要不然不会用那种眼神看我。杨钰涵在自己的回味和臆想中快乐着，甜蜜着。

这件事，没几日就被那个快嘴的小何传给了赵菲艳。

难得休个班，赵菲艳挽着滕大彬的胳膊："大彬，你说我们是不是在谈恋爱？"

"当然是。咋突然这么问？"

"那你干吗和钰涵披一个雨衣，还……"

"咳，下那么大雨，人家好心好意给我送雨衣，我再让人家淋着雨回去，我还是人吗？是你的话，你会怎样？"

赵菲艳不好意思地笑了笑，"我怕别人把你抢走，我得要你句准话。你这样说，我就放心了。"

"傻丫头。"滕大彬把赵菲艳揽进怀里，咬着她的耳朵，"飞燕，你永远是我滕大彬的皇后。"

接下来的日子，赵菲艳满面春风。滕大彬一句话，她的天一下子亮了。

杨钰涵几次约滕大彬没成，滕大彬见了她都躲着走了。

煎熬了一段时日，杨钰涵嘴上起了好几个大水泡，鼻子里也长了黄水疮，又开始了床上辗转反侧的折腾。

睡在上铺正在午休的同事实在忍不住了：“我说杨钰涵，有点儿自觉好不好。”

杨钰涵没好气地使劲晃了晃床，“别惹我，烦着呢。”

同事看杨钰涵就像一只挓挲着毛的红眼斗鸡，赶紧闭了嘴。

不喜欢我干吗揽着我的腰？不喜欢我他会用那种眼神看我？杨钰涵一会儿否定一会儿又肯定，跟自己较着劲。她在床上闷了一会儿，突然一个鲤鱼打挺蹦起来。她翻出自己的衣服，左挑右捡选了一件连衣裙，又对着镜子往脸上描画了一番，在同事诧异的目光里，杨钰涵一阵风一样飘了出去。

她去滕大彬车间一打听，他今天休班，回家了。杨钰涵毫不犹豫去找车间主任请了假，车间主任因为有一批货急着发出，一开始不准假。杨钰涵急了眼：“你不准假就等着明天给我收尸吧。”

“杨钰涵你啥意思？真把自己当贵妃了？这是公司，不是自由市场。”

“公司怎么了，要死人了你明白不？”

杨钰涵一句话把车间主任唬得一愣一愣的，还没等他反应过来，杨钰涵早已经跑出了车间。

“小蔡，你师傅家谁要死了？啊，谁要死了？”车间主任扯着小蔡，满脸疑问。

“啊！主任，我看人是死不了，是我师父把魂儿丢了……”

“没组织没纪律的，我看这样下去车间要乱套了。扣奖金！这月的奖金我全给她扣光了，要造反了这是！”

“主任，也说不定真要死人了，要不您再落实一下。”小蔡冲着车间主任的背影大喊着。

“早死早托生，有什么样的师傅就有什么样的徒弟，一天到晚跟我玩邪的……”车间主任一边骂骂咧咧一边出了车间。

打听到滕大彬家就在电影院后面的神仙巷，杨钰涵也不管天色已晚，打了辆车就直奔那里去了。

神仙巷狭窄的胡同内全是卖菜、卖肉、卖各种杂货吃食的地摊，满地都是围着苍蝇的烂菜叶子、烂水果以及夹杂其间五彩缤纷的方便袋，散发着恶臭的垃圾箱被乱扔的垃圾包围着。杨钰涵厌恶地捂着鼻子。滕大彬怎么能生活在这种地方？杨钰涵为他感到委屈。

胡同口有一位坐在树底下乘凉的老人，杨钰涵问明白了滕大彬的家。她弯腰掸了掸鞋子上的灰，朝那个门口走去。

杨钰涵忽然有点儿胆怯，自己来找滕大彬说啥呢？说的话从何说起如何开口呢？自己来都来了啥都不说那不是太亏了吗？从小到大，有什么东西是真正属于自己的？那个家？还是爸爸？滕大彬是自己这辈子最在乎的人了，如果不出手，成了别人的了，那怎么行？想到这儿，杨钰涵提起一口气把手伸向那个门环。

滕大彬好像是刚洗完头，正拿一条毛巾擦着头发。杨钰涵一进门，滕大彬愣了，“你……你咋来了？”

杨钰涵也不说话，上去抱住滕大彬就哭。

滕大彬手忙脚乱，躲闪中毛巾掉到地上，被杨钰涵踩在了脚下。滕大彬一脸讶异地往外推杨钰涵：“有话好好说，有话好好说。杨钰涵你咋的了这是？”

“滕大彬，我喜欢你。你要是不答应，我就不活了。”

从屋子里出来一个五十岁左右的女人，“大彬，这是咋了？你是不是欺负人家了？”女人说着话，上来就要拉扯滕大彬。

“妈，没事。我同事，可能在厂里受了点儿委屈。”

滕大彬怕邻居听见瞎猜疑，赶紧把杨钰涵拉进屋里。

“钰涵，你这样子呼天抢地的，人家还以为我把你怎么着了呢？”

杨钰涵还是止不住哭，直嚷嚷着，滕大彬不答应她就去死。

大彬妈躲在门外听了一会儿，明白了这丫头原来是来逼婚的。那可不成，我儿子有女朋友了，我那儿媳妇可比这个野丫头喜相多了。现在这社会女孩子怎么成这样了，哪还有点儿女孩子的矜持样，还自己找上门来了，这都什么世道啊。大彬妈在门外走来走去，琢磨了一会儿，自己是长辈，也不便太过干涉，她找了个凳子坐在儿子房门外听动静。

杨钰涵的哭声渐渐止住了，大彬妈松了一口气。

咦，不对呀，怎么没动静了？

大彬妈一个激灵站起来，这还了得。她砰砰砰开始砸门。滕大彬把门开了一条缝，露出半个脑袋，大彬妈一把把滕大彬薅了出来。好家伙，大彬就剩一条秋裤了。

大彬妈一下子冲进屋里：“我说姑娘，你这是要干吗？想生米煮成熟饭？我告诉你，别说煮成熟饭，就是煳成锅巴，你也做不了我儿媳妇。大彬你也是，怎么这么没有把持，你是有女朋友的人了，怎么可以乱来？”

杨钰涵看一眼低头站在一边气都不出一声的滕大彬，狠狠地抓起自己的衣服，“滕大彬，你真不是男人！”扔下这句话，杨钰涵又羞又恼地抹着眼泪出了门。

滕大彬挪了挪脚，终究还是没出去追。

“大彬，不是我说你，你是个男人，得有自己的主心骨。你可不能脚踩两只船，咱老滕家不出这号人。”

“是她……是她把我的心哭乱了。你知道，你儿打小心肠就软，哪顶得住她这么哭啊！”滕大彬颓然地坐在沙发上。

“连这都顶不住，那你还能扛什么事？”

滕大彬心烦意乱地把母亲推了出去，一个人愣在沙发上。那条毛巾蜷曲在地上，上面被杨钰涵踩了好几个脏脚印，滕大彬瞅着那几个脏脚印发呆。

滕大彬的“软心肠”让这两个女人之间的角力注定了不能速战速决。赵菲艳拉他一把，他就对赵菲艳重复那句你永远是我的皇后。杨钰涵找他一哭一闹，他又对杨钰涵心肠软了起来。

最后的决定权无可争议地交到了大彬妈的手里，她是认定了赵菲艳这个儿媳妇的，用她的话说，这辈子她认定了赵菲艳这个儿媳妇，谁也别想横插一杠子。

赵菲艳和滕大彬要结婚了。就在杨钰涵还在做着自己也许能竞争成功的梦时，杨钰涵看到了赵菲艳分发给同事的大红请帖。

请帖的封面上是一对执手相望的新郎新娘,旁边写着“一生挚爱”四个字，这四个字像四支带毒的冷箭，一下子射中了杨钰涵。

自己为什么总是逃脱不了被人掠夺的命运，癌症掠夺走了妈妈，王少红掠夺走了爸爸，这个赵菲艳掠夺走了自己最心爱的男人……

又到休班的时候了，杨钰涵不愿意回那个家，她打算自己一个人待在宿舍。但是厂后勤部的人下了通知，职工宿舍要统一处理墙皮，要求职工们放假之前把自己的东西全部另找地方存放。宿舍待不成了，她只能回家。

到家她发现爸爸和那个女人都不在。杨钰涵在这个无人打扰的家里一下子放松下来，她把背包一放，一下子把自己扔进沙发躺成一个“大”字，用脚丫子把遥控器夹过来打开电视，一边撕开一袋旺旺雪饼一边调到影视频道。电视里面在演《甄嬛传》，正演到皇帝在龙榻上奄奄一息，甄嬛眼里一片决绝的杀机。杨钰涵大喊着："好，死老儿，这就是背叛的下场。"

看看时间不早了，杨钰涵赶紧把没吃完的雪饼用报纸裹了裹扔进了垃圾桶。她走进厨房，把冰箱里的一颗包心菜拿出来洗了，又开始淘大米。杨钰涵不断地问自己，你这是在讨好谁呢？谁会领你的情？她一边开小差儿一边把电饭锅的盖子拿开，把里面的内胆取了出来，一下子把淘好的大米倒了进去。

杨钰涵大叫了一声"坏了，坏了"——大米被她直接倒在了电饭锅的加热板上。她赶紧把电源线拔掉，把锅倒扣过来，里面的水流了一灶台。杨钰涵沮丧地把锅盖扔在一边，"杨钰涵呀杨钰涵，你还能干点什么呀？得，这下子那个女人可有话说了。"

爸爸和王少红有说有笑地开门进了屋，看到杨钰涵两个人一愣。

王少红手里提着一袋子蔬菜走进厨房，"啊呀，钰涵，电饭锅里怎么全是水啊，怎么回事？"

杨钰涵瞅了一眼爸爸："淘完米顺手把内胆拿出来就把米倒进去了，走神儿了。"

爸爸看了一眼杨钰涵，心里纳闷她的语气如何能这么轻松。

王少红在厨房里忙活，爸爸把手机放下进了厨房，杨钰涵赶紧跟了进去。

"电饭锅进了水就不能用了吧？别插电，别把线路烧了。钰涵你干吗呢，整天魂不守舍的。"

"嗨，没事，这电饭锅年头儿也不少了，坏了换新的。"王少红拿胳膊肘戳了一下爸爸。

杨钰涵红着脸走出了厨房。

"她这么长时间没回来，回来还知道做饭，你就少说两句吧。"

“错了就是错了，还不能说了？”

“我在家，你就少说两句。宝宝和贝贝你怎么说都行……”

尽管王少红把声音压得极低，杨钰涵还是模糊听出了大体的意思。她坐在沙发靠背上，把一只布艺玩具猴子抓在手里，拿手使劲掐着小猴的脖子……

爸爸冷着脸来到客厅，“钰涵，做了错事说一声就行了，谁还能把你怎么着？但你得有个态度不是。”

“什么态度？我又不是亲生的，怎么做都不对！你们是一家人，就我一个外人。”

“杨钰涵，你什么意思？你是喝西北风长大的？别以为全世界的人都欠你的，不要太过分了！”

王少红赶紧从厨房出来：“文斌你干吗呢？不就是个锅吗，有啥大不了的。”

“不是一个锅的事，她这态度不对头，我已经忍了很久了。”

“我知道我是多余的，我走，我走了你们就称心了。”

“啪”的一声，杨钰涵的脸上挨了重重的一记耳光。

王少红愣住了，杨钰涵也呆愣在那里。

愣了一会儿，杨钰涵“嗷”了一嗓子，捂着脸扭头就往门外跑，王少红赶紧上前想拦住她，杨钰涵把王少红拽开：“让开，心机婊！”说着话，门“咣当”一声关上了。

杨文斌的手气得直哆嗦，他掏出一根烟想点上，打火机却怎么也点不着。

王少红直着眼坐在沙发上，脸上一副欲哭无泪的表情。

“你今天是怎么回事，怎么这么不克制？你竟然打她，这么大的姑娘了怎么可以打？”

“唉……我也不想这样，她那态度太气人了。”

“气也得忍，你这样子，不是让我更不好做人了吗？你知道我有多难吗……”王少红忍不住，趴在沙发背上呜呜地哭了起来，“她出门的时候，说了句什么你听明白了没？”

“没太听清，说啥了？”

“心机婊……我整天小心翼翼生怕哪里做得不好，最后还是赚了个心机婊……”

“那你还说不该打！”

“越打越糟！快出去把孩子追回来呀。”王少红像突然醒悟过来，赶紧拽起杨文斌往外走。

窗外的风刮得窗户发出呜呜的声音，没来由的大风把夏天的炎热荡涤殆尽。

（8）

滕大彬和赵菲艳的婚期到了。

婚礼上，赵菲艳的目光在各个酒桌上扫描了一圈，然后收回目光盯着自己杯子里的香槟愣神儿，心里突然空落落地疼。自己跟杨钰涵缠斗了那么久，按说胜出了应该高兴才对，这是怎么了？

滕大彬也蔫蔫的。他不知道张爱玲，也不知道饭粘子和白月光，更不知道蚊子血和朱砂痣。他只是突然觉得一切都那么索然无味。

当赵菲艳替他脱掉礼服外套，两人按部就班地履行着新婚夫妻该履行的一切时，他突然想起跑到自己家的杨钰涵像个女匪一样剥掉他的外衣。突然想起杨钰涵的那句：滕大彬你真不是男人！不知为什么，面对杨钰涵停机坪一样的胸他的心跳却莫名地加速。滕大彬像被什么刺了一下，他赶紧拍拍脑袋定了定神。

婚姻就是那么回事。有条不紊，波澜不惊。一晃一年过去了。

赵菲艳经常一个人坐在婚床上，望着墙上已经褪色的双喜字出神。当有人和她争和她抢，她拼得死去活来。可是当争斗戛然而止，她一直提着的那口气一下子松了。她重新审视自己拼命抢来的战果，她开始质疑，这真是我想要的吗？

滕大彬和赵菲艳像所有庸常的夫妻一样，活得很烟火，也爱，也吵架。不小心提起杨钰涵，他俩都会故意躲开彼此的目光。

杨钰涵比以前更拼了命地干活，带徒弟，参加各种技术大赛，只是有一件事她从来不干——谈恋爱。别人一给她介绍对象，她就摇头。她的眼里满是空洞和迷茫，一副离尘世很远的样子。

一次，滕大彬在路上碰到了杨钰涵。两月不见，杨钰涵形销骨立，脸色灰黄。在无边的秋风秋雨里，滕大彬心里突然涌起的疼也像这秋雨一样漫开来。他突然抓起杨钰涵冰凉的手，想说一句安慰的话。

杨钰涵猛地把手抽出来，头也不回地走了。

滕大彬望着杨钰涵瘦削的背影，虽然只隔着几米远的雨雾，却好似隔了半生。

细心的同事发现，赵菲艳的肚子不知不觉中鼓了起来，应该是怀孕了。杨钰涵心里的痛又加深了一层，像被一场突如其来的冰雹摧残过的残枝败叶，就差零落成泥了。

这段时间，滕大彬再遇到杨钰涵，感觉到她似乎不那么冷漠了。有时候两个人擦肩而过时，滕大彬还会有意无意地碰一下杨钰涵的胳膊或者蹭一下杨钰涵的手背，杨钰涵似乎捕捉到了什么信号。

滕大彬回宿舍的路上，杨钰涵经常会从一个转角处不期而至。滕大彬还发现，下了班，杨钰涵会故意磨蹭一会儿，或者在厂区小树林的躺椅上坐一会儿。滕大彬也似乎捕捉到了什么信号。

空气中有一种心照不宣的东西在暗中发酵。

又是一天下夜班，滕大彬有所期待地穿过那片小树林，又有所期待地看了一眼那张躺椅。

是杨钰涵！杨钰涵一个人坐在月光中的法桐下。

滕大彬心里热了一下。这个曾经像女匪一样的姑娘，此刻蜷缩在长椅的一头，头埋在膝盖上，身体单薄得好像要从月光中飘起来。滕大彬犹豫着走了过去，慢慢地在长椅的另一头坐了下来。杨钰涵似乎无知无觉，还是那样在月光里飘着。

滕大彬慢慢往长椅的另一边靠，杨钰涵抬起头，看见滕大彬，好像一点儿也不意外，声音幽幽地问滕大彬："滕大彬，你有没有爱过我，哪怕是一点点。"

"钰涵……"他的手试探着落在了杨钰涵的肩头，杨钰涵瘦削的肩头让人格外心酸。

"回答我！"杨钰涵把滕大彬的手从肩膀上甩开，抬起头来，执拗地望着滕大彬。

"有……有一点……"滕大彬有些迷乱地胡乱回答着杨钰涵，突然一下子抱住了她。滕大彬周身像有千万只虫子在爬，身体内的灼热像一股岩浆汹涌澎湃却找不到出口。

杨钰涵的身体像被烙铁烫了一下。

小路上走过来一个人，滕大彬赶紧站起身，从旁边一条小道溜走了。杨钰涵心里的灼热突然被兜头一瓢冷水浇灭了。

第二天，杨钰涵被沈爱民叫去了企管办。沈爱民先是问了问杨钰涵带的徒弟什么时候能出师，然后话锋一转，"钰涵，有些事咱不能做，做了就是一辈子的亏欠。其实……其实有些你费尽心思得到的东西不一定会让你好过。"杨钰涵不明白沈爱民什么意思，只觉得"沈公公"今天阴阳怪气，讨厌得很。

大概两个月之后，企管办那边传来一个坏消息——沈爱民的老婆出车祸死了。震惊之余，厂里要组织大家去沈爱民家里慰问一下。杨钰涵赶紧报了名，不管背后怎么叫沈公公，杨钰涵对沈爱民打心眼儿里还是尊敬的，再说沈爱民不止一次帮过她，他家出了事，于情于理都该去看看。

沈爱民看到大家来了，眼里的泪涌了出来，男人那种无声的哭泣比女人的号啕更有一种撕心裂肺的沉重。沈爱民的痛苦是出乎杨钰涵预料的。印象里，沈爱民被老婆压制得不成样子，整天一副受气包的可怜相。当然了，自己的老婆死了肯定是要哭的，但不至于这样哭。

大家陪着沈爱民坐了一会儿,说了一些安慰的话,便起身告别了。沈爱民跟大家挥挥手，后来又加了一句：“杨钰涵，你留一下。”

杨钰涵一愣，眼睛盯着沈爱民的脸，想从他脸上破解让她留下来的理由。

“杨钰涵，是不是特别奇怪我把你留下来。”

“沈主任，您肯定有话要说，说吧，我听着呢。”

“你是不是听说过我老婆因为发现我藏私房钱，罚我半年不穿裤衩的事？”

“嗯……听说过，但我知道肯定是他们糟践你。”

“是真的。”

杨钰涵不知道沈爱民为什么要跟她说这些。

“我老婆左胳膊是假肢，她是残疾人。”

杨钰涵瞪大了眼睛。

“我们俩收入不是很高，但是她一直资助着贵州山区的三个孩子，从小学一直资助到他们上大学，所以她对钱管得特别严。”

“既然不宽裕，嫂子为啥要这样做？”

“因为她从小残疾，父母都有病，他们家得到过很多人的救助。”

杨钰涵还是不明白，沈爱民为啥跟她说这些。

“当然，这些都不是我想跟你说的。我要说的是，我们每个人都要用最大的善意来看待别人。他们做的事我们高兴也好不高兴也罢，都有他们这样做的理由。因为他们都是独立的人，不是为了某一个人量身定做的。我们不要总以为自己是这个世界上最可怜的一个，每个人都有自己埋在心里的苦，谁都不欠谁的。”

杨钰涵低下头，她明白沈爱民说的是什么，又似乎不太明白。沈爱民找她的这两次谈话，都有所指，但又不确定所指的到底是什么。

第二天晚上，杨钰涵还是坐在躺椅上。滕大彬还是从这里路过。滕大彬还是把手试探着落在了杨钰涵的肩膀上，只不过这次杨钰涵没有把他的手甩开，或者说她还没来得及甩就被滕大彬一下子抱住了。

杨钰涵很奇怪自己竟然一点儿都不激动，她本来以为自己会热血沸腾，会有一种报仇雪恨的快感，以为自己会很享受这样的“胜利”，可是没有。滕大彬捧起了杨钰涵的脸，手迫不及待地在杨钰涵的身上游移起来，甚至，甚至他开始扯自己身上的腰带。

沈爱民的话一下子在杨钰涵脑子里闪了出来，杨钰涵的心猛然间像夏天裸露的胳膊被带毒的蚂蚁咬了一下。她的眼里射出一道锐利的寒光，心里突然涌上一股说不清道不明的愤怒。她扭过头，朝着滕大彬搂住自己的胳膊狠狠咬了一大口，一道弯曲的牙印先是暗红，接着慢慢渗出了血珠。

滕大彬疼得满脸狰狞：“杨钰涵你神经病啊！”

杨钰涵一下子把滕大彬掀下去，顺手把滕大彬扯在地上的腰带抓起来："我就是神经病，我病得还不轻呢。"杨钰涵说着，开始劈头盖脸地打滕大彬，仿佛突然之间对滕大彬生出了深仇大恨。

滕大彬一开始只是躲闪，突然腰带的金属扣子抽到他的眼角，只听他一声惨叫。

"杨钰涵，你就是一条疯狗。"

滕大彬握着双拳，仿佛在努力压制着自己。他一把拽过腰带，一边扯着裤子一边快速逃离，生怕疯了一样的杨钰涵再起什么幺蛾子。

滕大彬的身影消失在树林里。杨钰涵狠狠地抽着自己的脸，"啪啪啪"，声音越来越急越来越响。

她恨自己，恨自己爱得过于拼命、过于尽情、过于不知收敛与节制，恨自己一直跟赵菲艳争来争去。静下心来想想，滕大彬真有那么好吗？自己这样召之即来挥之即去是不是有点儿贱？自己这样算什么，顶多是一味可有可无的调料，只不过是滕大彬吃腻了大鱼大肉顺手一薅拔起的一棵野葱，嚼两口图个新鲜而已。尤其是在赵菲艳怀孕的时候，男人的饥渴难耐而已。如果说以前她和赵菲艳还算是公平竞争，现在她就像一个上不了台面的小偷，正在觊觎别人碗里的东西。

往后的日子，杨钰涵见到滕大彬即使面对面也形同陌路。滕大彬脸上的伤口已经结痂，那个黑褐色的痂像一块警示牌，时刻提醒着自己曾经的荒唐。滕大彬也不再跟杨钰涵玩儿暧昧，一副目不斜视冷冰冰的样子。滕大彬的决绝反而让杨钰涵有种莫名的轻松，她独处时的纠结与彷徨，身体与内心的渴望与羞耻心的较量，在滕大彬的冷漠之下，慢慢逃遁无踪了。真正的死心，不是歇斯底里的怒吼，也不是你死我活的决斗，而是默不作声的疏离。不管滕大彬是彻底死了心还是故作姿态，对杨钰涵来说，这样的冷漠都是一种解脱。杨钰涵庆幸自己从纠结、彷徨里走了出来，虽然残忍，但也比一直在迷雾里跌跌撞撞的迷茫强百倍。一潭死水，才是真正的无可救药。

杨钰涵长出一口气，终于熬过来了。

（9）

孚日集团组织了女职工的例行体检。轮到赵菲艳时，那个做彩超的大夫给赵菲艳做了好几遍。冰凉的超声探头让赵菲艳感觉莫名的恐慌，为什么独独给她做好几遍？

检查完所有项目，大夫嘱咐她一定要去医院复查一下卵巢。

滕大彬第二天就拖着赵菲艳去人民医院做了复查，情况果然不妙。医生皱着眉头，让他们去济南的大医院进一步检查。赵菲艳的心猛地缩了一下。

进一步检查的结果出来了——卵巢癌。赵菲艳感觉自己一下子空了，她从没想过死会离她如此之近。月经停止，肚子变大，赵菲艳一直以为自己怀孕了，所有的人都以为她是怀孕了。因为“怀孕”赵菲艳这几个月一直不让滕大彬碰自己，两个人因为这还闹了好几次不愉快。当她为自己成为准妈妈暗自高兴的时候，癌症像一个捉迷藏的孩子，突然从背后大叫着拍她一巴掌，大喊一声：你完蛋了！

自从出结果那一刻，滕大彬的腰板儿就再也没直起来。

经过无数个不眠之夜，无数次绝望流泪之后，赵菲艳突然想通了、看透了。该来的总要来，你逃不掉也躲不开。

柔弱到极限，女人便会变得强悍无比。

做手术之前，大夫让滕大彬去签字。滕大彬哆嗦着双手，签字笔几次滑到桌上。赵菲艳平静地抓住滕大彬的双手，使劲握了握。

“我没事，我属猫的，有九条命呢。”

进手术室门的一刻，赵菲艳朝滕大彬摆摆手，笑着说了声再见。滕大彬瘫坐在走廊的长椅上孩子一样哭了起来。

小何最先跟厂里的人报告了这个消息，本来叽叽喳喳一车间的人一下子寂静下来。她们都不信，但又不得不信。

扑通一声，杨钰涵手中的纱筒一下子滚落在地。大家不约而同地把目光转向她。杨钰涵蜷缩在机台旁边，她的脸因为抽搐扭曲着，像一只中枪的野兽。

“你们都看我干吗？你们是不是都有病？”情绪完全失控的杨钰涵突然呼天抢地哭了起来，仿佛把积攒日久的委屈一股脑儿地倾倒而出。

她们本以为杨钰涵会幸灾乐祸，至少会装作漫不经心，大家都被她的号啕镇住了。

孚日集团为赵菲艳发动了捐款。

发完工资之后，车间主任拿着捐款箱，一边收款一边统计名单和捐款金额。大家表情凝重地把自己的爱心捐款投进箱内。

杨钰涵眼睛红肿着走了过来，她从自己兜里掏出来一沓百元钞票，从上面点出几张揣进兜里。

“我把生活费留下，剩下的，都捐了。”

车间主任赶紧阻拦，“不行，‘杨玉环’，这样太多了，这得四五千呢。”

杨钰涵看都不看她一眼，径直往外走。

小何拦住杨钰涵，“那就点点金额，签上名字，我得替我师傅把账记明白。”

“你们点吧，名字不用签了。见了她，不要提我。”

得知赵菲艳为了化疗方便已经转院回了高密，车间主任带着捐款领着同事们去医院探望。

小何招呼杨钰涵：“‘杨玉环’，走吧？”

“我不去。”杨钰涵头不抬眼不睁。等同事们走出了厂区大门，她一屁股坐在了地上。

手术后的赵菲艳脸色煞白。考虑到赵菲艳还没生过孩子，医生们冒着癌细胞转移的风险给她保留了一侧卵巢。

同事们的到来让赵菲艳的眼睛一下子亮了。她的目光扫过每一个人的脸，眼中又闪过一丝不易察觉的失落。

车间主任把装着捐款的信封递到赵菲艳的婆婆手里，老人家嘴唇哆嗦着不知该说什么好。小何凑近赵菲艳耳朵，“师傅，最大的一笔捐款是‘杨玉环’的。”赵菲艳瞪大眼睛看着小何。车间主任突然对姐妹们使了一下眼色，大家心领神会，一下子散开分列两边。躲在人群后的杨钰涵来不及躲闪，暴露在中间。

赵菲艳的目光定在杨钰涵身上，直到眼泪模糊了她的双眼。

杨钰涵本来想跟在大家后面偷偷看一眼就走的。

车间主任赶紧把杨钰涵拉到病床前，把她哆嗦的双手递到赵菲艳手里。

打饭回来的滕大彬一下子定在门口，他看看杨钰涵又看看赵菲艳，默默地把饭盒放下，走出了病房。

（10）

几个疗程的放化疗，加上中药的辅助治疗，赵菲艳跟癌细胞斗争了将近两年。最近的一次复查结果出来，滕大彬全家都振奋到忘乎所以——癌细胞竟然消遁无踪了！

杨钰涵紧紧拥抱住赵菲艳。“菲艳挺过来了，菲艳重生了！”

赵菲艳拉着杨钰涵的手，“钰涵，如果我真死了，你会不会嫁给大彬？”

杨钰涵替赵菲艳捋了捋散乱在额前的头发：“癌过去了，爱也过去了。你的癌把我的爱彻底打败了。艳儿，你知道吗，听说你笑着进手术室，还笑着跟大彬说再见，那时候我就觉得你赵菲艳真的很牛，赵菲艳你比爷们儿还爷们儿。我……我怎么就把这么好的一姐们儿给弄丢了呢……”杨钰涵说不下去了，赶紧抓起一个枕头遮住自己的脸。

“杨钰涵，你怎么这么坏？人家病刚好，你就来招惹我。”赵菲艳擦着眼泪，狠劲拍打着杨钰涵，又猛地拉起她的手，怕丢了一样紧紧地握在手心里。

杨钰涵拿起纸巾狠劲擤了一下鼻涕。“哼，艳儿，姓滕的要是敢欺负你，看我怎么收拾他！艳儿，其实我犯了一个错误，以为抢着吃的饭才最香。这段时间，我一直在反思自己，‘沈公公’说得对，你以前说的也有道理，王少红其实那人挺好的，换成是我，可能连她做的一丁点儿都做不到。”

“‘沈公公’说啥了？”

“他说……他也没说啥……”

“你这么想我就放心了，人啊，只有经历一些事才会想明白一些事。你们是一家人，她把你从十几岁抚养成人，心里肯定也忍了很多该忍的不该忍的。”

“其实我从一开始就明白，但就是控制不住自己想和她对着干。不说她了，一场癌，让你停在原地等了我一程，我赶上来了。艳儿，我以后再也不会把你弄丢了……”

赵菲艳知道，这丫头，认真了。

赵菲艳抹了一把眼泪又笑着拧了杨钰涵一把：“你飙什么飙，

我没丢，一直都在，给我好好说话！”

窗外的蔷薇花开了，一阵芳香让整个屋子都变得那么温润，那么柔软。

杨钰涵欣慰地看着赵菲艳在房间里为她忙来忙去。她俩枯萎的情谊又焕发出了新枝嫩芽。时间像胃液，在不知不觉中消解了一些爱与恨。它把曾经的刻骨剥蚀成云淡风轻，把过往的炙热淡褪成不温不火。

（11）

又是一年过去了，小何吆三喝四地去厂里报告：“赵菲艳生了一个七斤半的大胖小子，取名叫滕飞。”

小生命的到来让赵菲艳彻夜难眠——怀孕生子对别的女人来说也许是平常事，可是对切掉一侧卵巢的赵菲艳，真的是意义非凡。

杨钰涵迫不及待地抱着一大包营养品和婴儿用品来医院看赵菲艳。

看着婴儿床上睡梦中还在吧唧着嘴巴的小滕飞，杨钰涵不管不顾地把小家伙抱了起来，啧啧啧地对着滕飞小脸狂亲不止。

“赵菲艳，说好了啊，我当滕飞干妈。”

“羞不羞啊你，还没嫁出去呢，就想当妈。”

“没结婚怎么了？抢种抢收嘛。儿子，叫干妈，快叫干妈。”

杨钰涵突然觉得肚皮上一阵温热，她赶紧笑骂着把滕飞放回床上。滕飞在杨钰涵和赵菲艳爽朗的笑声里事不关己地继续眯眼甜睡。他的小“弟弟”得意地翘翘着，顶上还挂着一滴透明的小水珠。小家伙毫不客气地赏了干妈一泡新鲜热乎的童子尿。

笑着笑着，赵菲艳悄悄回头抹了一把脸上的泪。

回到大海的熟螃蟹

人生就是这样
不知其何所来，更不知其何所往
就像海浪卷起的泡沫
汹涌而来，又急速后退

（1）

七拐八拐穿过神仙巷，管鹏好不容易找到单元楼梯口。他扶着楼梯扶手，脚步踉跄地迈着台阶。不知为什么，管鹏感觉手中的包比往日沉了不少。楼道内静悄悄的，橘色的灯光恍惚地照着他，也照着他脚下似乎比以往长了不少的楼梯。

301 的门口堆着几个盛着垃圾的塑料袋，一束蔫了的鲜花被裹在一只白色的塑料袋里，几朵还未完全萎蔫的勿忘我不甘心地探出袋口。那像往生一样深情的紫色让管鹏心里一动，他伸手想把那紫色从袋子里抽出来，一股鱼腥和花香混合在一起的浓烈的味道突然扑向管鹏。一阵恶心袭来，他赶紧直起身，继续挪动滞重的脚步往四楼爬。

401，到家了。管鹏哆嗦着手掏出钥匙，闭着眼打开门，顺手摁开门旁的客厅灯。刺眼的光线像给了他当头一棒，管鹏眯眼适应了一会儿，今天这是咋了，灯咋这么亮？咋感觉一切都那么不正常呢？等管鹏睁开眼，发现还有更不正常的事——家里的家具、电器、甚至床上的物品都没了！

管鹏扶着卧室的门框愣怔了一会儿，赶紧掏出手机按了一个号码：“倩儿，咱家的东西呢，咋啥都没有了？”

“啥？啥东西没有了？”

“家具……电器……什么什么的……都……都没了。”

电话那头的女人声音变了调：“啊！我马上往家赶！”

打完电话，管鹏一屁股坐在了地上，他想拨 110 报警，可是手指不听他的话。他不明白到底发生了什么，越想脑袋越沉，越想越迷糊……

一阵手机铃声把管鹏从迷糊中惊醒。

“喂……老婆，你报警了没……”

“报什么警，管鹏你这是抽哪门子风，你今天喝了多少啊？一惊一乍的，我现在在家呢，你赶紧回来！”

一股难闻的味道令管鹏皱了皱眉头，他看了看脚边，一堆秽物黏在地上，自己的鞋子上也沾着花花绿绿的呕吐物。管鹏拍拍昏沉的脑袋，看来自己真是喝多了，这老房子已经十几年没住了，自己竟然迷迷糊糊来到这里，真邪门儿。

管鹏在房间里转了一大圈儿，没找到笤帚、拖把之类的东西。突然发现卫生间的墙角堆着一块破床单，他赶紧把床单扯成几块儿，捂着鼻子擦着地上的污秽。

下楼时，三楼那股混合的味道又让他一阵恶心，那致命的紫色也没让这难受的感觉减轻分毫。

管鹏赖在被窝不想起床，妻子郭倩从另一个卧室过来，迅速把淡紫色的窗帘拉开，把窗户推开，又把管鹏身上淡紫色的被子一把拽了下来抱在怀里。

“你干吗？把被子给我，还把窗帘都拉开了，你让我走光啊。”

“你还怕走光？先起来再说。”

郭倩甩了一下遮住眼睛的栗棕色头发，她的眼睛里布满血丝，眼睑下一片青乌，失眠留下的痕迹清晰可见。管鹏还想伸手拽郭倩抱着的被子，郭倩扭头把被子抱到客厅沙发上，背影里有一种不容置疑的果决。

管鹏蜷在床上冻得抱着膀子，尽管宿醉让他浑身倦怠，他还是慢悠悠起身穿上了衣服。郭倩双手握着一只玻璃杯子，脸色凝重地坐在沙发上。

“干吗呀老婆，怎么这么严肃？”

“说说吧，那个房子十年没住了，怎么突然就跑回去了？”

“哎……喝多了，喝多了……我也没想到喝那么多……”

“仅仅是喝多了吗？我看是旧情难忘吧……”

管鹏凑过来把下巴靠在郭倩肩膀上：“谁的情也没咱俩真，也没咱俩难忘……”

“别跟我来这套，你必须给我一个说得过去的理由！”郭倩一甩卧室门，把自己关在了卧室里。

“爸爸，妈妈是不是生气了？”女儿涵涵披着一件粉色的斗篷、光着脚丫从另一个卧室出来凑到管鹏面前，眼睛睁得大大的，表情很是惊惶。

这是管鹏和郭倩第一次在女儿面前闹别扭，这是管鹏最忌讳的事。他赶紧掩饰：“我跟妈妈闹着玩呢，没事。涵涵，你今天不用上学，赶紧回床上再眯一会儿去。”

涵涵的长睫毛抖动了几下，果冻色的小嘴唇嘟成小喇叭状，朝管鹏调皮地呶了呶，一阵风一样跑回了卧室。

管鹏赶紧把女儿的卧室门闭严，他不希望女儿有一个被父母战争硝烟笼罩的童年。

（2）

管鹏和郭倩是兰州某理工科大学同班同学，学的是工民建专业。两人同学四年，大三开始谈恋爱，后来又一起考了研究生。毕业后两人却没能去同一个地方，郭倩去了深圳一家设计公司，管鹏回了高密老家的水利设计院，两人异地缠绵悱恻地又恋了三年，这“八年抗战”式的爱情长跑，一度成为同学们津津乐道的佳话。

异地的恋爱开花可以，要想结果，却比想象中要困难十倍百倍。

就在两人谁也不能说服谁、谁屈就谁之后，迫于双方家长的恩威并施和异地生活的各种不便，两人在相恋八年之后无奈分手。

人总要相信点儿什么，灵魂才能安稳。比如管鹏，他曾经相信爱情，他和郭倩的爱情海枯石烂似乎有点儿夸张，但白头到老，他还是有信心的。那抹勿忘我的紫，已经顽固地融进他生命的底色里，不可或缺。

失恋像一场缠身的重病，分手之后的日子如现在的雾霾天，阴沉、晦暗。

管鹏感觉生活像一袋真空包装的粮食，冷不丁袋子被剪了一个缺口，原来的紧致没有了，变得疏离、涣散，没着没落。

每当看到勿忘我的紫，管鹏的心就会猛地抽一下。于是他避之不及地赶紧离开，心还会更猛烈地再抽一下。

看到让人心疼，离开让心更疼。管鹏就在这时不时的疼痛里把自己煎熬到憔悴。

管鹏妈妈急于把儿子从失恋的阴影中拉出来，托同事给管鹏介绍对象。

这同事是管鹏妈的好姐妹，虽然两人都退休了，但是一直走动。同事没让管鹏妈失望，很快就介绍了一位姑娘，而且姑娘是她的亲外甥女。姑娘在高密一机关单位工作，苹果形的娃娃脸，看起来比实际年龄要小好几岁，而且见人咧嘴就笑，含糖度极高的那种笑。

在管鹏妈心里，这姑娘喜相，一看就是一个性格温柔的好妻子。不像那个郭倩，锥子脸、高颧骨，两腮无肉，一脸刻薄。

姑娘对管鹏一见倾心。

管鹏妈回家问："那姑娘怎么样？"

管鹏表情淡淡地："你看着行就行，我无所谓。"

儿子的态度让管鹏妈哭笑不得，又有很深的隐忧从心底泛起——结婚毕竟是一辈子的大事，儿子要是一直这么消沉下去，那可怎么办？转念又一想，虽说儿子是个长情的人，但男人总归是男人嘛，总是比女人忘得快。结了婚，小两口儿培养起感情，也许就慢慢把那个外地丫头放下了。

这么想之后，管鹏妈立刻行动，一方面开导管鹏，一方面准备结婚的房子。那时候管鹏父母关系还算融洽，至少在管鹏看来，这已经是父母相处史上最和谐的一段时光。

管鹏爸妈搬到了神仙巷轿杆胡同深处自己家原来空置的三间老宅，把他们住的120平方米的楼房腾出来，重新装修，就给管鹏布置起了新房。这栋楼房虽然也在神仙巷，但是位于主路和巷口交界，而且与主路之间隔着一个面积不算小的城中花园。既没有巷子里的逼仄，又没有临街靠路的喧嚣，这栋楼的价值陡然比巷子里高了不少。

母亲里外忙活，准备这准备那，仿佛结婚的不是管鹏，而是她这个当妈的。管鹏经常看见母亲在忙乱的空隙坐着出神，眼睛看向远处。

一次，母亲把一幅海边日出的油画挂在新房餐厅的墙上，挂完后她坐在餐椅上，一动不动地瞅着那幅画。管鹏心里的愧疚就会突然间涌上来，他在心里自责，自己是不是太任性了？快三十岁的人了，还让母亲这样为自己操心费力。他把双手搭在母亲肩膀上，轻轻揉一下："妈……别太累了。"

母亲拍拍管鹏放在自己肩头的手："我不累。"

"那您想啥呢，我看您坐了好一会儿了。"

"我……小鹏，等给你忙完了，我也就没啥挂念了，我也该有自己的生活了。"

"妈，你不用这么劳累，你早就该有自己的生活了，退休了，没事去跳跳广场舞，或者去画画。你以前那么喜欢画画，都好多年没动笔了。"

"我说的不是这个……"

管鹏总觉得母亲把画画丢下是一件非常可惜的事，她的油画曾经在省级大赛中拿过奖的。

自从有一次和父亲激烈争吵之后，母亲把所有的画具都扔进了垃圾箱。管鹏从此再没见她碰过画。

管鹏还要说什么，母亲拿起笤帚，起身去了别的房间。

还有十几天就该摆喜宴了，管鹏爸妈细细搜寻着该叫谁不该叫谁，准备发通知下请帖。

出乎所有人预料的是，就在请帖发了一半的时候，郭倩来了！

她的突然出现像扔进池塘一颗重磅鱼雷，不光炸起了一池春水，池底的鱼鳖虾蟹也一齐飞上了天。

第一着急的就是管鹏妈，一方面严防死守——严防消息让准儿媳知道，死守管鹏不让他跟郭倩见面。另一方面威逼利诱，逼郭倩回深圳，放出狠话，郭倩就是赖在这儿她也不会认这个儿媳。最后一招，她把自己的老底儿全部拿出来利诱郭倩离开高密。

可郭倩偏偏软硬都不吃。

她说，分手这一年，她都不知道自己是怎么活过来的，这次来了，她就没打算回去。她还说，别人说啥她都不信，她只听管鹏一句话，只要管鹏当面说不爱她了，那她立马消失，不是从高密消失，而是从地球消失。

这不是要无赖吗？

下了班的管鹏从公交车上下来，突然看见母亲跟一个年轻女人在马路对面推搡着，他心里的火一下子蹿了起来，敢欺负我妈！

管鹏不顾来往的车辆，直接横穿马路，跨过护栏，一下子拦在母亲面前。

狠话还没说出口，管鹏突然像被施了定身法。郭倩！管鹏定了定神，真是你啊。

郭倩穿着那件带着勿忘我图案的连衣裙，神情疲惫又倔强。

那勿忘我要命的紫啊！

后来，管鹏母亲用来摆平郭倩的那些家底儿没给郭倩，最后因为愧疚给了苹果脸姑娘。当然，管鹏对父母的违拗也是付出了代价的，那套准备给儿子结婚的房子父母收回，要结婚，你们两个自己找地方去吧。

管鹏妈其实是想以房子为筹码把郭倩逼走，这是她手中最后一张牌了。管鹏不跟苹果脸姑娘结婚，她以后还怎么有脸见自己的同事，自己还怎么做人？再说了，不管是相貌还是工作，这个郭倩也并不比苹果脸好呀，这管鹏咋就这么拗呢。

房子没难住郭倩，她把这几年在深圳上班攒的工资拿出来，管鹏又向同事借了一点儿，两个人凑够了首付，另买了一个小套楼房。

管鹏妈知道了情况，打电话把儿子叫过去，先把管鹏噼里啪啦一顿训，管鹏不吱声。说到最后，管鹏妈叹了一口气，说："你俩咋不吱声就买了房子，房子那么小，再说还得还房贷，赶紧退了吧，搬到大房子里。房子不给你住给谁住？不心疼别人我还心疼我儿子呢。"

管鹏闷葫芦一样低头不语，临走时丢下一句："我回去问问吧。"

回家后管鹏吞吞吐吐把母亲的意思告诉了郭倩，不出管鹏预料，郭倩不领婆婆的情："早干吗去了？咱就住自己买的房子，住得踏实。"

结婚那天，管鹏给新娘定制的手捧鲜花不是红玫瑰，而是清一色紫色的勿忘我。郭倩捧着那束花，哭得跟泪人一样。

喜宴开始了，管鹏妈巡视了一圈没发现女同事的影子，请柬肯定是收到了，看样子人家这是真生气了。看到郭倩在台上哭，管鹏妈也在座位上流起了眼泪，哭儿子的任性，把她几十年的好姐妹都得罪了；哭自己的家底儿给了苹果脸姑娘还落得人家跟自己为仇为恶；也哭自己的命——丈夫多半辈子的猜忌，儿子在结婚这样大事上的任性胡为……她越想越伤心，擦眼泪把一盒纸巾都快用完了。

新婚之夜，管鹏拥着郭倩。

"你把深圳的工作辞了，来这边薪水会减一大半，高密的现代化程度也比那边差不少，你将来后悔怎么办？”

“同事也劝我要三思而行，可是，有些事道理上说得通，感情上却过不去。只要你好好对我，我就不后悔。这一年来，我过得一点儿也不开心，因为心情不好，我始终不能更好地融入那边的生活。你看，我哭得都有眼袋了。”说着说着，郭倩就有了鼻音。

管鹏赶紧搂紧郭倩，把脸埋进她的头发……

（3）

管鹏没想到一次醉酒会给自己惹下这么大的麻烦，都两个月了，郭倩一直跟他冷战。冷战是最消耗人的，管鹏从小目睹过父母无数次这样的战争。冷战期间，妈妈只做两个人的饭，她的和管鹏的。爸爸要么在外面吃，要么自己再另外做。父母出门各自锁好自己的房间，仿佛他们不是家人，而是不共戴天的敌人。这样的时期，家中的空气是窒息的、凝固的，管鹏在这样的冰冷里无处藏身。

无论管鹏怎么解释，郭倩一口咬定管鹏是旧情难忘。

管鹏没法证明郭倩说的不成立，因为他拿不出什么证据。他自己也不明白那房子都十年没住了，自己为什么鬼使神差去了那里。他也知道郭倩对那套房子是有芥蒂的，因为那是给自己和别人准备的新房，更因为母亲曾以房子为筹码要挟他跟郭倩的婚姻。

管鹏父母在管鹏成家半年以后就选择了离婚，为吵吵闹闹的半世相处画了个句号。那套房子因为父母的离婚一直闲置着，房产证上写的是父母共同的名字，管鹏父亲不配合过户，房子没法转让，就一直赌气一样闲在那里。

管鹏这时候才明白母亲说的开始自己的生活是什么意思。为了成全儿子的婚礼，这对三十多年的夫妻在人前以从未有过的和谐演着戏，等管鹏结婚后，这场戏才终止。

我管鹏是拿不出什么证据，但这些年我如何自律你郭倩难道无知无觉？就在分手的这一年里，我管鹏虽然名义上跟这个苹果脸谈恋爱，可我连一个像样的吻都没给人家？为什么？因为除了你郭倩，我跟任何人都没有恋爱的感觉，我中了勿忘我的蛊，这蛊，是你郭倩给我种下的！

街道冷冷清清，只有远处拐角一个烧烤摊还灯火通明。管鹏坐在一个马扎上，要了十支肉串，又要了一大桶扎啤，他没在人多的摊位上继续坐下去，而是提着啤酒和肉串坐到一张路边的木椅上。都半夜了，管鹏却不想回家。这在以前是从没有过的。他是一个宅男，下了班除了买菜，除了万不得已，他几乎不在外面应酬吃饭，即使有酒局他也是找各种理由早早地离席回家。不为别的，就为郭倩大老远义无反顾地跑了来嫁了他，他不能把郭倩一人扔在家。上次的酒局，是一个常年在内蒙古的同学回来了。同学带来了一瓶“醉倒驴”酒，非要大家都尝尝。同学以前从没喝过这酒，没想到酒劲如此大，当时就喝趴了好几个。管鹏也破天荒成了“醉倒驴”。

木椅旁有棵两臂环抱粗的大银杏树，枝干肆意，扇形的树叶间筛下点点细碎的月影，梦境一般摇曳在清凉的夏夜晚风里。

管鹏喝完第一桶啤酒，又拿着空桶回到烧烤摊买了第二桶。

卖烧烤的小伙子瞅瞅他：“哥，我看你也喝得差不多了，别要了吧？”

“啥意思？看着你哥喝不起咋的？再给我来一桶！”

小伙子赶紧闭了嘴，给他装了一大桶散啤。

管鹏又回到木椅这儿，抱起酒桶，仰着脖子咕咚咕咚地喝起来。

身旁的灌木丛中传出窸窸窣窣的虫鸣，好久没听过这么安静的声音了。安静的声音？管鹏被自己逗笑了。

管鹏你怎么这么可笑啊？管鹏你什么时候变得这么可笑了？你

活着就是个笑话，天大的笑话。什么感情、什么爱情都他妈见鬼去吧。

管鹏哈哈哈地大笑着，灌木丛里的声音突然静止了。管鹏莫名其妙地看看左右，看样子自己不该笑，看样子自己的笑打扰了它们。

自己该干什么？该怎么做？管鹏“咕嘟咕嘟”又把大半桶啤酒灌了下去。

母亲来了。她满脸怨气，埋怨管鹏在结婚这样的大事上自行其是，母亲说她最会看人，从来没走眼，管鹏啊，你为什么不听我的，你为什么不听我的……

父亲也来了。管鹏很奇怪，父亲一直在自己的生活中，可是管鹏却很少想起他。是本能的拒绝吗？还是因为一想到父亲，管鹏就听到乒乒乓乓的声音？那是父亲摔坏了家中新买的石英钟。砰砰砰，那是父亲砸烂了客厅里的体重计。呼啦啦，那是父亲把挂衣橱的玻璃全部捣烂了……为什么父亲的形象总是跟这些尖锐、刺耳的声音混在一起，管鹏抱着脑袋……

郭倩也来了。为什么郭倩的表情越来越像父亲？郭倩，你并没跟爸爸生活在一起，你们为什么越来越像？郭倩从深圳跑回来的那天，看见郭倩的刹那，管鹏感觉心跳猛然间停止了一样，自己从高空落下却被一只大手接住，身体却在惯性的作用下急剧往下冲。当时管鹏记得自己的手心都麻木了，双腿抖着，要不是有栏杆靠着，他觉得自己几乎要颓然倒地……

涵涵来了。涵涵嘟着果冻色的粉色小嘴唇，眼里蒙了一层雾。涵涵你眼里那么多的担忧，涵涵你这么小，你不要把本不该你承受的事放在心上。童年就该是快乐的，就该是透明的，就该是没有任何烦恼和忧怨的……

管鹏感觉那么多的味道一下子涌到他的胸口，又打着旋涡涌到他的喉咙。他仰着脸，大张着嘴巴，呜呜呜地哭了起来。

不知过了多少时候，趴在木椅上的管鹏抬起了头。路灯微弱的光线照出一个扇形的区域包围着木椅，木椅上放着一张坐皱的广告纸，是宣传床品的，左上角是一床印着勿忘我图案的床单。

那个初次见面穿着白色连衣裙的郭倩，那个白色连衣裙下摆上摇曳着紫色勿忘我图案的郭倩，在酒精的作用下突然从记忆的暗影深处亮了起来。

管鹏赶紧把剩下的啤酒和肉串扔进垃圾桶。回家!

远远望去，自己家的窗口没拉窗帘，灯光透出来，照着外面静谧的夜空。

深夜未归，还有一盏灯为你亮着，这就够了。管鹏内心的委屈顷刻间被这灯光驱散了。

走了没有几步，管鹏突然感觉脚底下一陷，脑袋一阵麻疼，恍惚之间感觉自己融进了无边的黑暗里。

第二天黎明时分，女清洁工发现一个下水道井盖不知怎么让汽车压碎了，正要找一个东西立在窟窿边提醒过路人。她突然觉得井底下有动静，伸头一看，井底果然有个人，她赶紧招呼过路的人，好不容易把管鹏拽了上来。

管鹏的脑门儿上蹭出了血，额头上结着紫黑色的一层血渍。他模糊记得自己醒了之后想从井里爬上来，结果手脚怎么也不听使唤，后来折腾累了，酒劲也上来了，就在底下睡了过去。

管鹏开了门，天亮了，客厅的灯却亮着，歪在沙发上的郭倩一下子弹跳起来，想说什么，嘴唇动了动，却没说出口。

管鹏内心涌上一阵歉疚，看样子郭倩等了自己一夜。他赶紧低头从鞋柜拿拖鞋，突觉后背一阵温热，郭倩从后面抱住了他。

管鹏赶紧回身把郭倩拥在怀里，两人什么也不说，就那么抱着，地老天荒一样地抱着。直到女儿涵涵揉搓着眼睛从卧室出来，他俩才赶紧分开。

管鹏妈来了，几个月不见，妈妈的气色比原来好了很多。她拎着一条鲤鱼，鱼在方便袋里不断地挣扎，鱼鳃一张一合。

“想涵涵了，我来给她做鱼吃。”说着话，管鹏妈眼角瞟了一下郭倩。如果是平时，郭倩肯定会跟管鹏背后嘀咕几句的。“你妈来干吗？不是不认我这个儿媳妇吗？”往常她肯定要这么说。

今天没有。

她和管鹏的冷战刚刚结束，微妙的时期，两人都刻意收敛着，忍着平时忍不住的话。

鱼做得色香味俱全，涵涵一个劲地嚷着：“好吃，真好吃！”

郭倩不动筷子,抓着一个馒头,就着一根咸菜条不声不响地啃着。

管鹏偶尔夹一筷子鱼肉，有滋有味地咂摸几下。管鹏在母亲热切的目光里扭头看一眼郭倩，张开的嘴赶紧闭上，咬一口馒头大口嚼着。

吃完饭，涵涵不想睡午觉，腻在奶奶怀里撒娇耍赖。

郭倩也没睡午觉，匆匆用凉水洗了把脸，换好衣服就要出门。白色手包的带子挂在了门把手上，出门一转身，砰的一声，门被重重地关上了。郭倩捂着心口，心想怎么这么寸？不过她很快挺了挺腰杆儿，噔噔噔下楼去了。

管鹏妈听着那砰的一声，翻了翻白眼。

管鹏赶紧问母亲：“妈，最近过得还行？”

“嗯，挺好的，不用生那些无谓的闲气了。你看，我都胖了。你小姨给我办了张瑜伽卡，让我去练瑜伽呢。”

“哎……你说你和我爸半辈子都过来了，怎么老了老了就过不到一块儿了呢？一个人多孤单啊。”

“管鹏啊，我和你爸吵了多少次你又不是不知道。我和他一直将就着，你上学的时候怕影响你上学，你没成家的时候怕影响你成家，现在你毕业了，也成家了，我也该有自己的生活了。一辈子活在被别人猜忌的阴影里，会把人逼疯的……人，总得让自己见点儿阳光，要不然心都长毛了。”

“嗯……只要你们过得开心就行。”

（4）

涵涵这几天发烧没去上学，郭倩单位有紧急的设计任务不能请假，管鹏只好打乱原来的计划提前休年假。

涵涵因为感冒没胃口，管鹏给涵涵蒸鸡蛋羹、做水果沙拉，变着花样伺候闺女。

“砰砰砰”，有人敲门。

开了门，是三楼的女人。

这女人身材玲珑，面容姣好，虽是三十多岁的人了，但看起来却只有二十几岁的样子。当然这些话管鹏只能在心里跟自己说，郭倩面前，他对别的女人从不评头论足。

“管哥，麻烦你个事。您给看看我家卫生间的吸顶灯，我买回来，自己换不上，你看，我的海拔不够。”

女人一边自嘲一边用双手比画着自己的身高。管鹏看看身材娇小的女人，“没问题，我换件衣服，一会儿就下去。”

换个吸顶灯对管鹏来说不是什么难事，理工男嘛，这些都是小菜。女人却像被施了大恩一样，嘴里一个劲地感谢感谢再感谢。

也难怪，虽是楼上楼下的邻居，但是单元内的左邻右舍除了见面打声招呼却从没什么来往，碰上不爱说话的，招呼都不打。

“谢谢你啊管哥，有空来玩儿啊。”

“千万别客气，有啥事招呼一声就行。”

郭倩坐在沙发上看电视，电视音量小到几乎听不见。客厅灯没有开，屏幕散射出来的光把郭倩的剪影投射在墙上。

“去楼下玩儿了？涵涵不是发烧吗？”

“不是玩儿，吸顶灯坏了，让我去给换一个。”

“怎么就这么巧啊，我不在，人家就来找你干活。”

“不信你去看看，换下来的吸顶灯还在门口放着呢。”

“要是想做戏给人看，肯定把道具都预备好了，我看也是白看。”

“郭倩，你是不是更年期提前啊，这都啥跟啥啊！”

郭倩眼睛圆圆地瞪着管鹏，嘴唇哆嗦着。管鹏从没对她说过如此恶毒的话。

“人家是咱的邻居，兔子还不吃窝边草呢。是不是小区那个捡垃圾的女人跟我说句话你也怀疑？”

“嗯，那也说不准，男人憋急了，有个母猪都可以上。”

“郭倩……你！”管鹏哆嗦着手，再也没说什么，他一下子拽开房门，本来想大力度地摔门而去，看看涵涵闭着的卧室门，他又轻轻把门关上了。

郭倩抱着自己的枕头去了另一间卧室。两人的冷战又开始了。

历史总是这样一遍一遍地重演，这次的冷战，比上次持续的时间更长。

郭倩下班了，她跟前几天一样，回到家一句话不说，扭头就往自己的卧室里钻。管鹏在她锁上房门之前把门顶开。

“郭倩，你别锁门，我们聊聊。”

“没啥好聊的。”郭倩努力推着门，想把抵住门的管鹏给推出去。可能力道大了点，管鹏的指头被门夹了一下，他赶紧抽回胳膊，大叫了一声。

郭倩没有片刻的犹豫，接着把门关上，啪嗒一声反锁了。

管鹏怕惊动女儿，他赶紧悄悄进了涵涵房间，女儿呼吸均匀，似乎睡着了。他这才捂着指头，表情痛苦地坐到了客厅沙发上。

被挤的指头起了一块黑紫色的印子，很疼。管鹏茫然地盯着客厅的落地灯。

管鹏想不起来郭倩是从什么时候开始变成这样的。以前确实有过女同事或者女同学打电话给管鹏后郭倩借故不理他的事发生。

这些鸡毛蒜皮的小事，管鹏有时候忽略了，有时候发现了也不在意。他总觉得这就是女人的小性子，女人嘛，不对自己的男人使小性子对谁使去?

郭倩使完性子，往往还跟上一句话，“我放弃了那么多来投奔你，你怎么能这么对我？”管鹏就赶紧好言好语地哄郭倩，有时候哄不好了，他扳过郭倩的脸来吧唧一下，两人也就破涕为笑了。

现在，管鹏也想跟以前一样不去放在心上，觉得哄一哄亲一亲事情就过去了。可是不断的冷战让管鹏猛然发现，一切都在不知不觉中发生了某种变化。家中的气氛已经降到了冰点，管鹏在涵涵面前尽量不动声色，他不想让女儿有个跟自己一样的童年。别人家的家长都盼着自己的孩子早点儿懂事，他却愿意女儿的天真越长越好，童年的快乐越长越好。

为了这个，他愿意忍受郭倩所有的坏脾气。

他突然想起了妈妈，他现在有点儿明白，母亲为什么走得那么决绝了。有些时候，窒息得太久，有些看似不可能舍弃的东西其实是可以舍弃的。

人生就是这样，总是有那么多不知其何所来、更不知其何所往的莫名其妙的烦恼存在着。

(5)

暑假到了，涵涵要报学校组织的夏令营。管鹏有点儿意外，涵涵以前从不愿意参加这样的活动，这次竟然主动要求报名。

郭倩也有点儿不放心：“涵涵，你自己出门能行吗？”

“这有啥不行的，还有比我小的呢。”

“好，你想去，咱就报名。妈妈也跟你去。”

“不用，妈妈你千万别去，同学们会笑话我的。妈妈，你在家陪爸爸。”涵涵最后这句话压低了声音。

郭倩没吱声。

大巴车就要出发了，管鹏气喘吁吁地骑着一辆山地车赶了过来。他从背包里拿出一袋零食和水果朝大巴跑了过来。涵涵赶紧跑到车门口处，挥着小手招呼爸爸。

东西拿进去，管鹏看女儿似乎还有话要说，赶紧凑到涵涵面前。

“爸爸，你别怪妈妈，别怪妈妈好不好？”

管鹏愣了一下，原来女儿啥都知道。

“涵涵，爸爸永远爱你和妈妈。”管鹏摸了摸涵涵的头顶，向她挥手再见。

涵涵的目光越过爸爸看向了别处，管鹏顺着她的目光看过去，郭倩站在人群之外，可能因为管鹏在涵涵身边，她便站在远处不过来。

车开动了，涵涵扭头的刹那，管鹏看到她的眼里多了一层雾，还有同龄孩子没有的彷徨和忧心。

车开远了，管鹏犹豫了一下，朝在路边的几位骑着自行车戴着头盔的男人挥了挥手。

“管鹏，走啊，该出发了，到青岛还有一百多公里呢，不能再耽搁了。”

“你们走吧，我不去了。”

“说好的事，咋不去了？干吗呢？”

“不干吗，你们去吧，回来我给你们接风。”

管鹏因为这段时间心里烦躁，和驴友们约好了骑行去青岛玩两天。他突然之间改变了主意。管鹏把头盔和手上的骑行手套都摘下来，把自行车调转方向，跨上车子走了。

郭倩在他前面不远处低头走着，管鹏骑车赶上郭倩。他把车刹住，伸出胳膊一下子揽住郭倩。郭倩扭头看看管鹏，挣扎了几下，想摆脱。

“倩儿，别这样了。涵涵走的时候都快哭了，她原来啥都知道。我不希望我们这样子下去，对你，对我，对涵涵，对这个家都不好……”

“放开我！”

“倩儿，我知道，你为了我放弃了那么多，我不该这样对你。”管鹏替郭倩说出了她这种时候肯定要说的话，自己也愣了一下，怎么这么自然就脱口而出？

郭倩挣扎的力度小了许多，就这么被管鹏半抱半推着往家里走去。

晚上，管鹏试探着把郭倩拉到两个人的卧室。郭倩推搡着管鹏，从力道上判断，管鹏感觉郭倩有种和解的优柔。

第二天，管鹏哼着张学友的《一生跟你一起走》，忙里忙外地鼓捣着什么。

“你忙活什么？”郭倩终于开口了。只要郭倩开口，就代表着两个人之间的坚冰彻底融化。

“到时候你就知道了。”管鹏故意卖关子。

周末到了，管鹏给郭倩收拾出门旅行的装备和服装。

“干吗？”

“去青岛，我已经打听好了路线，包你满意。”

“到底去干吗？你说明白点。”

“涵涵不在家，重温一下我们的二人世界。还记得我们在学校时去兴隆山吗？那是一次多美妙的旅行。”

郭倩脸红了。

那次和同学们一起去爬山，天黑下山的时候才发现他俩落单了。

他俩大喊着同学的名字却没有回声，既然赶不上，他俩干脆停了下来。管鹏把自己的外套脱下来给郭倩铺在地上，他们坐在半山腰，听溪水从身边潺潺流过，听小鸟在头顶叽叽喳喳。

“明月松间照，清泉石上流。”他俩几乎同时背出了这句诗。也就是那一夜，郭倩在松风明月之下，把自己交给了管鹏。

那是一个灵魂出窍的夜晚。

两人肚子饿了，管鹏转了半天，发现了一户农家。这户人家专门做山顶生意，来的旅客可以自助做吃的，一个双耳铝锅，一个煤油炉。半山坡的地里现摘的黄瓜和各种蔬菜，还有鸡蛋和现宰的小公鸡。

那是他俩吃过的最好的人间美味。

（6）

管鹏让郭倩坐副驾驶，他又检查了一遍车况，朝郭倩做了一个胜利的手势，“出发。”

到了青岛，管鹏不去栈桥也不去人多的渔家乐或是别的什么海边盛景。

他拉着郭倩来到一个码头，一只满载着海鲜的渔船刚刚靠岸。管鹏让郭倩在车上等，他朝渔船走了过去。

“这家伙要去干吗？”郭倩看着管鹏和船上下来的一个中年男人聊着什么，不时用手比画着。

等了半个多小时，管鹏抱着一个泡沫箱子回来，打开车后备箱盖把箱子放进去，哼着小曲美滋滋地来到车上。

管鹏在一条小路上绕来绕去，绕到了一个没人踏足的小岛。一波一波的海浪推着白色的泡沫有节奏地拍打着岛边的礁石，落霞染红了半个天空。一两点帆影和几只海鸥在海天交接处，像梦境，又像一幅动态的油画。

郭倩莫名其妙地看着管鹏把车上的东西往下搬。烧烤炉、双耳小铝锅、矿泉水、木炭……管鹏像变魔术一样，一样一样地往外掏。

看到铝锅，郭倩怔了一下，感觉这个锅在哪里见过。

管鹏瞅一眼郭倩："是不是看着眼熟啊？"

"是有点儿眼熟……肯定是在哪里见过。"

"眼熟就对了，你忘了上学时咱们那次去兴隆山，我们在山上的农家里用过这个锅。后来因为你不小心把锅盖给人家磕瘪了，我们下山的时候就把那个锅买了下来。后来咱们在学生宿舍用煤油炉做饭，就用的这个锅。毕业后我也没舍得扔，一直在楼下储藏室放着呢。"

"想起来了，其实那户人家挺厚道的，人家说磕一下不妨碍继续用，他们没让你赔，你根本不用把锅买下来。"

"其实我买下来不光是因为这个，我是想留个纪念，因为那个特殊的夜晚。"

郭倩的脸红了。锅盖上磕进去的坑凹里有一块擦不掉的污渍，里面沉淀着二十年的光阴和味道。

郭倩把自己的脸贴在管鹏的肩膀上，就像他们那次坐在兴隆山的山坡上，往昔的一切一下子回来了。

晚霞褪尽，星星不知不觉中冒了出来。管鹏竟然还带着点篝火的木柴，火苗不时发出哔啵一声响，把一切的美好映照得有种不太真实的虚幻。

管鹏把郭倩搂进怀里。

满天的星星闪烁着幽微的光芒，海风把遥远的萨克斯音乐吹到这片沙滩。这片只属于他们两个人的沙滩。

气喘吁吁的管鹏突然间感觉哪里不对，感觉自己的血液迅速降温，身体的愉悦如果背负了太多功利和目的，那点欢愉便会大打折扣的。

管鹏赶紧暗暗给自己鼓劲，今晚，一切都要回到过去，回到从前。要让涵涵不再担忧，涵涵一定要有一个没有纷扰的快乐童年。在郭倩察觉之前，管鹏又重新振作起来。

郭倩喃喃着："这片沙滩真美好……"

不知过了多少时候，管鹏的肚子叫了起来。他拍拍还在闭着眼睛的郭倩："倩儿，你躺会儿，我给你埋锅造饭去，刚才从渔船上买了几样海鲜，有你最爱吃的大螃蟹。"

郭倩闭着眼笑笑，不吱声。

管鹏先把烧烤炉支好，把布袋子里的木炭均匀地放进炉底，把木炭引燃，又把酒精炉点着，然后取出那个双耳铝锅。袋子里的螃蟹正在徒劳地挣扎，方便袋发出唰啦唰啦的声音。

管鹏把螃蟹用带来的淡水冲了冲，放进酒精炉上的铝锅里，螃蟹挣扎得更加惊心动魄。

有那么一刻，管鹏觉得人类真的很残忍，有些东西，你必须目睹它们活生生走向死亡，才算吃得新鲜。

锅里的螃蟹停止了挣扎，烧烤炉上的羊肉串也飘出了极具诱惑力的香气。

郭倩散着头发坐到管鹏身边，下巴靠在他的肩膀上。海风温柔地吹着她的长发，飘曳起来，不时拂到管鹏的脸上脖颈上。

空气湿润，清爽。星星随心所欲地散满夜空。远处的万家灯火和面前的篝火遥相呼应，映照着岛内岛外的烟火人间。

"螃蟹熟了，你最爱吃的螃蟹来了。"管鹏把铝锅从火上端下来，揭开锅盖，锅里的螃蟹颜色鲜亮，蟹油流出来，冒着诱人的香气。

管鹏把蟹壳剥开，先放一边晾一下。拿了一支肉串，把羊肉上面烤煳发黑的地方用牙签剔下来，然后递给郭倩。

郭倩吃得满嘴冒油，自己咬一口，递给管鹏咬一口。

味道、心情、凉爽的风和从前的人，一切似乎真的又回来了。

管鹏放下手中的肉串，对着大海大声呼喊着。郭倩笑骂着管鹏，说他像个疯子。

“别凉了，赶紧吃。”管鹏拿起一个最大的螃蟹递给郭倩，蟹肉白嫩肥美，挑逗着人的食欲。

“太好吃了，管鹏，你也快吃，别发疯了。”

郭倩把蟹腿上的一块肉递到管鹏嘴里。

“鲜，真鲜！”

“粗俗！真讨厌。”郭倩拿一块餐纸擦着管鹏腮上的一道蟹油。

“今天美中不足。”

“什么？什么不足？”

“你要是穿那件带勿忘我图案的裙子就好了。”管鹏的目光里满是回忆和神往。

“嗨，你看我都胖了快十斤了，那件裙子哪还穿得上啊。”郭倩撇撇嘴，又把一块蟹肉塞到管鹏嘴里。

“都是螃蟹，高密市场买的螃蟹看着也是活的，怎么吃起来就不是一个味儿呢？”管鹏咂摸着嘴唇，一副很享受的样子。

“当然啦，这是从渔船上现卸的货，咱平时买的都是海水浸泡过的，看着新鲜，内里却已经开始坏了。”

“家里的就是不如外面的，怪不得好多人开车好几百里去海边买海鲜呢。”

“家里的就是不如外面的……”

管鹏还在那里嘻嘻哈哈，一回头，郭倩却不在身边了。她不知什么时候坐到了水边的一块礁石上，在那里低着头，闷声不响。

管鹏拿着一只蟹腿凑过来，“干嘛呢，凉了就不好吃了。”

“不好吃就不吃！”

“怎……怎么了这是？刚才还好好的。”

“好什么呀好，家里的不如外面的好！”

“不是……这都哪儿跟哪儿呀？”管鹏拍拍脑袋，“嗨，就为刚才那句话呀，咱这说的不是螃蟹吗？咋还闹上情绪了？”

“人不经意间说出的话，往往是自己最真实的想法。”

“……”

郭倩眼圈红了。

管鹏彻底无言了。

“我为了你放弃了那么多……”管鹏和郭倩异口同声地说。

“这句话，我都背得滚瓜烂熟了，郭倩，以后我就替你说了。”管鹏没有住嘴的意思，“郭倩，当时来找我你是自愿的，没人逼你。如果你不回来，我也不一定比现在差。”

一句话戳到了郭倩的最痛处，她彻底疯了。她把地上的烧烤炉一脚踢翻，哭喊着沿来时的原路跑着。

郭倩跑远了，回家还有二百多里地，难道她要跑回去？这样的闹剧到底什么时候才能终止？

管鹏一屁股坐在了地上，捂着脸，几乎要把头插进沙子里。

身体的疲惫一下子涌上来，管鹏感觉到自己除了疲惫，似乎还有一种莫名其妙的释然。他自己也明白，自己谋划这次出行，沙滩上的欢爱，别样的野餐，都有一种讨好性质的处心积虑在里面。他的内力在这样的处心积虑里像手机满格的电量正在一格一格地耗尽，那抹往生一样的勿忘我的紫，又能抵挡几时呢？

管鹏曾经以为，自己的耐心和用心会让昨日重来。他以为，只要有爱在，一切都会好起来。他现在才明白，在内心深处，郭倩一直认为管鹏是欠自己的，从郭倩辞掉深圳的工作把管鹏硬生生拉了回来起，两人就形成了某种债权债务关系，而且这个债务永远无法清偿。物质上的相欠是可以清偿的，心灵上的账却永远无法理得清。

郭倩以为她无论如何对管鹏都不过分，他管鹏就是郭倩的私人物品，她可以把控管鹏的一切言语行动，管鹏没有理由违拗甚至背叛她的意志。因为她放弃了本该属于她的更好的生活，这个缺口，注定要在她心里驻扎一辈子。

多少年来，管鹏似乎一直被什么挟持着走路，现在他明白了，挟持自己的不是别的，正是这样的负债。

海风大了起来，远处的海浪一层层涌上沙滩拍打着礁石，哗啦哗啦，像从昏暗无边的未来深处发出的无声呐喊。

他明白了，为什么花甲之年的母亲选择离开了家，选择了孤独终老。

去他娘的星光下的浪漫，去他娘的两个人的小岛，这只不过是我一时神经错乱罢了。

管鹏抓起那个铝锅狠劲抛向了不远处的礁石，金属与石头磕碰的声音持续了几秒，一切复归沉寂。

一只向日葵一样颜色鲜艳的熟螃蟹卧在管鹏脚边，管鹏弯腰把它抓起来，奋力扔向波浪卷起的泡沫。

那些泡沫在灯光的映照下闪烁着霓虹般的光泽。

饮弹而亡

生活可以甜蜜如一个神话
神话也可以在生活里变得千疮百孔
子弹从疮孔里呼啸而过

神话中枪暴毙
生活饮弹而亡

（1）

从早上四五点钟开始，高密电影院后面的神仙巷里就开始了人头攒动。卖肉的用肉钩子把打着蓝紫色印章的肉扇挂在架子上开始剔骨；卖菜的在顾客光顾之前要着“小聪明”——在菜捆里挑挑拣拣，试图把“面相出挑”的菜摆在最上面，招徕顾客驻足；卖水果的用喷壶喷洒着摊位上的桃子、草莓、甜瓜……被水喷过的水果立马变得光鲜艳丽；还有炸油条的，卖大饼、豆腐脑儿的，卖塑料桶、扫把、拖鞋的……整个巷子被此起彼伏的叫卖声搅扰起浓烈的烟火气。

神仙巷中间部位有一条南北方向的小土路，与巷子连接成一个丁字路口。丁字路的东侧有一栋三层的砖混小楼，是某某单位的旧宿舍区。小楼的窗口经常飘出来煎鱼、炒菜的香味儿，这菜香里有时候还夹杂着小孩哭、老婆骂。总之一句话，这座楼里出啥事，神仙巷里的人不用五分钟就会在各个摊位上传个遍。

这几天神仙巷里炸了锅——老胡宣布了“禁酒令”！想当年胃溃疡都没把老胡的酒给管住，田桂珍一句话，竟然让老胡戒了酒？这消息可真够劲爆的。

老胡那点儿糗事，田桂珍虽然没亲眼看见，光听邻居叨叨耳朵都起茧子了。

老胡前些年没了老伴儿，后来儿子胡东和儿媳谭娜结婚有了小孙子豆豆，含饴弄孙的老胡虽然尽享天伦之乐，邻居们却发现老胡时常一个人坐那儿出神。

田桂珍听邻居说的最多的就是老胡平时爱喝酒，且喝酒从不用杯，而是用碗，还是那种老式的染着一圈蓝边的大海碗。这家伙喝上酒就不论胡儿（高密方言：不着调），所以大家平时叫他老胡就有了另外一层意思——不论胡儿。

同事笑他："老胡，我看你就是嘞着根苍蝇腿也能喝上一斤。"

"老胡，你这哪是喝酒，分明就是饮驴。"

"老胡，你这样子喝法会出问题的。"

老胡咧着大厚嘴唇："你们懂个啥，大碗喝酒，大块吃肉，这才叫痛快，这才叫过瘾。像你们，整天这不敢吃那不敢动，白活。"

老胡才不信那些健身养生之类的邪说，他在自己的逻辑里自得其乐。

前几年一次老伙计聚会，聚完会大家看老胡喝得不少，都不让他骑电动车回家。

老胡摆摆手："这点儿酒就不能骑车了？笑话。"

说完他故作敏捷地骑上车就走。结果路上电动车跟他使起了绊子，几次把老胡摔到地上。老胡来了气："你还想骑我？"他边骂边把车子踹了两脚，摇晃着身子走回了家。

第二天，老胡莫名其妙地摸着自己额头上的包，电动车咋不见了？老胡这才知道自己昨晚肯定喝多了，竟然把儿媳妇谭娜新给他买的电动车给扔了。扔了他还不敢说扔了，怕儿媳妇心里嫌恶，只能说电动车遭了盗。

老胡逢人就嘟囔："连电动车都丢，还单位宿舍呢，治安真不怎么样。"

田桂珍还听说，有一次老胡自己窝在家里，馋虫上来忍不住自己把自己撂倒了。老胡漱溜着半个鸡背自斟自饮了一瓶烧刀子。结果这酒不但"烧刀子"而且"烧脑子"，老胡把自己灌醉了、整晕了。他嘴里哼哼着"马大宝喝醉了酒趔趄到床边"，闭着眼把自己剥了个精光，晕晕乎乎地爬上床，呼噜一响，便浑身舒坦会周公去了。

半夜老胡起来解手，他习惯性地一脚把卫生间的门往后踹上。

解完手老胡想推门出厕所，门却怎么也推不开了。老胡回头一看，这哪是卫生间，原来他把自己锁在了楼道里。

晕晕乎乎的老胡也忘了自己老伴儿早就不在了，砰砰砰开始砸门，一边砸门一边喊着老伴儿的名字。老胡自己家的门没砸开，对门的灯倒是亮了起来。

老胡一个激灵，酒醒了大半：老伴儿都走了好几年了，自己这是喊给谁听？看看自己上下一丝不挂，要是让对面新结婚的小媳妇看见自己光着腚站楼道里，以后还怎么见人？老胡赶紧双手捂在大腿中间，想找个藏身之处。一扭头，老胡眼前一亮——楼道头上探出去一块平台，他赶紧从窗口爬到平台上。老胡感觉脚底下玄乎乎的，低头一看，原来不知谁家把平时不用的纸壳箱子底板拆开放在了这里。老胡乐了，赶紧把一个废纸箱抻开，像女人穿裙子一样麻利地把上下贯通的纸箱“穿”在了自己腰上。

对面的小赵开了门,看着老胡这德行,心里也就猜个八九不离十。为了不让老胡尴尬，小赵赶紧把要探出头来的媳妇遮住眼睛推进屋。虽说已是春末，晚上的温度还是有点儿凉，老胡连惊带冷，身上鸡皮疙瘩都出来了。小赵回屋换了身利索衣服，从两家相邻的窗户爬到老胡家，给老胡从里面打开了门。

第二天老胡见了小赵两口子，那老脸就有点儿挂不住。小两口儿脸憋得通红，跟老胡打声招呼，赶紧捂着嘴走开。

小赵两口子都是热心肠，两人私下嘀咕：

“老伴儿都走了这么长时间了，这老胡喝醉了还喊她名字，还真是有点儿可怜。”

“听说老胡对原来的老伴儿感情很深，前几年有人给他找对象，他都借口儿子还没成家，自己不能找。现在孙子都有了，再没有什么说辞了吧？”

“哎，这个岁数，虽说有了孙子，但终究不如有个老伴儿贴心。”

于是两个人就开始给老胡物色对象，光他俩还不算，还发动同事、朋友，都一起来给老胡牵线搭桥。

（2）

自从小赵两口子开始张罗着给老胡介绍对象，没过多少日子，就介绍了七八个。老胡挨个儿看了，没说好也没说不好。

小赵急了，催着老胡看好哪个赶紧定下。老胡拉着个驴脸：“别是个女人就给我往这划拉。”

一句话，老胡就把所有人都否了。小赵背地里直翻白眼，嘴里小声嘀咕一句：“老头儿事儿还真不少。”

小赵媳妇不高兴了：“这个老胡，这么大岁数了还想找个什么样的？这个不行那个看不上，难道还想找一朵花？你还说他对老伴儿有感情，我看就是个老不正经。”

小赵赶紧替老胡辩解：“人家老胡这么大岁数了，慎重点儿也是应该的嘛。半路夫妻本来就难做，小心点儿也不为过。”

老胡最近相亲的事胡东和谭娜也听说了。老胡的儿子胡东在高密一家国企上班，儿媳妇谭娜是市机关幼儿园的老师。小孙子豆豆长得虎头虎脑，黑眼珠像两只没长尾巴的小蝌蚪，机灵，活泛着呢。老胡一喊豆豆，“小蝌蚪”就滴溜溜转向老胡，小眼一眯，小嘴一咧，一声甜滋滋、脆生生的“爷爷”把老胡喊得都快不姓胡了。

晚上，两个人鱼水缠绵欢腾完了，谭娜拿胡东的胳膊蹭了蹭遮住眼睛的刘海儿，汗津津的脸枕在胡东胳膊上：“听说了没？老爷子最近忙得很呐。”

“忙啥？”

“忙啥？忙着给你找后妈。哎，你说，万一找一个拖儿带女的来，咱们咋办？”

“睡觉！”胡东一下子把胳膊从谭娜脑袋底下抽出来。

“你说，老爷子这岁数了，他还有没有那需要？”

“有完没完你，你不睡我要睡了！”

“一说这个你就烦，烦也得面对是不是？难不成老爷子哪天真领回家一个，你还能把人赶跑不成？”

胡东拿被子一下子蒙上了脑袋。

小赵在给老胡介绍对象这件事上出奇的耐心，过了不几天又介绍过来一个。女人名叫田桂珍。

田桂珍前年丧偶，没儿没女，比老胡小四岁。她眉眼里带着一种说不出来的和善纯良，身材有韵有致。五十多岁的人，皮肤却细嫩得像三十出头。

老胡看田桂珍第一眼，就浑身一哆嗦。难道这就是年轻人说的来电？

还没等小赵问，老胡就跟小赵说：“就是她了。”

小赵愣了一下，脸上一下子笑成了一朵花。

“小赵啊小赵，有这么个人你不给我介绍，净弄些歪瓜裂枣的来糊弄我。”

小赵嘿嘿一笑：“好事多磨，好事多磨嘛。对了，您要是觉得可以，就跟胡东和谭娜说一声，怎么着也得跟他们打声招呼。”

老胡低头想了一会儿：“嗯，等我慢慢跟他们说。”

小赵满心欢喜去给田桂珍回话：“田姨，这事成了。”

没想到田桂珍表情淡淡的：“这个人家里别的没有，乱七八糟，一地酒瓶，一看就是个酒鬼。”

小赵劝了半天，田桂珍就是不松口。

小赵只有跟老胡实话实说。老胡一听急了眼：“不就是一口猫尿吗？老子戒了，小赵你跟田桂珍说，我老胡从今以后滴酒不沾。”

田桂珍明察暗访了好长一段时间，老胡确实戒酒了。又有小赵给打着包票，田桂珍终于点了头。

别看老胡平时不论胡儿，在这件事上他特认真，先把儿子儿媳叫来征求意见。

胡东和谭娜来了，谭娜去厨房往冰箱里放她路上买的海鲜。胡东虎着个脸，瞅了一眼老胡没吱声。

老胡也不拐弯抹角，把手上的茶杯往桌子上一杵，说：“可能你俩也听说了，小赵最近给我找了个人。人还行，我看中了。叫你们来就是跟你们说一声，胡东你也别拉着个脸，你妈走了好几年了。前几年我帮着你们带豆豆，豆豆马上也该上学了，你俩平时各忙各的……”

老胡说到这儿，突然变了声，不再往下说了。

一边的小赵赶紧帮腔：“这田姨不光是人好，而且从年轻就没有生育，没儿没女的。以后不会有任何麻烦。”

谭娜从厨房走出来，看了一眼胡东，“爸，您早就该找一个了。这人，我看行。”

从老胡家里出来，正开着车的胡东歪头瞅了一眼坐在副驾的谭娜：“我们家的事，你可以做主了哈。”

“什么我就做主了？你是说田桂珍呀。”

“还能有谁？”

“胡东，你傻呀。田桂珍没儿没女，这是最大的好处。错过了这个，以后万一爸再找一个拖儿带女的，那你哭都找不着地儿。”

“我爸就是找，也得我同意。”

“我看未必。你今天看见了吧，爸可不是找我们商量，那就是通知我们一声。你就知足吧，爸一个人过了好几年，很多老头儿死了老伴儿，还没过五七呢，就把别的女人领回家了。退休老头儿，有那几千块的工资比那没有的就是不一样，抢手着呢。”

胡东不吱声了。

后来，胡东和谭娜见了田桂珍。果然如小赵所说，慈眉善目的，一看就是那种平和敦厚的人。最重要的是田桂珍没有儿女，以后会省去不少麻烦。

胡东绷着的脸终于放晴了。

自打田桂珍进了门，她发现老胡这酒还真是戒得挺彻底。喝了一辈子酒，这么大岁数说戒就戒了，田桂珍也觉得有点儿难为他。于是她格外开恩，让老胡一顿可以用那种“蛤蜊皮”小杯喝两盅。老胡一开始还以为田桂珍在考验他，坚决不喝。后来田桂珍亲自给他斟上，一边递到他手里一边说：“老年人少喝点儿还是有好处的，但是不许你喝多。”

这下把老胡感动得不知怎么是好了，要不是豆豆在，他真想把田桂珍拉过来啃一口。

田桂珍不光把原来乱七八糟的家收拾得井井有条，她还挖空心思变着花样给老胡做好吃的，老胡饭桌上由原来的清汤寡水变得五彩缤纷。老胡原来邋里邋遢的头发变得干净顺溜了，原来黢黑的衣领被田桂珍洗得漂白有香味儿了，原来上床不洗脚的臭毛病也愣是让田桂珍给板了过来。邻居都说老胡变得像个人样了。

到了晚上，一碰到田桂珍细嫩到让他心颤的肌肤，老胡就浑身战栗，要死要活。

田桂珍拧他一把：“这么大岁数了都……”

老胡喘着粗气：“还不都怪你？活了六十多，俺才知道啥叫生活啊……”

楼上同事取笑他：“老胡，有了媳妇不自在了吧？捞不着大碗喝酒、大块吃肉了，活得没劲了吧？”

“你们懂个啥？衣服有人洗，吃饭有人做，那才叫舒坦。这个桂珍，小事掉不了，大事不糊涂，是个过日子的人。”

“我看，你这是让老婆睡（说）服了吧？”

老胡一听这话不顺耳，这帮小崽子变着法地要弄他呢，赶紧闭了嘴。想套我话，没门儿。

老胡一手提起鸟笼子，一手拉着田桂珍，哼着“马大宝喝醉了酒”，去公园遛鸟去了。

田桂珍确实不含糊，不但让老胡舒坦，就连老胡的儿子儿媳也都对田桂珍打心眼儿里敬重。两人一开始还叫“姨”，后来干脆都改口叫“妈”，还叫得比沙瓤西瓜都甜。田桂珍不但把老胡原来乱七八糟的家收拾得井井有条，抽空还给儿子、儿媳蒸馒头、包包子，让他们带回去吃。隔三岔五还要把全家都叫一起改善一下生活。豆豆现在整天粘着田桂珍，倒是把自己亲爷爷撂在一边。老胡嘴上骂着豆豆是个小白眼儿狼，心里其实乐开了花。

本来一开始田桂珍是不同意打结婚证的，她得亮明自己的态度——怕老胡的儿子有顾虑。好多半路夫妻都因为财产纠纷最后闹到不欢而散，田桂珍打定主意不要那个名分，就是不想让别人心里揣测。胡东、谭娜一看田桂珍这态度，更是觉得这后妈是个妥帖的人。谭娜知道老胡其实是想打结婚证的，他怕田桂珍“跑了”。谭娜说服胡东：“你咋就看不明白呢，老爷子是愿意打结婚证的。你还不知道，老爷子想干的事哪一次最后没成？早晚得打，咱们乐得赚个人情不是？”

他俩硬是说服了田桂珍，说：“您不打结婚证住在一起，两个人都不踏实不是？再说了，您说咱一家人要是出去，我们怎么介绍您？说您是妈吧，没名没分。说您是亲戚，更是让人家猜疑……”田桂珍想想，老胡的儿子儿媳这么通情达理，估计以后也不会有什么滥扯，登记就登记吧。

从民政局出来，老胡领着田桂珍去了商场。在服装专柜，老胡给田桂珍挑了一件藕荷色的短袖上衣。

“试试，试试，你皮肤白，这颜色也就是你能压得住。”

“不用买，我有衣服穿。”

“让你试你就试嘛，又不是小姑娘，还扭捏什么。来，赶紧试试。”

田桂珍从试衣间出来，淡雅的藕荷色衬着她白嫩的肌肤，整个人显得更年轻了。

老胡连连说：“我的眼光没错吧？”

“当然没错！”田桂珍笑了笑，一语双关。

（3）

那天傍晚老胡提着鸟笼子从公园回来，同时也带回来一个让人振奋的消息：这个老片区要拆迁！包括他们这栋老宿舍楼！

老胡把这新闻第一时间告诉了在楼下打牌的老同事，这消息像一颗原子弹，一下子把大家手中的牌震落在地。人群呼啦一下子把老胡围住，他们想弄明白这消息到底是真是假。老胡告诉他们，他在公园碰见儿子在规划局上班的同学亲口告诉他的，这还能有假？

拆迁！拆迁意味着什么？在 2000 年那个时候，拆迁意味着你一下子中了彩票，意味着你从社会底层一跃迈进了小康。

大家兴奋、激动，又有那么点儿将信将疑。是真的吗？是真的吗？他们不断地问别人，也不断地问自己。

就像一道强光从云缝中投射下来，让大家都感觉有点儿晃眼。

老胡是在饭桌上宣布这个消息的，儿子胡东一口饭没咽下去，噎得直翻白眼。他把饭碗一扔，摸起电话给他规划局的同学确认。大家都放下碗筷，紧张地盯着胡东手里的话机。

打完电话，胡东满面春色，消息是真的！

一家人欢呼着敲着碗，豆豆拍着小手高兴地跳着高：“有新房子住喽，有新房子住喽。”田桂珍看着豆豆高兴，她也兴奋地附和着豆豆：“看把俺孙子高兴的，豆豆，咱们可以住新房子了。”

胡东突然看了田桂珍一眼，那怪怪的眼神让田桂珍心里咯噔一下。难道自己说错什么了？

胡东扭头看着豆豆：“跟奶奶下楼溜达溜达吧，看你今天跟个饿鬼似的，吃了那么多。”

田桂珍也没多想，她笑呵呵地拉着豆豆下楼，拍拍豆豆圆鼓鼓的小肚子：“俺这孙子就爱吃奶奶做的饭。”

下了楼，田桂珍发现几个戴着安全帽的人扛着仪器在巷子里忙活着，邻居告诉她，这是在测量。拆迁已经近在眼前！

巷子里的人都满脸笑容地和面无表情的测量人员说着话，看着这些给他们带来福音的测量人员，再冷的面孔大家都感觉亲切。

过了几天，巷子头上贴出了通知，宣布了拆迁政策。要现金还是要回迁房大家各抒己见。

有的人说：“还是要现金合算，装兜里才是自己的。”

也有人说：“要现金一平方才不到三千，现在房子都五千多一平方了。谁要现金那真是傻到家了。”

最后，几乎所有人都声称要房子。按平方算的话，老胡家的房子可以分两套。

谭娜又枕着胡东的胳膊开始嘀咕：“老爷子的旧房可以换两套房子，他肯定得分给咱一套吧？你说，房产证上到时候写谁的名字？”

“写谁的？肯定写他儿子的，难不成还写你的？再说了，写谁的还不一样？难道你还有啥想法？”

谭娜接着坐了起来：“咱现在这套房是你的名字，拆迁房还是你的名字？胡东，你真可以哈。”

“别叨叨了，还不知有影没影的事儿你就开始添堵，真是的。写你的，写你的行了吧？”

“你也不用这个样子，我说写我的名了吗？那样老爷子还不把人吃了呀。写豆豆的，这样总可以了吧？”

“有影没影的事儿就在这里叨叨没完，睡觉！”

周末，胡东三口又早早来到老胡家，田桂珍知道，他们肯定要来和他俩商量房子的事。老胡掏出钱来，让田桂珍买菜去。这次老胡给田桂珍的买菜钱整整比平时多了两倍。

田桂珍今天特地买了排骨，还买了条大鲤鱼，周末一家人凑齐了，伙食得好好改善一下。以前买菜她会把菜市场逛一个来回，市场上的货品和价格她心中有数了，然后再返回头挑自己满意且价格又合适的菜。今天不行，家里人都等着她商量事呢，自己得早点儿回去。

老胡没料到田桂珍今天买菜那么麻利，比他预想的时间短了不少。田桂珍坐在谭娜旁边，想参与今天的讨论。老胡看看田桂珍："今天早上没大吃饭，肚子饿了，你去做饭吧。”

田桂珍一愣，老头儿饿了，那就去做呗。等田桂珍进了厨房，老胡他们中断的谈话又继续进行。

豆豆百无聊赖，他偷偷溜进了厨房，用小手拨弄着水盆里那条还在游动的鲤鱼。

“奶奶，你不在，爷爷和爸爸妈妈一起开会呢。”

“呵呵，我们豆豆也参加开会了，成大人了。”

“哼，我才不开什么破会呢。他们光说房子房子，都不和我玩儿。”豆豆噘着嘴，满脸委屈。

“还是奶奶好，不想房子光和我玩儿。”

有片云彩遮住了原本晴朗的天空，屋子里一下子暗了起来。

田桂珍收拾完菜，她把鱼下了锅。望着那条咕嘟咕嘟炖在锅里的鱼，突然感觉自己就是那条鱼，被人开膛破肚，放上作料加上盐，煮了，涮了。

田桂珍自嘲地笑笑，瞎想啥呢。

“豆豆，跟爷爷说，鱼快炖好了，收拾一下桌子准备吃饭了。”

饭菜摆了一桌子，豆豆贪婪地吸溜着鼻子：“奶奶炖的鱼真好吃。”

“呵呵，俺这小孙子真会说话，还没动筷子呢就说好吃。”

谭娜指着豆豆鼻子：“这个小马屁精。”

老胡喝着酒，对着田桂珍轻描淡写地说了一下他们今天的中心议题，拆迁他们家决定要房子。新房子用胡东和豆豆的名字。现在开发商给付每月的房租，他们已经在甜水湾租好了房子，明天就搬家。到时候房子盖好了，老胡和田桂珍就不回迁了，胡东给他们老两口儿租房子住。

老胡的语气不是商量，只是给田桂珍通报一下他们商量的结果。

“只要你们商量好了，我没意见。都是一家人，你们好我就好。”田桂珍一边给豆豆夹鱼肉一边说。

老胡爽朗地哈哈笑着，给豆豆夹了一块最嫩的鱼肉：“豆豆，尝尝奶奶做的鱼。”

（4）

田桂珍干街道主任的老姐妹老李来串门，两个人好久没见了，很是亲热。两人聊着聊着就聊到了拆迁。

“我听说你家拆迁新房子要用胡东和豆豆的名字，说是等回迁了，你和老胡也不能住新房子，胡东出钱给你们租房？”

“是啊，这有什么不对？反正到时候我们有地方住就行。”

“我的傻妹妹，你是傻到家了。人家拆迁新房全写儿子、孙子名，就是怕你以后分房子。人家给你租房，就是怕老胡万一走在你前面，虽然房产证不是你的名，但人家怕到时候没法撵你。你说你傻不傻吧，还乐呵呵的。”

田桂珍拿着杯子的手一哆嗦，水洒在了桌子上。她低头不语了，她没想到，老巷子人的心思也像那条老巷子，曲折、幽深。

“这事他们跟你商量了吗？是不是你自己发扬风格？那样的话另当别论。”

“我本来也觉得这房子跟我没关系，他们爱咋分咋分。”田桂珍摇摇头。

“你就是傻，以前他们对你好是因为他们看你傻，看你有用。你不想跟他们争跟他们抢，可他们却防着你。你劳心费力地干活，一心地给他们照顾着老的拉扯着小的，除了说说嘴叫你一声皮里肉外的妈，他们给你什么了？到头来好事来了，他们怎样？谁想着你了？要是老胡走在你前面，谁管你？到时候连个遮风挡雨的屋檐都不让你待。既然都这样了，你干嘛不争？干嘛不抢？”

“我不想和他们争，也不想和他们抢，本来就不是我的嘛。”

送走老李，田桂珍盯着面前的杯子，她与落寞一起跌进了杯底。

田桂珍把饭端上桌。老胡呼哧呼哧扒着米饭，田桂珍却不动筷子。老胡看着她：“吃啊，咋不吃饭？”

“老胡，你跟我说说，为什么回迁后咱还得租房住？”

老胡一下子停了筷子：“咋突然问这个？我们三口的主意。”

田桂珍心里咯噔一下，我们三口，说得多轻松多自然。我们三口，田桂珍明白，这三口里，当然没有自己。自己永远被排斥在家庭决议之外，人家压根儿就没把你当作这家中一员。自己算什么？一个老妈子，还是免费的！

饭菜挺香，老胡和田桂珍这顿饭却吃得索然无味。老胡最后一口“噗”一下吐了一块骨头，骨头像子弹一样从桌上弹射到地上。

田桂珍知道，这颗“子弹”，将会让平静的日子饮弹而亡。

接下来的日子，田桂珍的话明显少了。我不争什么也不抢什么，可我是一个人，我不是空气！田桂珍陷在无形的郁闷中不能自拔。

老婆的郁闷让老胡也很郁闷。郁闷像瘟疫，短时间内就势不可挡地传染了胡东和谭娜。胡东和谭娜不大过来了，倒是经常把老胡一个人叫去他们家。一边是一个被窝儿的老婆，一边是一脉血缘的儿子，老胡左右为难。

终于有一天，田桂珍失手打碎了一个碗。老胡忍不住，开始借题发挥了。

“整天就跟没魂儿了似的，琢磨啥呢？”

“啥都没琢磨，我一个外人也没啥好琢磨的。”

“我供你吃供你穿，钱尽着你花，儿子儿媳一口一个妈叫着，咋？不满足？咋？想赌受我的家产？我老胡还没死呢？这谱打得够早的。”

田桂珍默不作声地抹着眼泪，她不想和老胡争吵。她觉得自己丢不起这个人。

老胡看田桂珍这样子，赶紧拽了一张抽纸递给田桂珍。田桂珍背过身去，自己另拽了一张纸。老胡自己嘟囔着：“哎……你们啊。”

胡东和谭娜来得越来越少了。不知什么时候，他俩对田桂珍的称呼又成了田姨。有时候谭娜来接豆豆，田桂珍让谭娜把她刚蒸出来的馒头带上，还有她给豆豆包的糖包。谭娜也会不自然地笑笑：“不用带了，天热了，我们也不愿意在家做饭，老是出去吃。”

说着这话，好像生怕田桂珍再央求她，谭娜赶紧拉着豆豆就走。豆豆嚷嚷着：“我要吃奶奶包的糖包。”谭娜使劲拽了一下豆豆手，“去吃麦当劳！”

临出门，谭娜又对着老胡说了一句："爸，胡东让你今晚过去吃饭。"

老胡扭头看看谭娜，想说什么，却没吱声。

大家发现这段时间老胡突然像变了个人，闷声不响，蔫头耷脑。老同事抢白他："老胡，咋好久不唱'马大宝喝醉了酒'了？是不是让田桂珍搞得没精——力了？"

老胡明白这精和力隔着是啥意思。搁往常，老胡肯定又要笑骂两句，可是今天的老胡心里荒芜到长满了草，没心情开玩笑。

面对着田桂珍依然像绸缎一样细滑的肌肤，老胡却感觉以前那种昂扬的欲望不知什么时候熄灭了。

田桂珍猛然发现，房子中老胡的需用之物减了不少，还发现老胡也时不时地说去亲戚家住几天。后来听一单元的孙子丁丁跟豆豆说话，问豆豆是去甜水湾的家还是青岛馨苑的家。田桂珍心一哆嗦，但她还是不让自己往坏里想。后来她几经周折才弄明白，胡东给老胡在青岛馨苑另租了房子。

田桂珍的火气再也压不住了，自己竟然成了一只温水中的青蛙，浑然不觉间被淘汰出局了。

"老胡，你虽然年纪大点，但也是七尺汉子，怎么越老越不要脸？"

"你说什么？不要脸？你说话咋这么牙碜。"

"你自己又另外租了房子是怎么回事？你给我说明白？"

"你监视我？还真没看出来，心眼儿不少啊。"

"你们全家真够阴的。"

"田桂珍你说话注意点，说话别扯着这个牵着那个，否则我可不客气。"

"老胡，你就是一老浑蛋，浑蛋透顶，你们一家都是浑蛋。"

老胡额头青筋暴突，抓起桌上的酒瓶朝田桂珍掷去。

酒瓶朝自己飞来的瞬间，田桂珍感觉酒瓶像一颗硕大的子弹，虽然还没被击中，她知道，自己已经死了，彻底死了。

随着一声惨叫，老胡和田桂珍都定在了那里。

刚好推门进来的豆豆，遭到了酒瓶的迎头痛击！豆豆撕心裂肺地哭喊着，捂着眼睛坐在了地上。鲜血顺着豆豆的指缝喷涌而出。

老胡傻了，田桂珍也傻了。听到动静的邻居跑过来，赶紧帮着打了120。

老胡跟着医护人员上了救护车。田桂珍也要上去，老胡一下把她推了下去。

车门关闭的一瞬，老胡扔给田桂珍一句冷冰冰的话：“我孙子要是眼睛坏了，我……”老胡的目光像两把锋利无比的刀子，好像要把田桂珍的眼睛挖出来。

随着车门砰的一声关死，田桂珍感觉自己像又一次中弹一样，整个人一下子塌了下去。她对这个家残存的最后一点儿留恋也死掉了。

豆豆在医院里折腾了近半个月，没有人告诉田桂珍豆豆怎样了，更没有人告诉她豆豆在哪家医院。田桂珍之所以还留在这个名存实亡的家里，就是因为不放心豆豆。如果豆豆因为她坏了眼睛，她不会原谅自己——不用你老胡动手，我自己把自己眼珠子挖出来！

邻居告诉田桂珍豆豆出院了。邻居还说看见老胡和儿子、儿媳抱着豆豆回了青岛馨苑的房子。田桂珍急切地问邻居豆豆到底怎么样了？邻居说当时他在马路对面等车，没跟老胡他们打招呼，只看见豆豆趴在谭娜肩膀上进了小区大院。

田桂珍心急如焚地在房子里转来转去，她真的想知道豆豆怎么样了。为了弄明白，她可以舍弃自己的自尊。刚要出门，田桂珍打量了一下自己：腿上的人造棉裤子皱皱着，本来是长裤，现在缩成了年轻人穿的七分裤。上身的汗衫腋下破了一个洞，扯起来闻了一下，她皱了皱鼻子。田桂珍打开衣橱翻找起来，最后找出了一件藕荷色的短袖衫。她愣了一下，这还是刚打结婚证那天，老胡给她买的那件。田桂珍把它穿在身上，扣到第二个扣子的时候，她又把它脱了下来，顺手拿了一件白色冰丝衫套在了身上。

开门的同时，老胡突然站在了房门口。田桂珍一愣，老胡已经好久没出现在自己面前了。

“豆豆，豆豆怎么样了？”

“上眼皮留了个疤，眼球总算保住了。”

老胡的口气尽管没有半点温度，田桂珍还是松了一口气。

老胡这次回来，是告诉田桂珍这个房子还有一个月就到期了，他让田桂珍早做打算，搬出去。田桂珍坐在桌旁直直地瞅着老胡：“什么时候去办手续？咱们好聚好散吧。”

“今天是周末,周一上班咱去民政局。”说这话时,老胡面无表情。

田桂珍斩钉截铁地从牙缝里挤出一个字：“好。”

（5）

不是冤家不聚头，办完手续半月后，田桂珍在菜市场碰到老胡领着豆豆。豆豆的眼皮上卧着一道触目惊心的伤疤。田桂珍对老胡的恨瞬间减轻，几近于无。

豆豆挣脱了老胡跑到田桂珍面前，拉着田桂珍示意她蹲下，小嘴凑近田桂珍耳朵：“奶奶，我想吃鱼了。爷爷为什么说你做的鱼有毒？”

田桂珍瞅了一眼老胡，“是有毒，剧毒。”

豆豆眨巴眨巴眼，有点儿明白，又有点儿不明白。

老胡喊着豆豆，豆豆却拉着田桂珍不撒手。田桂珍走近老胡，从兜里掏出了一串钥匙，递给他："不用等房租到期了，我的东西都拿走了，你有空过去收拾一下吧。"老胡接过了钥匙没吱声。

老胡和儿子、儿媳打开了房门：田桂珍真的走了，房子里只留下老胡的衣物。被子底下有一件田桂珍忘了带走的秋衣，老胡拿着那件秋衣坐在床边直愣神儿。胡东走过去，抓过秋衣扔进了垃圾桶。

当老胡一家从出租房里锁好门出来，正碰上神仙巷里的老邻居。老邻居一下子扯着老胡袖子："老胡啊，出事了，出事了。你知道不？"

老胡愣了一下："出啥事了？哪里出事了？"

"开发商卷着银行的贷款跑路了。不光咱老巷子里这个项目，听说好几个项目的款都让他卷跑了。咱们，咱们要是当时要现金就好了。"

人们这才注意到，工程项目部那几间移动板房内，已经好久没有人出入了。

神仙巷像经历了一场惨烈争斗的古战场，断壁残垣，狼藉一片。

狼王之花

冈底斯的山风吹过茫茫山脉
发出呼号一般的怒吼
世界太小
野心太大

（1）

夜幕下的冈底斯山一片静谧，天空中寒星点点。

绵延的山脉之上，一片闪烁的绿色幽光。雪狼族和灰狼族对峙于山脉之上，众狼卒屏气凝神，注视着他们各自的头领。

随着老狼王的辞世，两个狼部落之间的平衡，顷刻间土崩瓦解。狼族铁定的族规，狼王之争，只要其中一方取得了胜利，另一方只有绝对地服从胜出的狼王，直到狼王辞世。此时的洛桑和贡布，正在为新狼王的决斗对峙于冈底斯圣山之巅。

洛桑——雪狼族的头领，肃立于一块山岩之上，通身雪白的毛在星光之下泛着清辉，两只竖立的耳朵如两把匕首凛然挺立，琥珀色的眼睛透着机警与敏锐。

贡布——灰狼族的头领，他和洛桑相距一丈开外，立于另一块山岩之上。灰棕色的皮毛，裹着健硕的脊背和强健的狼腿。

梅朵，忐忑不安地默立于灰狼族群，目不转睛地盯着洛桑。因为紧张，她的前爪紧紧地抠进地里。

洛桑和贡布，虽未开战，然而空气中已充斥着逼人的肃杀之气，似有千军万马在激越奔腾。

洛桑与贡布正慢慢逼近，两头领目光相遇之处，似射出无数无影之箭，还未短兵相接，众狼卒已感觉到他们之间的森森杀气。

贡布首先发难，他一个箭步直冲到洛桑面前，先声夺人，露出狼牙直抵洛桑的喉管。洛桑一个躲闪，猛回转身，一口咬住了贡布的后背。贡布像触电一样，浑身一阵抽搐。疼痛激发了他全身的力量，贡布猛然之间挣脱洛桑的嘴巴，一个腾跃，庞大的身躯一下子压于洛桑的脊背。贡布头猛地往下一低，咬住了洛桑的颈项，鲜血顿时喷涌而出，灰狼族中的梅朵禁不住一声尖叫，它的叫声让所有灰狼们疑惑不解，都用不可思议的目光打量着它。梅朵自知失态，赶紧低头装作若无其事。

洛桑和贡布就这样你进我退，你攻我守。腾跃处如闪电，厮杀时如惊雷，直杀到天昏地暗，直杀到月朗星稀。不知杀过多少回合，也不知过了多少时候，还是难分胜负，难解难分。冈底斯山的夜风疯狂地嘶吼着，如猎猎旌旗迎风招展为洛桑和贡布助威。洛桑脖颈上的鲜血染红了他雪白的身躯，贡布的前胸耷拉着一片撕裂的皮肉，眼角嘴角也有鲜血在流。贡布的体力已渐渐不支，几次被洛桑摁伏在地，灰狼族的卒众禁不住有些骚动。

贡布眼中忽然闪过一丝狡黠，他慢慢边战边退，洛桑步步紧逼。灰狼群中的梅朵屏住了呼吸，她心有余悸地瞅一眼不远处那块探出山体的岩石，几年前的情景历历在目。

贡布已经踏上了山岩，洛桑紧跟其后，前爪也已立于山岩之上。贡布有意识地挪到山岩靠山的一侧，山岩狭窄，洛桑自然站到了靠外的山岩边缘。贡布脸上现出了一丝不易觉察的狞笑，洛桑已经向山岩迈开了后腿!

“不能上。”梅朵突然之间一声大喝，令所有屏住呼吸的狼族一片哗然。

洛桑闻听此声，将踏在山岩的前腿都退了回来。贡布双眼血红，满眼不解与愤怒地看了一眼梅朵。它突然惶惑起来，这只自己所属意的母狼，在生死攸关的关键时刻竟然有如此的举止?洛桑两眼逼视着贡布，直觉告诉它，这看似平淡无奇的山岩，似乎隐藏着什么不可告人的秘密。

贡布紧随洛桑跳下山岩，预谋的一切随着梅朵的一声大喝土崩瓦解。贡布难掩心中的颓丧与震怒，这突然的变故乱了它的阵脚。

本来颓势已显的贡布不消一个回合，便被洛桑咬住喉咙，踩在了脚底下，洛桑赢了！

洛桑眼睛里迸发出两道血红的光芒，它突然仰天一声长啸，这悠长的吼叫声在山谷中久久回响。这吼声，让百兽惶恐，群鸟惊飞。这吼叫声，仿佛骄傲的战神在高唱凯歌。一场血雨腥风洗礼之后，洛桑，已成为这百万大山所有狼部落不可争议的王者。

这是当之无愧的王者的声音！

这声音中有让人灵魂战栗的王者威仪！

连冈底斯圣山的风都为之停止了呼号！

灰狼部落和雪狼部落的卒众们都纷纷后退，及至数丈开外。似有无声的号令引领，他们一声长啸之后，前腿伏地，都纷纷趴在了地上，仿佛等待检阅的将士，臣服于新狼王的膝下。

雪狼部落的卒众们簇拥着洛桑，把得胜凯旋的洛桑围在中间，在皎洁的月光照耀之下，狼群像一条白练逶迤而去。

（2）

洛桑忽然想起了什么，它急转而回，赶往刚才决斗的地点。灰狼族已经散去，山脉之上一片静谧。洛桑四处张望，不远处，地上一个黑影似在轻微地颤动。洛桑不由得心跳加快，疾步上前，正是那匹它要寻找的灰狼。梅朵已被撕咬得遍体鳞伤，喉管处的鲜血正在奔涌而出，空气中弥散着血腥的味道。

洛桑知道，这是贡布对她的惩罚。

洛桑一声长吼，唤回了正在赶往山洞的雪狼部落的卒众们。它们一起小心翼翼地叼起奄奄一息的梅朵，往雪狼族的山洞赶去。洛桑疯了一样在山脉之上狂奔寻觅，它要寻找医治创伤的灵药。

等洛桑叼着找到的草药匆匆赶回，躺在地上的梅朵几乎没有了呼吸。雪狼族的一个侍卫，一直守在身边，为梅朵咬住出血的脉管。洛桑不敢懈怠，赶紧把口中的草药嚼碎，覆于梅朵的伤口。圣山灵药，果然灵异非常，只一会儿，梅朵伤口的血便止住了。

一连数日，洛桑都守护在梅朵身边，焦急地等待着，直到它醒来。梅朵缓缓睁开眼，洛桑悬着的心终于放下了。第一眼看到洛桑，梅朵眼中闪过一丝惶惑。它以为自己死了，环顾四周，一切都是那么的陌生。

洛桑告诉梅朵，自己如何找到它，又是如何救醒它。梅朵听完，眼中闪过一丝羞怯。后来的日子，它也解开了洛桑心中积存已久的疑团。

梅朵是灰狼族副头领达瓦的女儿，达瓦曾经是狼王的最有力竞争者。因为一场和贡布父亲之间的争斗，让达瓦从山岩坠落，殒命峡谷。后来的狼王（老狼王）之争，洛桑的父亲也是从同一块山岩坠落峡谷，如此的巧合让梅朵疑窦顿生。梅朵无数次攀上那块山岩查看究竟，一次次无功而返。

偶然的一次，梅朵终于从一位年长的灰狼卒那里，知道了其中的秘密。那块看似平淡无奇的山岩，实际上是两块搭在一起的子母石。当两块石头上同时受压，外缘的那块岩石便会急速旋转一圈，并很快恢复原位。因为一切皆在倏忽之间，站在远处的狼族很难发现其中的玄妙。

失去父亲的痛苦让梅朵一直怀着满腔的仇恨，胸中燃烧着复仇的火焰。老狼王的突然辞世让她心中的失父之痛得到些许安慰。贡布对自己的处处怜顾，也让梅朵孤独无助的内心得到些许温暖。让梅朵倍感意外的是，这次新狼王之争，贡布竟然重施老狼王故技，把洛桑引上了那块夺命的山岩。那一刻，梅朵几欲熄灭的复仇之火，又熊熊燃烧起来。

洛桑听完梅朵的话，呆立在那里许久没动。狼族争夺王位，只有勇猛向前，败则无悔，绝无偷奸使诈的铁律，他没想到，在贡布父子这里却被如此践踏。原以为父亲的死，是战败者的一条无悔之路，却没想到父亲殒命于小人的阴谋。洛桑眼睛里闪烁着晶莹的泪光，它抬头仰望着夜空，发出一声悲愤的长啸。

灰狼部落已经没有梅朵的容身之处，洛桑告诉它，雪狼谷，就是它的新家。洛桑陪伴着还未痊愈的梅朵，在冈底斯山绵绵山脉之间晒着冬日暖阳，一起谛听圣山狂野的夜风。梅朵秀颀的身姿，梅朵心地的纯良，让洛桑静如止水的心，掀起了狂澜。梅朵在灰狼部落煎熬多年，被仇恨和愤怒充斥的内心，在洛桑细到极致的照拂之下，原先的阴霾渐渐消散，满满充溢着的是洛桑无尽的柔情和疼惜怜顾。两颗心，就这样慢慢靠近，彼此取暖。

（3）

根据狼部落族规，洛桑的登基大典须等到天罡星和地煞星相合之夜。梅朵心内一算，那将是近一年后的冬至之夜。梅朵心内窃喜，这么充裕的时间，自己所受的伤足以复原，那为洛桑采撷狼王之花的重任，自己定能实现。

梅朵更加努力地活动着受伤的肢体，她在为那朵神圣的狼王之花默默地准备着。

时间在梅朵的期待中缓缓流过，明天就是天罡星和地煞星相合之日了。梅朵难以抑制内心的躁动，她为今夜即将到来的行动热血沸腾。

梅朵超乎寻常地吃下了半只羚羊，她准备上路了。洛桑用身体挡住洞口：“外面风雪大，不能去。”洛桑的口吻不容置疑。梅朵顺从地退回洞里，却难以成眠。我要去，一定要去！那狼王之花，注定要由洛桑最钟爱的母狼去采撷，供奉于圣坛之上——明天就是登基大典了。梅朵看看洛桑睡熟了，悄悄地溜出了山洞。

冈底斯山的大风裹挟着雪花冰粒，让梅朵睁不开眼。脚下的万丈悬崖让梅朵不敢有丝毫懈怠，她屏住气息，一步一滑地往山顶跋涉。她要攀上冈底斯的崖顶，一定要采到那朵狼王之花，为了明日的大典，为了她的洛桑。

梅朵抬头望去，崖顶已近在眼前，但是近乎刀劈一样的绝壁让梅朵几近绝望，如果不能拿到那狼王之花，我宁愿冻死在这山崖之上。梅朵一寸寸地往山顶挪移，终于到了极顶，刹那之间风止雪停，月亮也从阴云背后露出了脸。一朵瑰丽的五瓣红色花朵，如一团烧在岩顶的火焰，在冷清的月辉里灿放着神奇的光芒，耀得梅朵眯起了眼。兴奋让梅朵一阵战栗，她用嘴小心翼翼地采下那朵花。洛桑，我终于为你采到了，当明天登基之时，我出其不意地拿出圣花，洛桑该是怎样的欣喜若狂？

忽然之间，梅朵脚下一滑，失足跌下悬崖，山谷中只有梅朵的惨叫仍在回响。

不知过了多少时候，两匹灰狼族的守卫发现了梅朵："这个叛徒，她竟然自己送上门来了，把她弄回去，看头领怎么处置她。"灰狼一同撕咬着昏迷中的梅朵，来到了贡布的山洞。贡布看了看梅朵衔着的那朵狼王之花，明白了一切。"头领，我们要不要把她撕成碎片，以解你的心头之恨？"侍卫一边从梅朵嘴中扯下那朵狼王之花，一边说。贡步略一思索，喝退了他们。

昏迷中的梅朵，还是那锦缎一样泛着高贵光泽的皮毛，还是那优雅的颈项，还是那玲珑的面孔。贡布一贯冷酷的双眼闪出一丝柔和的光，他缓缓地把脖颈搭在梅朵的身上，心痛地看着梅朵那条流血的后腿。贡布突然像触电一般跳到一边，梅朵身上全是洛桑逼人的气息！决斗时就是洛桑这气息让他不寒而栗，这个贱货，贡布露出獠牙：我得不到的东西，我要让她毁灭在我的手里。贡布狰狞的獠牙探向了梅朵的喉管……

月光照耀下的洞口地面上出现了一个高大威猛的狼的影子——洛桑循着梅朵的气息找来了，月光暴露了他的行踪。贡布嘴角显出一丝阴森的笑意。他用一种无限温柔的腔调自言自语："亲爱的梅朵，为了我能打败洛桑，你做出了这么大的牺牲，甚至不惜让洛桑玷污了你圣洁的身躯。你怎么这么傻，你为我采来的狼王之花，我已经用不上了。梅朵，不管发生什么，你的心，永远属于我。"洞口的那个影子僵了一会儿，越来越小，越来越远，直到消失。

洞外一地皎洁的月光，仿佛什么都不曾发生。

贡布撕咬着梅朵的脊背，把她拖出了洞口，扬长而去："去找你的洛桑去吧。"

一阵冷风吹来，昏迷中的梅朵慢慢睁开了双眼。她艰难地站起来，腿上的疼痛又让她匍匐在地。远远地，她仿佛看见洛桑的身影，梅朵使出浑身的力气呼喊着洛桑，那个身影却以越来越快的速度渐行渐远。梅朵拖着受伤的腿慢慢地朝洛桑追去。

不知过了多少时候，终于到了雪狼族的洞口。守卫在洞口的公狼们仿佛不认识梅朵，冷冷的目光让梅朵胆寒。"把她轰走！"洛桑的号令让梅朵又惊又惑，仿佛受伤的身体又被补上一刀。"我是梅朵，洛桑，我是梅朵……"梅朵不顾公狼们的阻拦，歇斯底里地哭喊着往里冲去。狼侍卫们在洛桑的号令下，梅朵每前进一步就被他们撕咬一口。梅朵浑然不觉，依然倔强地一步步前行，鲜血染红了她经过的每一寸土地。

到了洛桑的近前，护卫的四匹公狼同时咬住了梅朵的四肢，试图把她拖出山洞。一直背对着梅朵的洛桑猛然转身，"慢着，我要看看，有这样心机的奸细，她的心到底是什么颜色？"身旁的侍卫欲上前撕咬梅朵的胸膛，“退下，我亲自动手。”

“洛桑，我做错了什么？我做错了什么？”洛桑满眼鄙夷之色逼视着梅朵，一步步逼近，眼中是让梅朵胆战的寒凉。

梅朵猛然之间爆发出一股非常之力，一下子挣脱了四只禁锢她的狼嘴，那四只公狼嘴上仍然叼着梅朵挣掉的皮毛，愣怔在那儿。梅朵以闪电般的速度腾跃而起，她把嘴巴抵向自己的前胸，用牙齿和裸出白骨的前爪剖开胸膛，掏出自己还在跳动的心脏：“洛桑……即使，你要的是我的心……我也会亲自捧于你的面前！”两滴带血的眼泪从梅朵的眼角缓缓滑落，梅朵的身体慢慢地倒了下去……

一道闪电撕开骤然间阴云密布的天空，洛桑颓然地跌坐在那象征着最高权力的王座之上。洞外，是撼天动地的电闪雷鸣。

洛桑，肃立于冈底斯山的冷布岗日峰顶，俯视着山坡之上臣服于他的子民，半山腰的云彩如旌旗招展，一个狼族的新王朝又诞生了！

大典庄严的圣坛上，供奉着的不是那朵瑰丽的狼王之花，而是那颗余温犹存的梅朵之心。

冈底斯的山风吹过茫茫山脉，发出呼号一般的怒吼，洛桑仿佛听到了梅朵痛彻骨髓的呜咽之声……

放不下的翅膀

月亮在法桐树的枝叶间筛下一地月影和不知名的花香

虫鸣拨动琴弦

弹出让人心安的韵律

大鸟张开的翅膀底下，是爱，是爱，还是爱

（1）

“我的手机，还我手机！”韩朵朵突然一声大喊。

在火车站排队买票的人好似还没睡醒，迷茫地看着韩朵朵一边大喊一边追着一个穿绿上衣的女人。

“她被抢了？”

“我听前面那个还喊姑娘名字，估计是熟人闹着玩儿吧。”

那个本来想帮着追坏人的中年男人，一听这话，赶紧停住脚步，笑着摇摇头，继续排队买票。

那女的在前面七拐八拐，韩朵朵在后面紧追慢追，风声在她耳畔呼呼作响。

追过了几条街，可能是体力透支，女人的速度放慢了。韩朵朵也气喘吁吁，双脚有点儿不听使唤了。到了一个小路口，女人突然转弯，拐进了一座两层楼的小院。韩朵朵紧追不舍，也愣头愣脑地跟了进去。

刚一进门，呼啦一下子，韩朵朵身边围上来好几个人，他们都不约而同地瞅着女人和韩朵朵，但都站住不动。

韩朵朵嘴唇哆嗦着，原来这女人只是个诱饵，原来他们的目标不是那部新买的华为手机！完了，今天完了，这是碰到团伙了。

韩朵朵本来加速的心跳更像是加了动力泵，突突突，都快跳到了嗓子眼儿。微信的声音从握在女人手里的手机中不断传来。韩朵朵脑子一片空白，她在心里大喊，焦东，你来救我，你快来救我！

就在刚才，韩朵朵挤在高密火车站拐了好几个弯的候票队伍里。跟那些皱着眉头抱怨不断的人不同，她时不时瞅着手机，脸上洋溢着与周围焦躁气氛不相称的幸福模样。韩朵朵对着手机一会儿嗔，一会儿嗲，也不管别人在她前面旁若无人地插队，只顾和微信那头的那个焦东热火朝天地谈着恋爱。被恋爱打了鸡血的女孩子，都是些不用点火都能自燃的主儿。

（2）

女人突然扔下手中的手机，朝韩朵朵扑过来。韩朵朵大喊一声，急速后退。

大门外突然跑进一个五十来岁的男人，他气喘吁吁来到扯在一起的两个女人跟前。

“干什么，你会吓着人家的。快松手！方琴，你快松手！”

韩朵朵死命掰着那个女人的手，越是挣扎，越是被她抓得更紧。

“方琴，听话，松手，快松手！”

那个被称为方琴的女人，在男人挟持住她的胳膊弯里扭过头来，疯狂地冲着韩朵朵大喊大叫：“小敏，小敏！”

“姑娘对不起，真对不起。我爱人有病，你别见怪，千万别见怪！”那个男人干脆把女人抱起来，往屋子里走去。

女人像要被摘掉心肝一样，大喊着：“小敏，小敏！老赵你让开，小敏回来了，你让开。”

韩朵朵捂着半边脸，感觉火辣辣地疼。她弯腰去捡被扔在地上的手机，手机黑着屏，屏幕上有了一道裂纹，韩朵朵心疼自己刚买的手机。刚才围着韩朵朵的那几个人似乎松了一口气，也跟着老赵进了屋。只有一个穿着一身灰衣服，头发花白的男人站在原地没动。

“姑娘，吓着你了吧？”

“没吓着！”韩朵朵语气里满是愠怒，心想，刚才在围观，现在装什么好人。

“别怪我们只是围观，我们要是上来帮你，反倒是害了你。”

韩朵朵莫名其妙地打量着面前这个看上去还算面善的男人。

“我是这里的房东，他们打电话让我找人来修自来水龙头。这院子里聚集的都是些失去子女的父母，有的人甚至失了两个甚至三个孩子。他们自发组织起来，租了我神仙巷这几间房子，定期过来聚聚。有个词怎么说的？抱团取暖？”

“你是说他们都没了孩子？”

男人点点头：“嗯，都是同命人，是一群心尖尖上的肉被挖去的人啊。”

韩朵朵愣在那里。

男人走上前，想看看韩朵朵的手机摔坏了没有。韩朵朵赶紧把手机装进衣兜摆摆手，示意应该是没啥大碍。

“刚才那个老赵和冯方琴，他们最心爱的女儿小敏，两年前因为一场车祸，走了……女人就一直一阵儿清醒、一阵儿糊涂。每次看到和她女儿年龄相仿、面貌相像或者衣着打扮一样的姑娘，她就会有应激反应，就会抢人家东西，把人引到这里。引到这里别人还不敢靠近，靠近了她就伤人。上次她也抢了一个人，别人怕出事上去帮忙，结果她差点儿把人家姑娘掐死，说是不能让他们把女儿抢走。所以刚才你俩扯在一起，我们都不敢靠前。只有她男人老赵能制服她。唉，将心比心，谁摊上这事，都……”

“没有了孩子，他们不会再生吗？”

“很多父母年龄都五六十岁了，他们根本不可能再生育。有的人甚至接连失去了所有孩子……要命的事呀……”男人叹口气，回身往屋子里走去。

韩朵朵的心咯噔一下，她跟着那人随后进了屋，走近那个像做错事的孩子一样看着她的冯方琴。

屋子里的人都有点儿意外，扭头看着韩朵朵。

那个老赵朝韩朵朵走过来，“姑娘，对不住了，看在她是个病人的份上，你别和她一般见识。小敏要是还在，她和你应该差不多大，你穿的衣服跟她走的时候那身衣服是同一个颜色，所以我爱人才会误以为你是小敏。对不住了！”老赵语气里的歉疚和伤感让韩朵朵心里残存的那点儿怒意立时消失无踪。

众人都朝着韩朵朵重复着那句：“对不住了。”韩朵朵突然发现，屋子里聚集着很多人。他们脸上的表情都极其相似，失神的双眼里全是炎凉，有一种似乎与这个世界脱节的戒备和一种没有来路亦不知去路的迷茫。

女人朝韩朵朵祈求一样地说：“小敏，过来，到妈妈这里来。”

韩朵朵站在众人的目光里，她在迟疑。

女人把颤抖的手伸向韩朵朵，韩朵朵心有余悸，赶紧往后躲。

“小敏，你疼吗，你疼吗，妈妈不是故意的，真不是故意的。”女人看着韩朵朵脸上那道渗着血的抓痕，眼睛里闪着泪光。

韩朵朵犹疑着朝女人更靠近了一点。

“我知道，你从小就听爸爸话，肯定是你爸让你回来的。小敏不爱听妈妈唠叨，但是最听爸爸话了。老赵，你让小敏过来，让她过来呀。你要是不相信我，就把我的手绑起来。小敏，你把妈妈手绑起来。”冯方琴把双手并拢举在韩朵朵面前，她此时的语气既深情又可怜，像一只无处栖落的鸟，在风中无奈地盘旋着，哀鸣着。

韩朵朵终于下定决心一样，伸开双臂，上前拥抱住了冯方琴。女人一开始还木在那儿，但她很快反应过来，伸开双臂紧紧抱住韩朵朵。

“小敏，我就知道你会回来。老赵，我就知道小敏真的会回来。小敏从小最听话了，是不是？”

女人在韩朵朵的臂弯里很快安静下来。她闭着眼睛，把头伏在韩朵朵肩上，很忘情的样子。

老赵红着眼圈，低下了头。

过了一会儿，老赵上前拍了拍女人肩膀，“方琴，小敏还要上班，让她走吧，要不然该迟到了。”

女人听话地松开手，韩朵朵又一次往门口走去。走出大门的一刹，韩朵朵回头，女人的手臂还像拥住什么一样，像一对张开的羽翼在那里。

女人的目光里满是慈悲，她像一只用翅膀护卫着雏鸟的大鸟。小鸟们飞走了，可是翅膀却依然悬在那里，再也放不下来。

老赵跟在韩朵朵后面追了出来。他顿了顿，似乎下了很大决心一样：“姑娘，方便留个电话吗？我爱人这段时间一直不清醒，刚才，刚才她见到你竟然好了。”

韩朵朵略一犹豫，还是报出了自己的手机号码。

电话！我得赶紧给焦东打个电话，他肯定急疯了。韩朵朵突然觉醒。

韩朵朵把手机跌碎的贴膜揭下来，试着开机。看着亮起来的屏幕，她松了一口气，还好，手机没摔坏。她赶紧摁出了一串号码。

手机刚响了一声，那边就急切地接了起来。

一听到焦东的声音，韩朵朵似乎又回到了刚才的惊心动魄，拿着手机的手颤抖不止，还没来得及说话，她就哇的一声大哭起来。

电话那头的人焦急地一遍遍问，“朵儿你怎么了，到底怎么了？别光哭啊，你要急死我啊。”

韩朵朵抽噎着，断断续续和焦东说了刚才发生的事。

通完话，终于平静下来的韩朵朵从小院出来，买了下一趟去济南的车票。

（3）

韩朵朵坐在动车上，脑子里一直盘旋着冯方琴那双充满痛楚的眼睛、小院里的同命人，还有他们脸上那种如出一辙的迷茫。

韩朵朵今年二十一岁，在青岛科技大学高密分校上大二。神似奥黛丽·赫本的她，一双写满深情的眼睛清澈得让人想起《罗马假日》里那个人间天使，让人想起初阳下的露珠。韩朵朵也早已习惯了别人对她的注视。也难怪焦东这么黏糊，有这么一个“可人儿”在另一个城市“一日不见如隔三秋”地“隔”着，不黏才怪。

韩朵朵和焦东是高中同学，焦东考到了济南的一所大学。大学第一学期，这对从高二开始互有好感的两位同学终于挑破窗户纸，互相表白，开始了异地恋。恋爱中的小女生说话娇声嗲气，她们故作成熟，想让自己比女人更女人，她们的朋友圈全是似抑实扬的“凡尔赛”，那些小傲娇，那些小伎俩，全是因为她们知道，有一双热切的眼睛在时刻关注着她们的任何一条动态。

高密到济南几个小时的车程，不算太远，但是对于热恋中的他们来说，这距离也是可憎的，因为他们不能和别的热恋中的情侣一样整天从早到晚腻在一起。每隔半月，韩朵朵都会坐上动车，和焦东约会一次。

韩朵朵除了学习自己的专业，业余还选修了心理学。焦东也不甘落后，除了专业课，他课余时间还写话剧、电影剧本，有时候，他还是演员兼导演。

终于到站了，焦东从出站口涌出的人流中一下子认出了韩朵朵。从出站电梯出来，焦东接过韩朵朵的双肩包，拥着她上了出租车。

焦东把韩朵朵的手抓过来，裹在自己手里。

“朵儿，没事吧？真没事吧？”

韩朵朵的眼泪又差点儿流下来，但她终究还是笑着说：“要是有事，我这会儿还能站在你面前？”

“吓死我了，我当时都想打个出租车直接杀过去找你。”

韩朵朵又一副没心没肺的幸福模样：“有你罩着我，不会有事的。”

焦东笑着刮了刮韩朵朵的鼻子，“你个小笨蛋，以后不准在人多的地方玩手机。”

“别赖我哈，是你在那边不停给我发微信，我能不看吗？”

时间像被谁偷走了一般，周末在倏忽之间就过去了。韩朵朵该回高密了。

这一次刚结束，两个人又盼着下一次的约会快点儿到来。

（4）

又是两周后的周五，焦东和韩朵朵正在微信商议去哪边，韩朵朵的手机响了起来。一看是一个陌生号码，她犹豫了一下还是接了起来。

“朵朵姑娘你好……我犹豫了好几天还是决定给你打这个电话。我就是上次，上次抢你手机那个人的丈夫，我姓赵，还记得吧？”

韩朵朵一愣，当时把手机号留给老赵只是出于礼貌，她根本没想到老赵真会给她打电话。

“姑娘，有个事我想求你，我知道这样很冒昧，但是，只有你能帮我们，所以……所以才给你打电话。”

“什么事……您说……”韩朵朵满腹狐疑。

“自从上次遇到你，我爱人的病好长时间没有犯。她这几天情绪又开始不稳定，我女儿的生日明明还有好几个月才到呢，她非说明天是小敏生日。我想……我想权当明天是我女儿生日，你能不能……能不能让我爱人见一见你……”

韩朵朵不吱声。

我们萍水相逢，凭什么对我提这样的要求？上次的惊吓还让韩朵朵心有余悸，虽然最后没造成什么后果，但是当时真的是惊心动魄。再说了，我跟焦东两周才见一次，为了一个不相干的陌生人浪费我们的约会时间，焦东也不会愿意呀？韩朵朵在心里嘀咕着。

“赵叔，我说句不该说的，阿姨既然有病，就该……就该送到专门的医院去治疗呀……为什么不送去呀？”韩朵朵把“精神病”三个字省去了，她怕对面的人反感。

“姑娘，以前送过她去精神病医院。我去看她的时候她已经不认识我了，人也瘦得脱了形，看着简直快死掉了，我就把她接回了家。她这辈子已经够苦的了，我不能再把她推出去不管……姑娘，我知道我这要求过分，你要实在为难，那就算了……”老赵在电话那头沉默了好一会儿，最后叹了一口气挂掉了。

韩朵朵心里嘀咕，当时自己的确因为恻隐之心曾对那对夫妻表现出了超乎寻常的善意。可能也就是因为这个，才让那个男人觉得他妻子犯病的时候，他可以再一次求助于她。尽管他的语气里也有很大的不确定，但是他有勇气打这个电话，肯定还是觉得韩朵朵有同意的可能。怎么办呢？

韩朵朵跟焦东说了刚才这个让人扫兴的电话。让韩朵朵意外的是，焦东回了一个信息：“朵儿，你一定要去。”

韩朵朵发了一个问号。

“我和你一起去，万一有啥事，我还能保护你。”

焦东这个主意真是一举两得。只要能见到焦东不用说去看个病人，就是上刀山下火海也愿意呀。

韩朵朵发了一个“OK”、一个微笑还有一朵玫瑰。

（5）

“姑娘，你来了。”看到韩朵朵推门进来，老赵语气里是掩抑不住的兴奋，他两眼放光，一下子站起来朝韩朵朵迎上去。

“我就知道你肯定会来，第一次见你我就觉得你是一位特别善良的姑娘。”

老赵的这句夸奖并没有让韩朵朵感觉开心，心里说，我来了就是一位善良的姑娘，我要是不来呢?

“赵叔好,不光我来了,我还带来了一个同伴,我的同学,焦东。”

“感谢感谢，你们都是有爱心的年轻人。”老赵和焦东握手寒暄。

韩朵朵和焦东跟随老赵进了屋，屋子里聚集了好多人。冯方琴被众人围在中间，她抱着一张相片，脸贴在上面，闭着眼在那里喃喃自语。

“方琴，你看看谁来了？”

冯方琴抬起茫然的眼睛，看到韩朵朵，她的眼睛一下子亮了。她啪地放下手中的相框，一下子站起来就朝韩朵朵奔过来。焦东一把把韩朵朵揽在自己身后，冯方琴的眼神让他害怕。

倒是韩朵朵非常镇定地从焦东身后绕过来，迎着冯方琴的目光。冯方琴搂住韩朵朵的肩膀，嘴里嘟囔着：“小敏，小敏，你怎么这么长时间没回家呀。妈妈想你呀，今天你生日，妈妈给你买的你最爱吃的蛋糕。”

韩朵朵拥住冯方琴的肩膀，轻轻地拍打着她的后背。冯方琴眼里的凌厉没有了，她在韩朵朵的臂弯里又一次变得安静又服帖。

焦东从一进门就绷着的神经终于松弛下来。

这时候，围成一圈的人都散开了，人群后面一张桌子，桌上放着一个包装精美的蛋糕。老赵走上前把蛋糕的包装打开，把塑料刀具递到韩朵朵的手里，说：“姑娘，谢谢你能来，切蛋糕吧，我们就当是今天过生日吧。”

冯方琴也说：“你看我，把主要的事给忘了，小敏快切蛋糕。这是妈妈挑的最好的一款，对了，妈妈把生日帽给你戴头上。”

韩朵朵很配合地让冯方琴把生日帽戴在她头上，戴完帽子，冯方琴又左瞧右看了一会儿，生怕戴歪了。

焦东把蜡烛插在蛋糕上。

韩朵朵接过老赵递过来的塑料刀具，大家很配合地唱起了生日歌。韩朵朵心里庆幸，幸亏大家没让她许愿，要不然，她哪里知道那个未曾谋面的小敏有啥心愿呢?

冯方琴如春风拂面，眼里闪着泪花，忘情地唱着“祝敏生日快乐，祝敏生日快乐……”冯方琴把歌词中的“你”改成了“敏”。

那首熟悉的音乐此刻听起来有了一种别样的意味，韩朵朵心头涌上一阵伤感。她从没想过，自己的人生会跟这么一群素不相识的人突然遭逢，而且是以这么一种特别惊悚的方式，人生真的是件很奇妙的事情。

韩朵朵把蛋糕切开，一块一块用纸盘分给大家。第一块先端给冯方琴。冯方琴执拗地一定要韩朵朵吃第一口，韩朵朵拗不过，只得叉了奶油上的一块猕猴桃放进嘴里，冯方琴这才开心地吃起来。

大家都在吃蛋糕，只有一位六十多岁的男士把分给他的蛋糕放在一边的矮凳上，坐在角落的一个画架前作画，画架上是一幅色调非常灰暗的油画。

焦东好奇地凑上前去。

画面主体是或聚或散的一群叫不上名字的大鸟，从翎羽看这些鸟大多都是雌雄一组。整个画面以灰色调为主，空中是灰色的乌云，近处是黑色的岩石，远处是灰色的森林。灰色的乌云被风扯开，像一把把巨大的扫帚，在空中扫出一道道造型乖张的轨迹……大鸟们有一个共同的特点，不管是飞在空中的，还是落在地上的，或是栖息在岩石上的，都张着翅膀。

韩朵朵也凑上前来端详着这幅画："叔，您这画得不对呀，空中飞的张着翅膀，但是落在地上的，还有岩石上的鸟翅膀不应该是张着的，应该放下来才对。"

男人不说话，继续在画板上涂抹着。

老赵走过来，低声跟韩朵朵和焦东说："这是老陈，是省内知名的画家。老陈说，那些鸟原来翅膀底下都是雏鸟，现在雏鸟飞走了，它们的翅膀也不能放下来，得在那儿张着，等着小鸟们回来……老陈……老陈的大儿子七八岁的时候走失了，前几年二儿子陈凯又因为白血病去世了，去年他的老伴儿因为伤心过度也走了……"

焦东和韩朵朵互相看了一眼，不再说话。

一直沉默的老陈放下手中的画具，盯着坐在桌边吃蛋糕的一个小伙子出神。这小伙子是焦东一个话剧社团的同学雷阳，这次跟着焦东和韩朵朵来，就是想看看自己能不能帮上什么忙。

"你叫什么名字？"老陈起身，来到雷阳面前。

"叔叔，我叫雷阳。"

老陈站在雷阳面前，更加专注地看着雷阳。

老陈的举动引起了老赵的注意，他仔细瞅了瞅雷阳，知道老陈为啥有这样的举动了——他一定是想起了他的儿子陈凯，雷阳和陈凯也的确有点儿像，尤其是眼睛。

"我们这一群人，每当有谁的孩子到了生日我们就聚一聚，我们也分蛋糕，也唱生日歌，就像自己的孩子在的时候一样，给他们过生日。"老赵继续对韩朵朵说，"在这里，大家都是一样的人，谁也不会看不起谁，谁也不会笑话谁，这也是我们的聚会能一直进行下去的原因。"

他又指着一位头发花白的中年妇女："刘淑华，是我同学。她的女儿媛媛前几年考上了北大，去攀登珠穆朗玛峰遇上了雪崩，再也没有回来……刘淑华两次自杀都被人救下来……媛媛从小就跟我熟，娃娃脸，特别爱笑，从小就特别优秀……”

刘淑华看了一眼韩朵朵，又看了一眼焦东。

“媛媛比你们稍大几岁，她每次放假回来，都给我修眉毛，她嫌我的眉毛太乱了。姑娘，你看我的眉毛乱吗？对了，媛媛下个月过生日，你、你们还能来吗？”

韩朵朵看了看刘淑华的眉毛，她在想，我如果今天带着修眉刀就好了。

看得出来，这群人因为韩朵朵和焦东的到来脸上有了春天的气息。他们看这两个年轻人时，眼神里是无限的依恋和欣慰，仿佛看到了自己孩子的同学和玩伴……

韩朵朵和焦东离开的时候，这群人都一个个争先跟他俩握手道别，一遍遍叮嘱着：“孩子，再来，一定再来啊……”

韩朵朵朝他们笃定地点点头。

冯方琴和刘淑华站在门口，她的双臂张在那里，像一对大鸟的翅膀。

（6）

公交车上，韩朵朵一直不说话，她似乎沉浸在某种情绪里，一时还出不来。

焦东习惯性地把韩朵朵的小手裹在手里，紧紧地握着。

“焦东，你说，万一哪一天我们……我们也……”

焦东把手捂在韩朵朵嘴上，皱着眉头：“呸呸，不准乱说！”

“我是说万一，万一那样，我们的父母也会跟这群人一样，承受同样的疼，不可弥合的疼……”

“万一也不准说，我们都要好好的，以后不准你胡思乱想乱说话。”

“好的，不说了，再也不说了。”

焦东用自己的食指抠了几下韩朵朵的手心，这样的小动作有一种不为人知的心领神会，因为隐蔽，格外甜蜜。韩朵朵把脑袋伏在焦东肩膀上，调皮地吹了一下焦东鬓角的一缕头发。

“朵儿，我有个想法。利用我们的特长，和这个特殊的人群保持互动，尽我们的最大努力帮他们走出困境，怎么样？”

“互动？”

焦东点点头：“你业余选修的是心理学，我呢，在学校的话剧社团，而且自己也写剧本。”

韩朵朵转头瞪大眼盯着焦东的眼睛，等他继续说下去。

“我们可以发动我们的同学和身边的人和他们结成对子，针对每个父母不同的情况，每到他们孩子的生日，就从我们当中选一位合适的同学，我们就用情景剧的方式给他们过生日。”

“我们这样子，会不会更让他们忘不掉自己的孩子？有时候，忘记是一种解脱。”

“过生日只是一部分内容，我们还要还原每个孩子离去时的情景，而且，最重要的，你利用你学心理学的优势，我利用我写剧本的优势，通过还原场景和必要的专业疏导，让他们最终解脱出来。让他们觉得，自己的孩子没有失去，而是像平时我们假期结束开学的时候离开家一样，只是暂时离开……”

“这是一群张着翅膀的大鸟……不知为什么，我想起了《百年孤独》这本书。”

“我们要让他们把翅膀放下来，让他们走出孤独。”

“失去孩子的父母，尤其是那些接连失去所有孩子的父母，用土话说就是绝了后。这样的打击会击溃他们的心理底线，由此带来的恐惧、焦虑、失落、担心被异化，对未来失去安全感，同样也会产生对别人的羡慕、嫉妒、仇恨、自闭等一系列扭曲心理。人在经历决绝痛苦之后，大部分是走不出来的，外力只是辅助，内力才是根本。”

“朵儿，我们要做的就是要帮他们找到一条可以走出来的路径，让他们战胜自己的内心，自己走出来。试试吧，试就有成功的可能，不试，就永远没有可能。”

“哈哈，我看你比我更像个心理咨询师。”

“我这是抛砖引玉嘛。”

“再说了，我根本也称不上心理咨询师，我就是一个初学者。”

“试试吧，那个冯方琴和老陈的眼睛让我不忍直视。”

“那就试试？”

“嗯，试试。”

焦东把韩朵朵的手握得更紧了。

（7）

焦东联合自己话剧社团的同学，韩朵朵联合她心理班的同学，他们聚在一起，谋划着如何帮这群特别的人走出精神的沼泽地。

焦东的方案最后得到了大家的一致认可，他们称这个方案为“大鸟计划”。

韩朵朵联系老赵，先按照计划帮这群人建了一个“归巢”档案，收集每一个逝去的子女的相片，把他们的生日和离世时间以及原因都一一记录在册。档案厚厚的一摞，竟然达到53册。这不是一个数字，是53个远离的孩子，是53个不幸的家庭，是53对父母那支离破碎的心……53册档案像53柄利箭呼啸着向韩朵朵射过来，韩朵朵的心骤然缩成一团。

计划的第一个实施对象，就是媛媛的母亲刘淑华。

2019 年 8 月 19 日，是媛媛的生日。

这一天，韩朵朵和焦东以及他们的“大鸟计划”成员齐聚神仙巷里的出租屋，一早就开始忙活起来。

布置临时舞台，调整投影大屏幕，参演的同学装扮、预演。

韩朵朵忙着给同伴们化妆，她努力压抑着内心汹涌的狂潮，她觉得她和她的伙伴们变成了一只只羽翼渐丰的小鸟，一会儿就要飞向大鸟的怀抱，来到她们的翅膀底下感受那份呵护与温暖。

九点钟的时候，投影屏幕，背景灯光布置好，伙伴们也已经收拾利落，“鸟儿们”扑棱棱飞了出来。

大家簇拥着刘淑华坐在椅子上，他们讶异地看着这些化好妆的姑娘小伙子们摆开了阵势。

那个演媛媛的女生先过来，从一个小手包里拿出修眉刀，替刘淑华修眉毛。刘淑华先是诧异地喊了一声：“媛媛。”她回过神儿来以后又盯着女生看了一会儿，然后很配合地闭上眼，让女生帮她修眉毛。

情景剧上演了。医院妇产科病房内，随着哇哇几声啼哭，一个名叫媛媛的女孩降生了。屏幕上出现了媛媛百日时的照片，一个惹人疼招人爱的小胖子。

刘淑华瞪大了眼睛。

媛媛的脸胖乎乎的，扎着两个羊角辫，她在母亲的怀里，时不时露出烂漫的笑容……

媛媛上小学了，她的奖状贴满了整整一面墙。

春夏秋冬几个轮回之后，屏幕上出现了媛媛七八岁时的照片，刘淑华的双手抓住了椅子背。

后来，媛媛收到了北京大学的录取通知书，老师和同学们都围着媛媛，向她道贺。媛媛的父母拥着她流下了激动的泪水。

接下来，北京大学校园内，媛媛和她的同学上场了。他们要去征服珠穆朗玛峰，临行前，他们签下了生死契约。

珠穆朗玛峰的崖壁上，一个个攀登者正努力往上攀爬着。风呼啸着越刮越大，空中飘起了雪花。

忽然，天崩地裂一声响。一道雪流从峰顶呼啸着冲下崖壁，整个崖壁像震怒的野兽，呼啸着滚滚而下。

“雪崩了！”媛媛大喊一声。她和她的同伴被雪流裹挟着飞速往崖壁下滚着……

刘淑华大喊一声“媛媛”，她浑身战栗，双手抓住椅背，几乎要冲上前去救她的媛媛。忽然，被雪流裹挟的媛媛变成了一只鸟，她从奔涌的洪流中展开羽翼，发出一声清脆的鸣叫，一下子冲到了半空。

刘淑华停止了战栗，她紧张地看着那只鸟，飞过峰巅，飞过云彩，飞向高空……她在空中对着刘淑华喊着：“妈妈，我还会回来的……我还会回来的……”

韩朵朵和同伴们围拥过来，她的嘴喃喃着：“媛媛还会回来的，媛媛还会回来的……”

韩朵朵握着刘淑华的手，她温声细语，给刘淑华做心理“按摩”。刘淑华在她们的包围之下，情绪渐渐平复。

随后的一段时间，韩朵朵和扮演媛媛的那位女同学不定期对刘淑华进行回访，进行进一步的心理疏导和沟通，随时调整着自己的疏导方案。

一个月后，老赵给韩朵朵打电话，刘淑华的情绪比以前好多了，她脸上也有了光彩，还经常跟画画的老陈开玩笑，嫌他画的鸟为啥老是张着翅膀。

老赵的这个电话，给了韩朵朵和焦东把“大鸟计划”继续下去的信心。

焦东兴奋地跟韩朵朵描绘着刘淑华的变化，两个人商量着下一位的“大鸟计划”。

韩朵朵一副忧心忡忡的样子：“焦东，你说我们的这个计划可持续吗？刘淑华是不是一个个例，目前来看是起作用了，以后呢？万一没用咋办？”

焦东信心满满地说：“朵儿，我怎么觉得你从一开始就有点儿犹疑不定，刘淑华状况的改善摆在眼前，这有啥好怀疑的。再说了，这样做既帮助了别人，又让我们的所学有了用武之地，对我们来说，这是很好的社会实践呀。一举两得的好事，朵儿你怎么忧心忡忡的，这可不是你的风格呀。”

韩朵朵笑了一下：“可能是我多虑了，有你们在，不管有多难，我会一直做下去的。”

焦东拥住了韩朵朵：“我突然觉得我们很伟大。”

韩朵朵撒着娇说：“这才刚开始呢，可不能骄傲啊。”

（8）

韩朵朵与焦东还有他们的同学、室友们的业余时间几乎被这一群“放不下翅膀的大鸟”占满了。老赵他们对这群年轻人越来越依赖，他们看起来就像亲密无间的一家人，除了“孩子”们的生日情景剧和延伸“心理按摩”，平时也随时保持电话、微信联系。尤其是冯方琴，几乎天天跟韩朵朵视频聊天。看得出来，她真的把韩朵朵当成了自己的女儿。

公交车上，焦东又裹住了韩朵朵的小手。与往常不同，韩朵朵的手冰冷又僵硬。今天的突发状况让韩朵朵的身体从里到外都透出一股凉意。焦东只有更紧地握住她的手，食指在她的手心里点了两下。韩朵朵懂，焦东在告诉她：没事。

韩朵朵把脑袋又伏在焦东肩膀上，整个僵直的身体渐渐松弛下来。

没事，来日方长呢。他们用身体语言安慰着彼此。恋人之间有时候不需要太多的语言，一个眼神，一个手势，就能把全部的情感和意蕴传递给对方。

第一次“大鸟计划”的成功让韩朵朵她们很是兴奋。为了更好地完成计划，她请教行业内“师爷”级的心理辅导老师，尽最大可能融化沉潜在“大鸟”心里最底层的那层痂壳。韩朵朵更盼着下一次的“大鸟计划”快点儿到来。焦东其实比韩朵朵更盼着下一次计划的到来。他俩都憋着一股劲。下次，这个“下次”对他们来说显得意义特别重大。如果第一次收到的效果是出于偶然，那么第二次，第三次的成功就不会都是偶然。

几个月之后，老赵又联系韩朵朵，小敏真正的生日到了。韩朵朵说，她从档案上查到了，正要给老赵打电话呢。

韩朵朵和焦东又兴奋起来——“第二次印证”的时机终于到了。这次不用别人，冯方琴早就把韩朵朵当成了小敏。

就在韩朵朵和大家一起忙着为这个意义重大的“下次”做准备的时候，老赵来电话说：“朵朵姑娘，真是不好意思。方琴改主意了，她说这次她不想在家过生日了，她要和小敏一起旅游，她说要给小敏过一个不一样的生日。她这要求太过分了，这怎么可以呢？”

韩朵朵也沉吟了一会儿，她还真没想过冯方琴要求的这种方式。

她需要和焦东商量再做回答，韩朵朵好像被甜蜜泡成了“傻白甜”，事事都要请示一下那个“他”才能心安理得地去做。

“朵朵，答应赵叔，就按他说的办。”

这也是韩朵朵的主意。

先让老赵和冯方琴坐车来济南住一晚，焦东招呼学校话剧社团的同学还有韩朵朵那边能来的同学一起给冯方琴开一个“party”。第二天正好是周末，就由韩朵朵和焦东带着冯方琴在济南的各个景点逛一逛。这种长时间的相处肯定比以前那种情景剧与现实的融合更有利于冯方琴。

焦东了解到老赵这几年一直看着冯方琴，不能工作赚钱，家里的经济情况很拮据。每次冯方琴看病，老赵就找兄弟姊妹们借钱。冯方琴的哥哥姐姐以前还经常来看望自己的妹妹，借钱借得次数多了之后，他们再也不来了。

同学们听说这事，都纷纷把自己节俭出的生活费凑在一起，作为这次的活动经费。

第二天傍晚，焦东和几个同学一起去济南火车站迎接她们。接上以后，老赵想在车站附近找一家便宜的旅馆住下，冯方琴一直拽着韩朵朵非要跟她住在一起。

韩朵朵很是为难，跟一个陌生人住一起，而且还是一个情绪不稳定的病人，她真的没有那么高尚。

焦东也不放心，但是冯方琴一直扯着韩朵朵不松手。

最后经过大家商议，焦东和几个男生从上学期开始因为嫌在学生宿舍住宿太吵，他们几个合伙在一栋居民楼租了房子住，四个人租了七楼的东西两户。周末那几个同学回家了，焦东就建议老赵和他住一屋，韩朵朵和冯方琴住一起。因为两屋是隔壁，有什么紧急情况也能及时处理。韩朵朵横下一条心来：“好吧，那就这样吧。”

韩朵朵环视了一下室内的环境，男生的宿舍总是不那么整洁。几双袜子和鞋子散乱在地上，几个纸杯摆在一张方桌上，里面的茶水已经干了，杯底留下一片黄色的茶渍。

“焦东，你晚上一定开着机。”韩朵朵低声跟焦东说。

“不用你说，我早想到了。”焦东又握了握韩朵朵的手。

晚上，冯方琴站在窗边往外张望，“外面有只鸟叫，小敏，外面有只鸟叫。”

韩朵朵凑过来，外面一片静谧，哪有鸟？

“小敏，你还记得不，你小的时候舅舅给你一只画眉鸟。有一天画眉啄开笼子飞走了，你不吃不喝哭了一整天。”

韩朵朵一边帮冯方琴整理床铺一边听她唠叨。

“小敏，你听，画眉鸟在窗外叫呢。你听！你听！”

韩朵朵无奈地再次来到窗口。

窗外的月亮在法桐树的枝叶间洒下一地月影，窗外飘来不知名的花香，窸窸窣窣的虫鸣让花香和月光有了一种让人心安的韵律。

韩朵朵好不容易才让冯方琴相信外面没有鸟，也没有鸟叫。

她把冯方琴安抚睡下了，赶紧打开微信呼叫焦东：“焦东，我害怕，不敢睡。”

“朵儿，没事，害怕你就一直开着视频，不用说话。你现在就闭上眼睡觉，我一直看着你呢，别怕。”

韩朵朵心里涌上一股暖流，她的焦东，总是这么贴心，脑子转得又快。这真是一个不错的主意，韩朵朵的心一下子踏实了。她对着镜头朝焦东“亲”了一下，又“亲”了一下，然后听话地在焦东的目光里闭上眼睛。

韩朵朵刚要睡着。冯方琴忽地一下又从床上坐起来：“小敏，画眉要是回来了，你一定跟我说。”

“放心吧，我会让画眉进来跟你说话。”冯方琴这才放心睡下。

韩朵朵关掉顶灯，悄悄坐在冯方琴床边，双手托腮静静地凝视着她的脸。

一丝笑意挂在冯方琴嘴角，此刻，这张脸是如此恬然，如此宁静。

鱼的孤独

鱼的记忆不是七秒

鱼的孤独化成泪融化在水里

胎儿在母亲身体的宫殿里，像一条鱼在游

（1）

美辰发廊的老板徐美辰把栗棕色的披肩长发往后一甩，涂了蔻丹的双手把杯子重重地放到吧台上。她在提醒姜楠。

姜楠今天有点儿心不在焉。

美辰发廊位于高密神仙巷的最西头，门面恰好处于神仙巷、顺河路和镇府街的衔接处。

发廊刚开张时，神仙巷里的风水先生就说：这家生意肯定火。

这样的一个所在，既避开了紧临主路的喧嚣，又避免了老巷深处的封闭，将贯通与探幽融为一体，一个位置如果包含了中国式的哲学和智慧，生意想不红火都难。

美辰的生意红火是真的，老板徐美辰天生是个生意人。她能清楚地捕捉到店里每一位员工对发廊有利的潜在价值，并且还能把这种潜质发挥到极致。

比如说姜楠，虽然她的技术不是店里最好的，但是指名让姜楠来做头发的顾客数量绝对排在前面。徐美辰知道什么样的客户一定要让姜楠来做，这样的安排一定会把这个顾客变成回头客。

姜楠跟别的店员不一样。因为职业便利，别的店员头发整天染来染去，今天烫成“玉米须”，明天又拉成直板，今天焗成红色，明天又染成绿色，把头发折腾成一堆没有光泽和弹性的枯草。姜楠从不，从入职进店就是长发及腰。一头秀发顺滑、柔润，在灯光下泛着绸缎一样的光泽。有顾客的时候她就用皮筋扎一个马尾，忙起来的时候，马尾在脑后荡来荡去，荡漾着一种无以名状的温婉和柔媚。

徐美辰今天按惯例把几近秃顶的顾客老王指派给姜楠。老王几次问她话，她回答得要么驴唇不对马嘴，要么就愣神儿不说话。徐美辰以复述的方式提醒过姜楠三次，最后这一次语气里明显有了不满的味道。

徐美辰实在忍不住了："姜楠，老王问你话呢。"

姜楠的心不在焉是因为上午的那张早孕检测试纸，试纸顶端的那两道红杠虽然还不是太明显，但是也足以让姜楠感觉惊心动魄。

意外怀孕会让每一个姑娘的内心变得兵荒马乱，因为接下来你要为此承受很多无法躲避的麻烦和痛楚。

姜楠不怕痛楚，她忧心的是肖波近期本来就不高的情绪会不会因为这个消息更添烦恼。肖波近来跟她在一起的时候，一改往日的那种阳光与幽默，经常自觉不自觉地紧锁眉头，盯着一个固定的地方出神。恋爱中的女孩子有一种出奇敏锐的直觉，她们能从一些看似不经意的小细节窥见对方内心最隐秘的所在。

如果自己把这个消息告诉肖波，他会作何反应?

徐美辰的提醒打断了姜楠的思虑。

老王赶紧打圆场："没事，徐老板，我就是随便问问，闲聊，没啥要紧事。"

徐美辰这才作罢。

姜楠在给秃顶的老王刮脸的时候，老王把手机从左手倒到右手，胳膊肘无意中碰到了姜楠的胸。姜楠瞅了一眼老王，他一副若无其事的样子，似乎没意识到自己碰了不该碰的地方，继续看着手机里的视频。

姜楠给他脸上涂按摩油的时候，老王的胳膊又无意中碰到了姜楠的胸。这位老王肥硕的大腿抖着，抖动的腿毛时不时地蹭着姜楠的肌肤。姜楠赶紧把腿移开，就在移腿的瞬间，秃子又蹭了一下姜楠的胸。一次是偶然，两次三次就有点儿居心叵测，而这个秃头今天这是第四次碰到了自己的胸。

姜楠把剃须刀啪地一扔，老王察觉到了姜楠的抵触，“意外”再也没有发生。

这位姓王的顾客具有一位油腻男的一切特质，凸显的肚腩，地方支援中央的那几缕稀稀拉拉的头发，油滑的表情，黏腻的眼神儿。

搁往常，姜楠也不会如此反感。因为职业的原因，给男顾客刮脸，按摩头颈，顾客开玩笑的尺度也就不会有太严格的界限，毕竟人家是来消费的，偶尔也会有肢体接触，但也仅限玩笑和头颈部按摩。姜楠喜欢开诚布公，这秃子像做贼一样的“偶尔碰一下”让她心底里升腾起一股愠怒和反感——什么玩意儿。

好不容易把那个老王打发走，姜楠长出了一口气。她犹疑了一下打开微信，把一条发给肖波的信息编了删、删了编，最后好似下定了决心，眼睛一闭把消息发了出去：“肖波，测试结果是阳性，我该怎么办？我们该怎么办？”

微信那头的肖波一直沉默着，姜楠后悔死了自己沉不住气发这个信息。肖波一定是胆怯了，肖波一定是烦透了，肖波一定是厌倦了。肖波这段时间都那样了，你怎么能把这么个糟糕的消息告诉他呢？

肖波是政法大学的，毕业后考了公务员。肖波的父母都是机关退休干部，每月的退休金相当可观。而姜楠高中毕业没考上大学，家在农村。

肖波一开始表现出对姜楠的温情时，店员们私下都说：两个人条件悬殊太大，肖波就是一公子哥儿，跟姜楠也就是一时玩玩而已。灰姑娘与王子水晶一样的爱情，只是一个让人在沮丧时聊以自慰的童话罢了，又脆又薄，易碎。

“我是你心里存在过的鱼，谁才是你心里的唯一。我的爱情孤独的鱼，我的爱情孤独的自己……”

姜楠手机铃声用的是那首她最喜欢的《孤独的鱼》。来电显示是母亲打来的。母亲的电话几乎与快递小哥同时来的，母亲来电话就是问寄出的东西收到了没有。每到入冬以前，母亲总要给姜楠寄来她亲手缝制的棉肚兜。姜楠痛经，每到天凉就格外厉害。棉肚兜是母亲用当年的新棉花加上当地一种暖宫的草药叶子絮的，每月那几天，姜楠就把这肚兜穿在身上，小腹暖暖的。姜楠整个晚上浑身充溢着一股暖流。

（2）

一直到下班，姜楠的微信提示音一直没响。

大家打扫完地上的发屑，该下班了，姜楠还呆愣愣地坐在吧台旁边，透过窗玻璃瞅着路边法桐上那些让人眼花缭乱的小柱灯。

吧台上鱼缸里养着两条锦鲤，姜楠突然发现有一条锦鲤在水里翻着白色的肚皮不知什么时候死掉了。姜楠把它捞上来放在台面上，盯着死鱼的眼睛又看了半天。鱼，原来是死不瞑目的。锦鲤只剩下一条了，变成了一条孤独的鱼。它再也不能和另一条鱼嘴对着嘴窃窃私语，再也不能一前一后在水里做游戏一样互相追逐。这条鱼沉默着，失去同伴的它不知会不会流泪，鱼的孤独与鱼的眼泪大概也只有水知道吧？

透过玻璃射进来的日光被水草分割成一道一道的光斑，像鱼缸内一条条迷幻的时光隧道。水草在鱼游过的瞬间漫不经心地摆动着，这摆动反而让水有了一种恍如太古的安静与肃然，一如这条失去同伴的鱼，唯有沉默。沉默是金，姜楠你怎么就这么沉不住气呢，你就不能沉默一会儿。

姜楠从一开始就明白，自己和肖波，无论是家庭还是职业都是有差距的，这种差距像一根刺埋在姜楠的身体里，隐忍在姜楠的心里。每当姜楠感觉到肖波些微的情绪或者语气的波动，这根刺就跳出来，扎姜楠一下，再扎一下。直到肖波恢复往日的阳光与幽默，这根刺才会暂时隐身。

三年前，姜楠羞羞怯怯地跟着徐美辰来到店里。她一身麻质的中式七分袖上白下蓝裙装，直发，素面，自带一种特别干净透明的特质，像水一样，极简却又让人着迷，像穿越回来的民国女子。

正在理发的肖波扭头瞅了一眼。瞬间的对视，却有灵机一动的东西把双方击中，虽是稍纵即逝，那种感觉却是那么灵动、惊心又妙不可言。

姜楠给肖波邻座的一位顾客染头发，这顾客跟肖波一起来的，两个人一边做头发一边天南海北地聊着。姜楠心里想：这人咋会知道那么多，说起足球他聊罗纳尔多，碰到炒股他聊大盘趋势和个股走向，提起教育他聊高考改革，你说中药，他就说黄帝内经，甚至还知道十香软筋散。

隔座有个物理老师正在理发，他打趣肖波：“小伙子，要是碰到霍金，你是不是要聊一聊红移和黑洞？”

肖波赶紧住了声，低声和同伴说：“你看，都是你惹的祸，明明是你挑起的话题，惹人烦了吧。”

那个物理老师笑了笑：“小伙子，我可不是烦了，我听得正起劲呢。你的知识面太宽阔了，而且不管说什么一点儿都不外行，是个有学识的年轻人。我就喜欢有学识的年轻人。”

“我这伙计，见了美女就抑制不住，老毛病了，哈哈。”同伴意味深长地瞅了一眼姜楠，又朝肖波使了一个坏坏的眼神儿。

也就是从那一天开始，肖波每一次来做头发都找姜楠，而且做头发的频率越来越高。

直到有一天，肖波抓住了姜楠的手："说，丫头，我喜欢你，咱们谈个恋爱吧。"

在以后的许多个日子里，姜楠无数次回味起肖波表白的那一刻，那是怎样的一双手啊，那双手的触碰像负荷极高的电流，你根本没有抗拒的意识，除了沦陷，还是沦陷……

姜楠知道，从年少对异性有了懵懂的情愫时起，她不止一次想象过自己遇到的王子就应该是肖波这个样子——阳光，清爽，她曾梦想的。

（3）

姜楠内心突然升腾起一股决绝的情绪。长痛不如短痛，肖波再不回信息，我就去找他当面问个明白。结果可能不是自己想要的，但起码疼得明白。

姜楠一改往常去见肖波时那种兴奋和对自己从妆容到衣着的那种几近完美的苛求，她出门了，素衣洁面。

姜楠走了没几步，感觉身后老是有一个人跟着她。她加快脚步后面那个人也加快脚步，她放慢速度那人也跟着慢了下来。姜楠加快了步子，突然一个急转身。身后的那个人被她吓了一跳，脚下一个趔趄。

是肖波。

"你这家伙，吓我一跳。"

"你在后面跟着我还嫌我吓你一跳，鬼鬼祟祟地干吗呢。"

"想吓唬吓唬你，结果偷鸡不成蚀把米。哈哈！"

肖波今天的情绪又恢复了往日的阳光，姜楠连日来的不快也随之烟消云散了。

“怎么不回我信息？”

“人都过来了，不比回信息强。”

“你不知道我心里着急吗，烦死了。”

“你这一个信息我反而不烦了。”

“什么意思？”

“这段时间，我和爸妈一直别扭着……”

“我猜到了……肖波呀，人家现在烦死了，你倒跟个没事人一样，什么意思呀？”

“这个测试结果是我的一个筹码。”

“筹码？”

“毕竟这不是小事，起码我多了一个说服他们的理由。”肖波坏坏地笑起来，“要不咱就把他生下来？”

“想啥呢，这怎么可能？我想让你这几天陪我去医院把孩子打掉，我自己去有点儿害怕。”

一提起肖波的父母，姜楠本来被肖波点燃的情绪一下子又低落下来。

肖波的父母是压在姜楠心头的山。

正像姜楠担心的那样，肖波对形势的判断还是太过乐观。

听完肖波吞吞吐吐说了姜楠怀孕的消息，父亲肖占涛、母亲柳蓉的脸拉得更长了。

“这么随便的女孩子，你更不能要。现在的女孩子都是怎么了？什么廉耻什么底线都没有了，要是我们年轻那会儿弄出这样的事来，那简直要羞死人了，都没脸活了。”

“时代不一样了嘛，再说了……这也不是一个人的责任。”

不管肖波如何争辩，父母还是咬定一个理儿不放松：“你们两个不般配，必须分手。怀孕了我们也不能不管人家，给姜楠两千块钱，让她去把孩子流掉，剩下的，让她买点营养品。处理完这件事，你们俩必须一刀两断。越拖麻烦越大，必须快刀斩乱麻。你爸已经因为这个事气得心脏病发作住过一次院了，当时你也在手术后跟爸爸保证不再跟姜楠来往，你是个男人，说话得算数。”

“那还不是为了爸爸……”

“肖波你……”

柳蓉还没说完，肖波一摔门出去了。

以前，在父母一次又一次的声讨反对之下，肖波确实有过动摇。但是每次见到姜楠，他那些微的动摇又被自己内心的笃定赶跑了——姜楠就是他一直寻觅的那个人，不管经历多少困难，他俩都不可能分开。

可是这次，父母已经跟他彻底摊牌，怎么办？肖波不明白，父母为什么就容不下姜楠呢？除了家庭和职业，姜楠真的是无可挑剔呀。母亲以前在单位干过妇女主任，经常给职工调解家庭矛盾，怎么轮到自己就不行了呢。

肖波兜里揣着柳蓉给他的那两千块钱，他怎么对姜楠说？你把一个女孩肚子弄大了再让人家做掉跟人家分手，这话怎么说得出口呀？

下雨了，肖波裹了裹身上的外套，他茫然地走在空荡荡的街道上。路边法桐树上时不时有一片叶子落下来，每一片落叶都像一首伤感的诗。秋风秋雨愁煞人呀。

一声刺耳的紧急刹车声，肖波还没反应过来怎么回事，就感觉自己的身体飞了起来。

（4）

正在家里猜测肖波这次能不能顺利分手的肖占涛和柳蓉被一阵

急促的电话铃声打断了。接完电话，柳蓉的嘴唇哆嗦着，脸上已经没有了血色。

他们唯一的儿子出车祸了，正在医院抢救！

毕竟是男人，肖占涛扯了一把六神无主的柳蓉。

“赶紧去医院！”

肖占涛没有开私家车，他拽着踉踉跄跄的柳蓉打了一辆车。此时此刻，他清醒地知道自己可能控制不了方向盘。

等肖占涛和柳蓉赶到医院的时候，肖波已经被医生盖上了白床单。揭开床单的一角，肖波的头部左侧凹进去一大块儿，脸也因为撞击严重变形。

柳蓉傻愣愣地坐在走廊的长椅上，她莫名其妙地看着眼前来来往往的人：“老肖你拽拽我，我不想睡了，这个梦太难受了，你快把我弄醒……”

肖占涛拥住了柳蓉，想说句安慰的话，嘴张了张，却一下子蹲在地上抽泣了起来。

柳蓉似乎这时才从自己虚设的梦里醒过来，她一下子扑过去，把肖波的脸贴在自己脸上，号啕大哭。

“波呀，你让妈妈怎么活呀……”

肖占涛和柳蓉在失去独子的悲痛里苦熬了三个月。有一天，当柳蓉又一次面对着肖波小时候的照片暗自垂泪时，看着“百日照”上肖波那张胖嘟嘟的脸，那双眼角翘着无限笑意的大眼睛。儿子点点滴滴的成长瞬间在柳蓉面前一一浮现，伤心像潮水，一寸一寸地漫上心头。

柳蓉突然想起了一件顶顶重要的事情——她一下子扯掉肖占涛手中的报纸：“孩子！”

“什么孩子？”肖占涛被柳蓉吓了一跳。

“肖波那个女朋友，叫什么来的？姜楠！那个姜楠不是怀孕了吗？”

“你想干吗，你不是让肖波给钱让人家打掉孩子吗？”

柳蓉燃起的希望一下子又被肖占涛一句话打了下去。

“不对，出事的时候……肖波的口袋里还有那两千块钱。是肖波还没见上姑娘，还是人家姑娘不要那钱？从出事的时间判断，小波应该是还没见着姜楠……”

这个细节似乎又把柳蓉从失望里打捞了出来，她黯淡的眼神立马又有了精神。

“你到底要干吗？就是当时没见到肖波……人家姑娘还能给你把孩子留着？你想什么呢？”

柳蓉还是抱着一丝希望：“万一呢，万一姑娘对肖波情深义重，人家就是要给肖波留下这个孩子呢？”

“你是言情剧看多了吧，你觉得可能吗？”

拗不过柳蓉，肖占涛还是决定陪着柳蓉走一趟，好让她放弃自己的异想天开。怎么找姜楠呢，这夫妻两个因为以前不认可这个儿媳妇，也从没让肖波把姜楠领回家。唯一知道的是姜楠在神仙巷的一个美辰发廊里干美发。

走，去碰碰运气吧。一路上，柳蓉的眼泪怎么擦也擦不干，为什么看到了希望反而会让人如此伤感呢？人就是这么奇怪的动物。

到了美辰发廊的门口，柳蓉擦干眼泪，做出了一个微笑的表情。一进店门，徐美辰就招呼他俩：“欢迎光临，请问两位是要做头发还是？”

柳蓉愣了一下，赶紧接话：“嗯，做头发，是做头发。”

“好嘞，阿杜，来顾客了，你的染发还有多长时间？”

还没等那个叫阿杜的人回答，柳蓉赶紧说：“听说咱们这儿有个叫姜楠的技术不错，让她给我们做吧。”

徐美辰愣了一下，她接着满脸堆笑：“没问题，您先坐，我去叫她。”

徐美辰打开一扇门闪身进去了。不一会儿，她领着一个满脸倦容的姑娘出现在柳蓉面前。柳蓉上下打量了姑娘一眼，头发略显凌乱，眼皮也有点儿肿，除去这些，这是一位看上去让人感觉特别舒服的姑娘。

“您好，这是您要找的姜楠，她今天本来身体有点儿不舒服，既然您点名找她，就让小楠坚持一下，帮您做头发。”

姜楠梳了几下有点儿乱的长发扎了个马尾，就开始询问柳蓉对发型有啥要求。

一靠近柳蓉，姜楠就皱了皱眉头，捂着嘴巴把头扭向一边。

“怎么了姑娘，你不舒服？”

“不是，可能对您搽的面霜的味道有点儿不太适应。没事，一会儿就好了。”

理发的时候，柳蓉一直在盯着姜楠看，有时候和姜楠目光相遇她就赶紧掩饰着躲开。

两个人有一搭没一搭地闲聊着。

“姑娘，有男朋友了吗？”

姜楠的手停顿了一下，赶紧岔开了话题。

柳蓉做完头发出来，肖占涛低声问：“怎么样，看出什么了吗？”

“凭一个女人的直觉，我觉得这姑娘肯定没流。”

“怎么看出来的？”

“我也是个女人啊，女人的事是瞒不过女人的。”

“怎么可能呢，人家一个大姑娘，会傻里傻气地……退一万步说，人家就是真没流，你能去问一个姑娘人家怀孕了没？不被人骂死才怪。”

（5）

从美辰发廊回来，柳蓉就一直处在一种莫名其妙的兴奋之中。半夜，她会突然把肖占涛摇醒，跟她聊姜楠肚子里的孩子。

柳蓉有时候会叹口气说："小波也是，他要是早点儿把姜楠领回来让我看一眼，我说不定会改变主意。"

"还不是你跟小波敲得死死的，不准让她把那个理发的带回来。这会儿又怪别人。"

"哎，我越想越对不住小波，那天我要是不让他去找姜楠了断，说不定小波不会出事。"

肖占涛赶紧把柳蓉的话止住，夜深了，伤心的话不能提。

柳蓉没听肖占涛的劝，第二天，她一个人又来到了美辰发廊，思虑了一夜，她还是决定开诚布公地跟姜楠说道说道。

柳蓉直接把一脸疑惑的姜楠约到了一家茶室，幽静的环境，更利于人与人之间打开心扉。

两人落座后，姜楠眉头又皱了皱，干呕了几下。她赶紧拍了拍自己的胸口，拿起杯子喝了一大口水。

"阿姨，您用的面霜味道真大，我……我有点儿闻不了。"

"大吗，我用的这个牌子按说味道是很清淡的。"

柳蓉颇含深意地打量着姜楠。

沉默了一会儿，柳蓉亮明了自己的身份，又不住地给姜楠道歉，说很后悔没让肖波把姜楠领回家认识一下。然后她提到了孩子，她说，如果这个孩子还在，她愿意给姜楠一笔钱，要求只有一个，孩子能顺利生下来。

姜楠的手哆嗦了一下，揭开的杯盖差点儿掉到地上。

她对着柳蓉摇了摇头："阿姨，事情都过去了，我也不怪您。但是，您说的孩子，我没有，我早就把他流掉了。尽管我跟肖波非常相爱，但是我还没有为了他做单身妈妈的勇气。所以在得知肖波出事的第三天，我就去了中医院，把孩子流掉了。即使小波不出事，这个孩子也不可能留下来……"

"不……你一定要把他留下来，你一定要把这个孩子留下来！这是肖波的骨肉，也是小波留在这个世上唯一的念想，你怎么能……"

姜楠脸上的肌肉一下子僵硬起来："我怎么能？你们认可过我吗？我和肖波谈了两年多恋爱，我却连他的家门都不能进。即使孩子还在，你们也没权利要求我什么？我现在跟你们一点儿关系都没有。"

柳蓉失魂落魄地回到家，姜楠真的把孩子流了。其实在来之前，她也没抱太大的希望，但是失望被坐实了之后，她的心还是有一种被利器割开口子一样的疼。她在这个世上唯一的念想都没有了。

但是柳蓉越想越不对劲，姜楠脸上的疲惫，姜楠偶尔表现出来对气味的过分敏感，只有怀孕反应期的女人对味道才会有如此超常的感知力。这一切都让柳蓉感觉这个孩子肯定还在。

她不死心。柳蓉突然想起姜楠说她去中医院做的人流，中医院妇产科主任就是她的同学。柳蓉迫不及待地从手机通讯录里翻出了同学的号码。给同学打完电话，柳蓉更加确信孩子还在。

"我们科室的王大夫确实接诊过一个流产的姑娘，但是她验血的时候，发现血小板偏少，会有凝血障碍，做手术的话有生命危险。所以在血小板恢复正常之前，她不能做手术，否则会有大出血的危险。这样有凝血障碍的患者很少碰到，所以我们科室几个主治大夫还讨论过这个病例。王大夫对这个姑娘印象挺深的。这姑娘当时挺伤心，自己一个人来做手术。这种手术，一般都会有男的陪着来。”同学这句话，像给柳蓉打了一支强心针，这是这么长时间以来唯一让柳蓉开心的一件事。女人的直觉，就是这么准。

“我有一个疑问，那这种凝血障碍的人生孩子怎么办，也会大出血吗？”

“像这种情况，为了防止意外，一般生孩子时会选择把子宫一起切掉。”柳蓉哆嗦了一下。

这样的结果，让柳蓉确信孩子还在。为了这个孩子，她要不惜一切代价。

柳蓉又一次来找姜楠。姜楠让徐美辰告诉柳蓉，自己请假回老家了。柳蓉不死心，她把徐美辰叫到一边，把事情原原本本地告诉了她。说到伤心处，柳蓉涕泪交加，把徐美辰惹得也陪着流了不少眼泪。

柳蓉不愧曾经是机关干部，她告诉徐美辰，希望徐美辰能促成这事，只要成了，除了给姜楠经济补偿，她还会给徐美辰一定的酬谢。

徐美辰赶紧说：“那倒不用，不过，我确实应该关心一下小楠。”

柳蓉走后，回到发廊的姜楠整个人都变得蔫蔫的。姜楠本来已经接受了这个现实，这就是自己的命。她也想过冒着丢掉性命的风险流掉这个孩子，但是没有医生愿意冒这个险。她也去找过江湖郎中想通过吃药把这个孩子拿掉，药是吃了，孩子却顽固地赖在肚子里，而且还越长越大。

柳蓉的到来让姜楠本来已经平复的情绪又掀起了波澜。

姜楠不想利用孩子要挟谁，也不想因为这个孩子获得额外的利益。姜楠不怕流产大出血，如果能同孩子一起离开这个世界，那也是一个不错的选择。

姜楠找徐美辰请了一周假。她需要找一个安静的地方好好想想接下来的路该怎么走。

（6）

坐了好几个小时的长途汽车，姜楠又回到当年她那么决绝离开的那个偏远小村庄。

母亲比姜楠上次回来又苍老了不少，脸上的皱褶里落着一层岁月的尘。

那些少时熟悉的蜀葵花，长在场院，长在路边，长在不为人知的每一个角落。

姜楠对着蜀葵花，发出幽幽的一声叹息。

看到姜楠，母亲很是意外。她又开始翻箱倒柜，每次姜楠回来，母亲总要把一床绸缎被面的新被子找出来，放在太阳底下晒暄了，让姜楠睡梦之中都能闻到太阳的香味儿。

姜楠是寡居半生的母亲在四十多岁时捡来的闺女，才半岁多的姜楠的亲生父母出车祸双双离世了，经亲戚介绍，孩子被送到了老太太门上。不惑之年得一女让老太太很是振奋，她央求邻居家上大学的远房侄女给闺女起了个洋气的名字——姜楠。

姜楠没去自己屋睡，她把绸缎面的被子抱到老娘的炕上，偏要和娘睡在一个被窝儿。那一刻，娘脸上的皱纹笑成了一朵花。

姜楠曾经用自己第一个月打工挣来的工资给母亲买了一张木质大床，可是母亲不习惯，坚决把大床搬到姜楠的房间，自己还是睡原来的火炕。睡了一辈子，习惯了。

姜楠像小时候一样，把头靠在母亲肩头。那肩头很单薄，却让姜楠感觉是那样踏实。

母亲似乎攒了一辈子的话终于找着了倾诉的人，娘俩一直聊到天放亮了，才关上了话匣子。

老太太聊姜楠刚来时，为了让她有奶喝，养了一只羊。老娘开玩笑说：“我楠有三个娘，一个是生身娘，一个是养身娘，一个就是这个长胡子的娘。”

母亲还跟姜楠说：“我楠将来生娃娃了，一定把娃娃带回来，娘再养一只羊，再用羊奶喂楠楠的娃娃。”

姜楠的眼泪流了出来，她赶紧转过身背对着娘。

母亲在送姜楠走的时候说了一句：“楠楠，在外面受了委屈就回来跟娘唠唠。娘虽然帮不上你，但是可以给我楠宽宽心。”

姜楠使劲点了点头：“娘，等我有了娃娃，就带回来，娘用羊奶喂他。”

母亲脸上的皱纹又笑成了一朵花。

（7）

一周后，姜楠从老家回来不一会儿，柳蓉就直接到了姜楠面前。

消息真够灵通的，姜楠疑惑地看看徐美辰，徐美辰正若无其事地涂着指甲。

姜楠想走开，柳蓉拦在姜楠面前：“小楠，咱们是在这儿说，还是出去说。”

柳蓉的语气里有一种不容置疑的强硬。

而让姜楠心里最不舒服的就是柳蓉这种先声夺人的强硬，是与生俱来，还是在姜楠面前优越感太强？

姜楠把手中的剪刀放下，“您要是愿意在这里说也无所谓。”

柳蓉一愣，她接着换了笑脸：“大家都忙，咱在这里谈家事也不方便，还是出去吧。”她接着扭头对徐美辰说：“徐老板，我先给小楠请一个小时假，我们娘俩出去办点儿小事。”

“去吧，去吧，不用非得一个小时，啥时候办完事啥时候回来，谁家还没点事。”

其他店员都有点儿诧异地看了看徐美辰。

“我们娘俩”——柳蓉的这个用词显示出了一种一家人一样的亲昵，而这样的亲昵让姜楠很不适应。“我们娘俩”，什么时候她和柳蓉成了娘俩？他们肖家的门口朝哪开姜楠都不知道，什么时候跟这个女人成了一家人？

“老板，我今天约好了一个顾客，人家应该快到了。”

“没事，你去吧，顾客要是来了我亲自给她做。怎么，顾客还能信不过我的水平？”姜楠心里嘀咕，徐美辰啥时候变得这么好说话了？

到了上次的茶室，柳蓉一落座就开始抽泣。

“小楠，昨晚我梦见肖波了，他知道他的孩子还在，高兴得跟什么似的。他还让我告诉你，一定要我把你照顾好，把他的孩子照顾好。小楠，肖波对你一直那么真心真意，他托梦给你了没？”

姜楠摇了摇头。提到肖波，姜楠的眼泪不自觉地涌了上来。

“小楠，这是阿姨的一点儿心意，以后你需要什么尽管跟我说。”柳蓉把一个报纸裹成的包包推到姜楠面前。

“这里面是五万块钱，你得增加营养，为了你自己也为了孩子。医生说你血小板偏低，你得加强这方面的治疗保养。别怪阿姨以前不同意你们的事，每一位母亲，都希望自己的孩子能有一个好的前程和般配的伴侣。”

姜楠没想到柳蓉对自己的情况了如指掌，看样子来之前真是做足了功课。姜楠突然感觉肖波以前没把自己领回家是对的，城府如此深的婆婆，真不是姜楠能应付得了的。

“我不要您的钱，我配不上肖波，我也永远进不了你们肖家的门。不管孩子在还是不在，都跟您无关，我要回去上班了，再见。”姜楠把那个纸包推回了柳蓉面前。

“小楠，你听我把话说完。我其实挺后悔不让小波把你领回家，那天在发廊见到你，我就喜欢上了你，你跟一般的发廊妹不一样，真的不一样。如果早认识你，我会帮你安排一个更好的工作……现在说啥都不管用了，我不仅失去了唯一的儿子，也失去了一个好儿媳。阿姨后悔得肠子都青了。”

“发廊妹怎么了？我们也是靠自己手艺，靠劳动吃饭。我从没觉得自己的职业有那么低贱，您也没有权利这么高高在上地跟我说话。”姜楠愤怒地起身就往外走。

“小楠，我不是这个意思，我真不是这个意思，你听我把话说完……”柳蓉赶紧起身想抓住姜楠。

姜楠招手拦下了一辆出租车扬长而去。

柳蓉一进家门，把纸包往地上一扔，抱住开门的肖占涛就惊天动地地哭了起来。

肖占涛拍着柳蓉的后背：“我说不让你操之过急你不听，碰钉子了吧？柳蓉，放弃吧，咱没有权利非得让人家姜楠做一个未婚妈妈。”

“问题是，姜楠根本就不能做引产手术，她凝血功能障碍，这是老天爷帮我们，真的是老天爷帮我们呀。要不然我们的孙子早就在土里烂掉了，老肖，这是老天爷帮我们老肖家不绝后呀，我能眼睁睁地看着我的孙子被人当作一块肉拿掉吗？你说我怎么能放弃……”

“但是也得人家姜楠同意才行呀。再说了，现在凝血功能障碍，不代表人家治不好，这事不能硬来。我觉得我们的要求真的挺过分的……”

“老肖你怎么回事，我怎么看着你一点儿都不上心呀？合着这不是你们老肖家的事呀！”

“柳蓉，你说啥呢？难道我一个大男人也要跟你一样去拦着人家姑娘让人给咱生孩子吗？你觉得合适吗？失去小波，我心里不难受？我也想找个地方大哭一场，但是哪里是我能哭的地儿呀……”说到这里，肖占涛捂住脸呜呜地哭了起来。

他这一哭，柳蓉哭得更凶了。

“老肖啊，你说咱这是啥命呀……”

（8）

那个老王又光顾了，理发的间隙，他还是时不时地蹭一下姜楠的胸。姜楠这次没让他再蹭第二次第三次，她把裹在老王脖子上的披布使劲紧了紧，老王嚷嚷了起来：“勒死了，美女，松一下，勒死我了。把哥哥勒死你不心疼呀……”那个老王乜斜着姜楠，言语轻佻，目光像探照灯一样在姜楠的胸部扫来扫去。

姜楠就跟没听见一样，继续剪老王头上那几根稀拉拉的头发，直至把它们全部剪光。老王的“地方”再也支援不了“中央”了，整个头皮成了不毛之地，闪着亮光。

抬头看了看镜子的老王噌地一下站了起来：“你怎么回事？你怎么把我的头发全剃了？姜楠你这是什么态度？老板，你们怎么会有这种素质的员工，我这样怎么出门？”

徐美辰忙不迭地说着“对不起，对不起”走了过来。

“姜楠你这是干吗，你又不是不知道老王一直是什么发型，你怎么给人理成这样？”

“这要问你自己，我理发的时候能不能把你的爪子放老实点儿。”

姜楠一改往日的温婉，一副不管天不顾地的样子。

“你装啥清高？一个别人不要，还恬不知耻怀了别人孩子的烂货，在这里给我装清高，你也太把自己当回事了吧。老板，你看着办吧，你得赔偿我的损失，我这都没法出门了。”

徐美辰扯着老王的衣袖，嗲声嗲气地说：“老王，你别生气，小楠最近心情不好，您别跟她一般见识。其实……其实您这个发型也挺酷的，现在有很多明星都故意留这发型呢。您要是不满意这发型，您就每天过来，我给您做一下头部的姜液按摩，免费，保证您的头发长得比原来更茂盛，人显得更年轻。”

徐美辰打发人给老王去附近的超市买了一顶价格不菲的帽子，老王这才气呼呼地离开了发廊。

笑脸送走老王，转过脸来的徐美辰脸上挂了一层霜：“姜楠你什么意思，你这是成心砸我们美辰的招牌呀，你不想干了可以拍屁股走人，我还要指着这个店养家糊口呢。”

“徐总，我是理发的，不是卖肉的，他凭什么动手动脚的，人家对你这样你愿意吗？”

“人家蹭一下,你是掉了一两肉了还是脱了一块皮了,能死呀？”徐美辰的声音高亢了起来。

姜楠把手中的毛巾摔在了台面上，说：“徐总，我是您的员工不错，但我也有我的尊严，我的隐私。我的事，那个老王是怎么知道的？这事，是不是全店的人都知道了？”

徐美辰的脸红一阵白一阵，支支吾吾没回答上来。

“我们可能永远失去老王这个客户了，再加上以后的姜液按摩，这个损失可不小。算了，小楠，这次的损失我认了。你这段时间心里不痛快，原谅你，下不为例啊。”徐美辰说话的语气一下子变了。

“给店里造成的损失我会赔，一码归一码，但是个人的隐私不可以被这么划价兜售。”姜楠直视着徐美辰。

徐美辰走过来拍了一下姜楠的肩膀："小楠，其实你的事大家都挺关心的，都在帮你想以后的出路。我们都认为，其实你完全可以接受肖波母亲的……"

"我谢谢大家了，我的事我自己会处理，不用劳烦大家费心。"

姜楠一屁股坐在吧台边，鱼缸中那条金鱼像标本一样固定在水中一动不动。姜楠突然觉得做一条孤独的鱼也不错，起码没有那么多的心机和城府需要对付。

在众人不安的目光里，姜楠收拾好自己的东西走出了美辰发廊。

秋风渐渐有了凉意，姜楠在法桐树下仰着脸，秋风中的凉意有时候会让纷乱的思绪变得更加无序。

（9）

姜楠又回到了老家，这次回来，她不打算走了。

老娘看出了姜楠日渐隆起的肚子。

乡邻们都问询："闺女这是怀孕了，回来养身体吧？听说楠楠嫁了个公婆都是大干部的女婿呢，你老婆子等着享福吧……"

老娘不承认也不否认。

姜楠半夜坐在床边不睡觉，老娘悄悄地走进来，帮女儿把开着的窗关上，然后轻轻地说一声："我楠还没睡，楠……怎么两次回来都不见肖波……"

"……"姜楠欲言又止。

"楠，你要是心里有什么事，一定要跟娘说，不要一个人扛着……"

姜楠摇摇头。

母亲叹口气回了自己屋。

半夜里，姜楠裹着被子来到母亲的屋里。母亲在黑暗中睁着眼睛，一看姜楠进来，赶紧把她拉到自己被窝儿里。

姜楠伏在母亲肩头，把连日来的纠结和委屈一股脑儿倒了出来。

母亲听完，好久没说话。

过了好一会儿，母亲搂着姜楠肩膀说："楠，你放心，你要是真生了娃娃，娘还可以把他用羊奶喂大。"

姜楠抱住母亲，呜呜地哭了起来。

"我楠从小就善良，你七岁的时候，咱家的母羊让邻居家的狼狗把脖子咬了一道大口子，我楠抱着母羊不吃不喝哭了一整天。

"我楠是好人，老是记着别人的好。眼泪还没干，别人的不好早就忘了……

"我楠是好人，好人有好命……

姜楠默默地听着母亲唠叨，疼痛像一把尖利的锥子，直往心里戳。不一会儿，枕头就湿了一大片。

那天早上姜楠醒来后，发现一向早起的母亲一直没动静。

姜楠喊了一声娘，母亲没有反应。姜楠又喊了一次，母亲还是不说话。姜楠推了一下母亲，发现母亲的身体不知什么时候已经变得僵硬。

母亲走了。

在母亲枕头旁，整齐地放着一摞婴儿的小鞋子、小帽子、小夹袄、小夹裤，还有母亲攒下的一叠按面值排好的钞票。姜楠又一次把头靠在母亲肩头，像小时候一样。

帮忙料理丧事的乡邻们走了之后，姜楠坐在母亲炕头上，一直到天明。

姜楠一直以为自己走出去了，这个破败的家除了母亲已经没有其他让她留恋的东西了。母亲走了，她却突然觉得这里的一切都与她血肉相连、密不可分。她的根在这里，那灯红酒绿的城市此时与她陌生又遥远。

“我是你心里存在过的鱼，谁才是你心里的唯一。我的爱情孤独的鱼，我的爱情孤独的自己……”手机铃声一遍一遍地响个不停，姜楠一次又一次地摁下拒接。

第二天，门口走进来两个人。姜楠抬头一看，是肖占涛和柳蓉。柳蓉的怀里抱着一束白色的菊花。

他们终于还是找到这里来了。

“孩子月份越来越大了，我们不放心。小楠，我们真的不放心，不放心你，也不放心孩子，跟我们回去吧，让我来替肖波照顾你。”

姜楠这次没有给柳蓉冷脸看，母亲的离世，让她知道了至亲离去之后留下的那种深不见底的空。

柳蓉说：“你不愿意回城里的话，那我就和你一起在这里住一段时间，你叔叔可以每周开车过来给我们送吃的用的。”

姜楠盯着柳蓉放在母亲遗像前的那束菊花，不说话。

柳蓉真的住下了，她住在姜楠屋里。姜楠睡在母亲睡过的炕上。

半夜的时候，姜楠来到了柳蓉的房间。柳蓉坐在床沿上，一直没睡。

“阿姨，后天就是肖波生日了，我想去看看他。我还想告诉他，我们的孩子六个月了，我会为他生下这个孩子。”

柳蓉惊喜地看着姜楠，连声说好好好。

“小楠，那咱早点儿睡，明天咱就坐车回去，明天一早就回去。”

姜楠点了点头，让柳蓉也早点儿睡。

躺在母亲的火炕上，姜楠梦见了美辰发廊那条孤独的鱼，那条鱼游着游着游出了鱼缸，在浩瀚的夜空中虚无地飘着，像一颗孤独的行星。姜楠也梦见了那只老母羊，母羊咩咩地叫着，在呼唤母亲，在呼唤姜楠……

第二天清晨，姜楠迷迷糊糊地闻到一股牛奶的香味儿，两天没进食的她，突然感觉到肚子饿了。

炕沿上放着一碗牛奶，柳蓉不知什么时候为姜楠热好了牛奶放在了枕边。

柳蓉在灶间忙活着，正往灶坑里塞劈柴。姜楠感觉到身子底下的火炕热烘烘的。她没吱声，心里涌动着一股难以言说的滋味，里面有温暖的旋，也有苦涩的涡，旋与涡互相缠绕、裹挟，朝着心门汹涌而来。

看姜楠醒了，柳蓉拍拍衣襟上的灰尘，说："我以前跟你叔叔都是下乡知青，这些活儿都做过。"

姜楠突然想跟柳蓉说说话。她欠身离开火炕，一只脚还没着地，伴随着腹部一阵绞痛，姜楠感觉下身和大腿一阵温热。

姜楠愣愣地看着血顺着她的大腿流下来，又蜿蜒着流到了拖鞋上……

高密女人王大花

高密电影院后面有条神仙巷
神仙巷里有王大花
有田小炮
还有他们世俗烟火的日子和爱情

（1）

王大花这几日那颗硕大的芳心动了又荡，害起了相思。

此女今年二十八。在高密，姑娘到了二十七八还没婆家，就会被人背地里叫“大”姑娘，用句时髦话，那就是剩女。

高密电影院后面有条神仙巷。巷内全是打卦算命的半仙神婆、摆摊开店的小商小贩。王大花的小门面靠小巷东头，卖鸡蛋蔬菜，还卖煎饼。她的煎饼又脆又香，远近闻名。这王大花生得人高马大，又黑又壮，人泼实，凡事大不论。在夏天，她穿一件小花褂，胳肢窝底下开了缝，漏出几根又长又黑的汗毛。别的摊贩中午都买热乎乎的馄饨，或是买一碗漂着葱末的羊肉汤。大花从不，中午饿了，从摊上拿一棵大葱剥剥，把葱叶子夹胳膊底下一撸，拿张煎饼卷起来，“咔哧咔哧”，三下五除二，不用两分钟，午饭就完活。

大花天天吃煎饼，那黑脸盘子又大又圆，活像一张地瓜面的大煎饼，所以便得了个“大煎饼”的雅号。

（2）

三月阳春，日光渐暖万物萌动。

大花最近有了心事，看上了斜对面馒头店那个经常来送面粉的田小炮。那田小炮生得唇红齿白，脸皮白净，和大花站一起矮半头。大花一天不见这小炮，心里就痒痒。怀春的大花，也开始捯饬自己。胳肢窝下开的缝连上了，还买了增白的雪花膏，天天对着镜子抹搽。

她那蒲扇样的大手没干过这样的细活，结果黑脸抹得不匀，黑一道白一道。用小炮的话说，那就是驴屎蛋子下层霜，埋汰！

田小炮每次送货都经过大花的煎饼摊，大花就殷勤地打招呼。小炮瞅瞅大花那口黄牙，牙上还沾着块绿色的葱叶子，漫不经心地应一声，不太爱搭理。大花无视小炮的冷淡，每次见了都小炮小炮的，叫得一声比一声亲，煎饼脸笑成了一朵花。

这一日，小炮开着电动三轮，经过大花摊前。大花正忙着给别人称鸡蛋，没顾上打招呼。小炮心中庆幸，三轮车提了速，赶紧跑！只听“咣当”一声，三轮车一阵乱晃，接着一阵稀里哗啦。小炮赶紧跳下车来一看，脸都绿了。原来，车底下一块大石头把轮子一颠，一袋面粉掉下来，砸在大花刚进的三筐鸡蛋上。好家伙，筐掀蛋打，鸡蛋黄淌了一地。

小炮一改往日的冷脸：

“王姐王姐，对不起对不起啊。”

“对不起就完了？你得赔。”大花眼一瞪，嗓门儿震天响。

“好，我赔，我赔，怎么个赔法？你说。”

“这三筐鸡蛋，成本就两千多，要是卖出去，得三千，咱熟人，两千五吧。”

“啥，两千五？讹人？！”

“讹人？你去别的地方打听打听，值不值这个钱儿？”大花不依不饶，大手在小炮面前比画着。

小炮瞅瞅她那蒲扇一样的大手，不敢再吱声。掏了身上所有衣兜，凑了六十八元。

“就这些，怎么办？”

“怎么办，分期还，买房子现在都兴这个，你每半月还我一百，直到还清。”

小炮脸上红一阵白一阵，愤愤地搬起地上那块惹祸的大石头，当成大煎饼似的抛出去老远。

小炮每到月中月末都乖乖地过来还钱。大花每次都给他炒俩小菜，烫壶热酒，热情地招呼小炮。小炮尽管不情愿，没办法，欠人家的钱，也不好跟以前一样不搭理。

一来二去，大花那点儿小心思就有点儿按捺不住了。

一日大花陪着小炮喝完了那壶热酒，羞答答地望着小炮：“炮啊，你什么时候能娶俺啊？”

小炮嘴里塞着半截馒头还没咽下，哽在了嗓子眼儿，一口气没上来，憋得直翻白眼：

“王姐，王姐，不合适不合适啊。你比俺大啊！”

“比你大怎么了？女大三抱金砖，俺比你大四岁，这不得抱个金垛？”大花说着，就来拉小炮的手。小炮左躲右闪，大花急了眼，“咣当”一声把门一关，“咔嚓”上了锁，就“呼呼呼”地朝小炮走了过来……

那一晚，小炮没回家。

（3）

第二天，小炮眼圈乌青，头晕晕乎乎，害怕被邻居们看见，早早起了床，贼溜溜地跑了。这一走，一连好几天，没了影儿。

大花知道，凡是男人都喜欢女人味足的女人。大花还知道，自己虽然是女人，但是身边来来往往的男人却从来没把她当女人看。不行，我得让自己女人味足一点儿。别人有十分九分女人味，俺起码也得有个七八分。

大花看见来买鸡蛋的一个女人穿着旗袍，前挺后突呈“S”形，有韵有致的真带女人味。大花赶紧降价卖了两筐鸡蛋，把包里的钱捋了捋也买旗袍去了。大花兴冲冲地从密水商场挑了一件胸前镶着水钻的粉色旗袍，可是拿回家却怎么也穿不进去。好不容易把肚子上的肉塞进旗袍，一拉腋下的拉链，“刺啦——”完了，旗袍被大花撑得裂开了一道口子。大花愤愤地把旗袍扔进垃圾桶，“他娘的，现在的衣裳都什么质量，白瞎我两筐鸡蛋。”

大花安慰自己，女人味不光体现在穿衣裳上，你得看起来像个女人。是女人，你就得喜欢露珠，喜欢柔软的草地，你得学会在草地上嗅着青草和鲜花的清香。看见阳光透过树叶投在草地上的光斑，听着林中的鸟鸣，你得学会出神，就像听见了远处牧童的笛声……

大花没有时间去林中听鸟鸣，更没有时间去草地闻花香。她就买了一个玻璃花瓶，又买了一束塑料花插在花瓶里，然后又把花瓶放在摊位显眼的位置。活儿不忙的时候，她就像个少女那样双手托腮瞅着那束花出神。尤其是听见远处传来电动三轮声音的时候，大花就会更加出神地瞅着花瓶。

大花整天对着镜子，照着驴屎蛋子抹搽得更勤了。抹来抹去，却不见小炮。大花心里那个急呀！别人来买菜，不是称错了斤两，就是找错了零钱，六神没了主。干脆把货收进屋里，关了门，买了一袋水果，问了馒头店老板小炮的住处，自己找上门去了。

“咣咣咣”，一通敲门，一个花白头发的老太太开门迎了出来，一看大花，像一尊大佛屹立在自己面前：

“姑娘，你找谁呀？”

“这是不是田小炮家？”

“是啊是啊，我是他娘。”

“娘，俺是王大花……”

这一声“娘”把老太太吓得差点儿摔倒。

“田小炮把我……那个啥了，您看，我这月都没来那事儿。小炮咋不见人了呢？我孩子他爹呢？”

“小炮啊小炮，多少如花似玉的姑娘你不找，你咋去惹这么一个大母汉子？”小炮娘惊得一愣一愣的，心里这样骂着，嘴里却问着：

“姑娘，你们……那个啥，多长时间了？”

“没多长时间，有十天了吧。俺这些日子，老是反胃，想吐，还愿意吃酸，肯定是有了。”

“姑娘，不能十天就‘嫌饭’了吧？至少不得三个月？”

“嫌饭”是高密人对妊娠反应的一种说法。

“俺不管，反正俺就是‘嫌饭’了。让小炮出来见我，撒下种，提上裤子就走人，算什么男人？”

小炮怯生生地从里屋出来，大花的脸接着笑成一朵花：“孩子他爹，咱俩都有了。那个什么，咱俩啥时候把事给办了啊？”

“越快越好，越快越好。”小炮娘连声答应，生怕大花真有了，那可不能耽搁。

“娘说话就是中听。”大花乐滋滋地往外走着，“我回去准备准备。”

大花走远了，小炮娘苦着个脸，拿指头戳着小炮额头：“你呀，你呀……”

成亲那天，大花穿着通红的旗袍，身上的肉被勒得一圈一圈地鼓着。也没个新娘子样，指挥着来帮忙的亲戚干这干那。

婚礼后，小炮娘整天小心伺候着大花，生怕有个闪失。大花搬沉的提重的，小炮娘都吆喝她放下，让小炮干。小炮嘟囔：“不就是下个崽吗，还用这么金贵？”娘就捶他：“可不能委屈了俺孙子，让你干啥就干啥。”

晚上，小两口儿躺床上，小炮摸着大花肚子：

“是不是该给儿子起个名了？”

“你比俺有文化，你起吧。”

“叫田二炮咋样？”

“什么二炮三炮的，你家又不去打仗？”

“炮啊，我从小就没了爹娘，是大伯和小叔一家一年轮着把我养大的，我知道孩子没人疼的苦，以后咱们的孩子出生了，咱可得好好待他……”

“那还用说……”

半年过去了，大花那肚子也没见鼓起来。小炮跟娘嘀咕：

“让这货把咱给耍了，看我早晚得休了她。”

（4）

大花小店的隔壁是家开羊肉馆的。男主人姓杨，有个儿子，今年五岁，名叫虎子，生得虎头虎脑，很是可爱。小两口儿热情厚道，买卖兴隆。可惜好景不长，忽然一天，虎子发起了高烧，去医院一查，天塌了——白血病！这杨家买卖也不做了，整天往北京 301 医院跑。大花看着原来生龙活虎的孩子，因为化疗头发都没了，小脸蜡黄，心里那个疼呀。大花从兜里抽出了五张百元大钞，递给小炮：

“小炮，你看虎子，真可怜，把这些钱送过去，咱邻亲百家的，尽尽心吧。”

“这么多？咱这钱也不是大风刮来的。”

“让你送你就送，谁家还没个七灾八难的。”大花白了小炮一眼。

小炮赶紧去了。

过了十几天，老杨一家从北京回来。大花赶紧丢下买卖，过去看虎子。虎子妈一边流泪一边说：“大花，你忙你的，虎子，恐怕是没救了……”

“可不能这么说，嫂子，现在医疗技术这么先进，没有治不了的病。”

“还劳烦你俩惦记着，上次，小炮送来了二百元钱，我也没抽空去道个谢。”

大花一愣，安慰了老杨媳妇好一会儿，回自己店了。

小炮心里有鬼，不敢正眼看大花。大花在屋里喊：“小炮，把那几个破了的鸡蛋拿进来，中午炒了吃。”小炮一听，不像生气的样子，屁颠屁颠拿着鸡蛋进了屋。刚把鸡蛋放下，大花一个铁砂掌就抡了过来。小炮眼冒金星，嘴唇火辣辣地疼。嘴一咧，“吧唧”一声，半颗门牙掉到了地上，嘴里满是血。

“田小炮，你给我记住了，以后少干这种下作事！我王大花三岁就没了爹娘，不知道爹疼娘爱到底是啥滋味。虎子多可怜，你竟然，把钱昧下了三百……”大花的厉声渐渐带上了哭腔。

小炮一边擦着血，一边唯唯诺诺地说：

“大花，我再也不敢了，你消消气，消消气。”

“再犯一次试试，看我怎么修理你！”大花眼圈通红，指着小炮。

小炮赶紧从衣服里兜掏出自己昧下的那三百元钱：“我这就送过去，这就送过去。”说着话，一溜烟跑了出去。

大花一屁股坐在马扎上，抓起椅背上一条毛巾，也不知怎么了，眼泪怎么擦也擦不干。

（5）

王大花的买卖越来越红火，人手不够。偏偏小炮娘又得了偏瘫。小炮把送面粉的活儿辞了，和她一边照看生意，一边伺候老娘。

一天晚上收摊后，小炮一边扒拉碗里的饭一边嗫嚅着：“花……”

“咋了？”

“你看……”小炮指了指自己的嘴。

“咋？吃出苍蝇来了？”

“你再看。”小炮把上下嘴唇使劲张开，上下牙咬在一起，那颗被大花扇掉的门牙处漏着一道大豁口。

“怎么，想把旁边那颗门牙也去掉？”大花的语气里有调侃也有歉疚。

“你忍心再给我打掉一颗？我想去补个牙……”

“早就该补了，去补吧。补个好点的，我听说有烤瓷的，你又不是孩子还能再长出来。”

“好点的得好几千呢，不用，补一个不漏风就行。”

“小炮你就这点不好。咱过日子是要节俭，但要分什么事。有些钱不该花的咱不花，但是有些钱不该省的咱就不能省。做人，得学会往长里看。”大花郑重其事地板起了脸，“炮啊，我也有错，不该下手那么重。”

“都过去了，你也是在气头上，手上的劲确实大了些。”

“你也知道我没福气，我三岁爸妈就因为车祸撇下我走了。我是在大伯、小叔家一家一年轮着长大的。别人都说我有福气，有两个家。其实，两个都不是我的家呀……”

大花的眼里闪着泪花，“从小哥哥姐姐们穿旧的衣服我抢着穿，哥哥姐姐们不爱吃的剩饭我抢着吃，哥哥姐姐们用过的铅笔头我抢着用……小叔家弟弟问我，你为啥老是要别人不要的东西，我说我喜欢，我就喜欢别人用过的东西……”

“谁信呀……谁不喜欢新东西，好东西……”

“是啊，我也喜欢新衣服、新铅笔，但是我不能要……小炮啊，你是我这辈子得到的我唯一喜欢的好东西……”

“我不是东西……”小炮眼里夹着泪花，被自己逗乐了。

“因为你是我这辈子得到的唯一喜欢的好东西，所以我看不得你不好，所以看不得你下作，所以那天就下狠手打了你……小炮，你别怪我……”

小炮放下手中的碗，扯了一张餐巾纸给大花擦眼泪。

（6）

为了不让婆婆生褥疮，大花每天都给她泡个热水澡。太阳好的时候，就让小炮把藤椅搬到天井里，铺上被褥，大花把婆婆抱出去晒太阳。婆婆大小便失禁，几乎每次掀开被子，都臭气熏天，小炮就捂着鼻子干呕。大花不在乎，把脏尿布拖出来，换上干净的。接着把满是粪便的尿布拿到院子里，用小木板把大便刮个大概，放进盆里，浇上热水，消毒。找来搓衣板，顾不得寒冬腊月的冷，在院子里吭哧吭哧地洗了起来。

屋内，婆婆拉着小炮的手：“炮啊，你说你这是哪辈子修来的福，娶了这么个好心眼儿的媳妇。大花虽丑，那心肠真是少有的好啊。”小炮连连点头：“咱娘俩都有福气，都有福气。娘，说实话，一开始我是真没看上她，让她赖上了没办法。后来真过开日子了，我才发现，大花有别的女人没有的肚量。这点，花儿比很多男人都强。”

大花洗完尿布，拿毛巾擦着冻得赤红的双手，冲屋里喊：

“娘，今中午想吃啥，我做去。”

“花儿，快过来歇歇，让小炮做饭。”

大花坐婆婆跟前，替她拢着有点儿乱的头发。

小炮在厨房里忙活着。不一会儿，一阵熟悉的香味弥散了满屋。大花吸吸鼻子，会心地笑了。她知道，小炮又做了她最爱吃的红烧肉。

突然觉得一阵恶心，大花眼睛一亮，冲进了厨房，紧紧抱住小炮大叫：“小炮，俺‘嫌饭’了，这次，俺真的‘嫌饭’了！”

阿数瑟

三担白米三担糠
挑起白米下镇康
镇康爱我小白米
我爱镇康小姑娘

（1）

6路公交车到达了终点站，古霞下6路倒8路，又搭乘一辆出租电动三轮，终于按纸上标记的地址找到了这栋小房子。

在一片拆迁的残骸中，这房子守护神一样坚挺在神仙巷轿杆胡同的纵深处。灰色的胡同，灰色的残骸，本是拆迁改造，反而恍惚透着一种地老天荒的意味，像极了一帧六七十年代城乡接合部的黑白照片。

胡同头栽种着几棵月季，几场霜雪过后，还有几枝黄色月季花在一片灰色的调子里一下子跳脱而出。这本应在夏秋开放的花朵逾越了季节的界限，在寒气逼人的冬季里摆出一副不谙人间岁月的无辜样子，入冬以来的几场寒霜让花骨朵的顶端透着一抹红意，有点儿本欲张扬却又不得不收敛的欲盖弥彰。

古霞围着那两间摇摇欲坠的小房子转了两圈，大门楼的门牌缺了一角，但可以确定，这就是她要找的地方。

听到动静，刘天雷皱了皱眉头，这节奏分明的脚步声，隔十几米都能分辨出来。刘天雷把一颗坏了的花生米狠劲吐到地上，拿起面前的酒杯，半杯酒一下子进了肚。他把桌子往墙根一推，拉起被子一下子蒙住头歪在了床上。

“刘天雷，天……”床上的刘天雷鼾声雷动，古霞拍了几下床靠背，刘天雷翻了个身，呼噜声更大了起来。古霞咬着嘴唇，想伸手拽刘天雷的胳膊，又停住了……

她环视了一下四周，屋子北墙根用两摞砖头垫着一块木板，板子带着斑驳的红漆，模糊能认出“改造老城区，建设新……”“新”字后面只剩一个一半儿的“家”字。这个要坍塌一样的半个“家”

倒是跟眼前的景象非常契合。估计后面是“家园”两个字，家都不保了，园更无从谈起。挡板底下放着一个生着铁锈的煤气罐，罐体裸露在挡板外的部分沾满了油污，油污上陈列着几具夏天飞蛾的尸骸。古霞注意到，桌子上的水杯里正丝丝缕缕冒着白色的蒸气……

这景象把古霞看得心里顿时升腾出一股抵挡不住的寒凉：刘天雷，你可真能装，你可真装得下去！你刘天雷宁愿躲在这样的狗窝里也不愿意回家？

古霞想起自己连日来的担心、焦虑、噩梦连连，一阵尖锐的疼像利箭一下子击中了古霞的心脏。突然涌上来的委屈让她的眼睛像着了一层雾，她抹了一下眼睛，头也不回地噌噌噌往外走去。走到胡同口，古霞又瞅了一眼那几朵月季花，突然觉得这几朵花有点儿恬不知耻，你的季节都过去了，还在这里腆着脸给谁看呢！

听见古霞的脚步声走远了，刘天雷赶紧一骨碌爬起来把门插上。

“贱货，跟方英一样的贱货。”刘天雷骂了一句，拿起酒瓶子咕嘟咕嘟倒了满满一杯，一仰脖灌了下去。

（2）

古霞和刘天雷相识于五年前，也就是2008年的春天。

那时候，刘天雷所在的散热器厂和古霞的服装加工厂是邻居。

古霞和刘天雷第一次碰面是在散热器厂的职工食堂里，按说单位食堂都不允许外来的人就餐，古霞托关系办了张就餐卡。因为怕被食堂师傅撵，古霞吃饭总是坐在餐厅最东北角的一张餐桌，且总是背朝人多的一面坐。这个位置因为是空调吹风时的死角，很少有人光顾，坐在这样的角落里，虽然夏天热、冬天冷，但这样古霞感觉自己相对安全些。

那天古霞打完饭，发现那张少人问津的餐桌今天坐了一个人。她环视了一圈，犹豫着走过去。斜对面坐了一个男的，三十出头的样子，眼睛细长，眼角稍微有点儿上翘，鬓角和鼻翼两边隐约有点儿暗红的灰屑。

那人看了一眼古霞，往桌子边上挪了挪。

“我是烤漆车间的，身上一股油漆味，别熏到你。”可能是怕古霞误会，男人赶紧解释。

古霞点头笑了一下，没说话。

吃饭的间隙，男人和古霞有一搭没一搭地聊了几句。男的叫刘天雷，刘天雷说自己在烤漆车间干了十几年了，长时间干对肺不好，吐的痰经常是红色的。

“啊？”古霞差一点儿被嘴里的馒头噎到。

“不是你想的那个红色，因为我们给暖气片喷的防锈漆是红色的，所以痰也是红色。”刘天雷拿一张餐巾纸擦了擦鼻子两侧，递给古霞看，“你看，这都是红的。”

“吓我一跳。”

“你是外地人吧？还会说普通话，真好听。”

“我是南方人，所以，吃山东这边的馒头有点儿不习惯，食堂做的米饭少，我们下班比你们稍晚点儿，总是打不到米饭呢。”

“懂了。”

古霞一开始不懂刘天雷的“懂了”是“懂了”什么，不懂也不好意思问个究竟。饭后细细地琢磨，她自己似乎也“懂了”，又似乎不太懂。

从那以后，两人下班时经常碰面，碰面就免不了打声招呼，一来二去，两人渐渐熟络起来。

了解到古霞来服装厂时间不长，刘天雷问古霞：“在这个服装厂可还习惯？”

古霞思索了一会儿，淡然一笑：“还行吧。”

她自己也说不上来习惯还是不习惯，按说服装厂实行计件工资，各人干好各人的活，互不干涉。但是古霞总感觉别人跟她说话的时候总是有意无意中想打探一点儿什么。关于她的老家，关于她的婚姻，关于她那些不愿意提起的伤心事，别人似乎总想顺着蛛丝马迹去窥看一些东西。古霞的守口如瓶像一道屏障挡住了那些窥看的目光，当然也挡住了一些别的什么。

也不知从什么时候起，古霞和刘天雷去食堂吃饭有了一种心照不宣的默契，只要他们第一次坐一起的那张桌子有空位，刘天雷就会不自觉地坐到那里，古霞也会不自觉地坐到那里。

刘天雷打的米饭总是双份，也总有一份吃不完让给古霞吃。古霞当然也不会白吃，她每次都把自己打的馒头给刘天雷——理由很简单，有了米饭，这馒头当然吃不完啊。

从那以后，古霞的午饭吃得特别细嚼慢咽，特别有滋有味。她在车间干活的时候，经常因为走神儿被带班班长陈香红训诫。其实她跟刘天雷的闲聊听起来没啥特别，就是有一搭没一搭地闲扯，可是这里面有种不可言说的奇妙，古霞也说不出来奇妙在哪里，但那种腔调，那种韵味，那种不经意间的心领神会，那种初次见面却一点儿也不生分的熨帖劲，古霞长这么大，还是第一次领略。去隔壁餐厅吃午饭，成了古霞每天最隐秘的期待，期待中有甜蜜，也有期待落空带来的虚空和落寞。

刘天雷的工作服开了线，古霞就让他换下来带给她，她带到车间用缝纫机给他连上。一开始刘天雷有点儿不好意思：“这……麻烦你，合适吗？”

“你可别想多了，我这是还你每天给我打米饭的人情。”古霞一脸的无所谓，当然了，那是装的。

刘天雷抿嘴一笑：“懂了。”

古霞也斜了他一眼，心里说，你又“懂了”什么？细一思忖，刘天雷是不是看穿了自己的小心思？古霞的心突然扑通扑通地跳了起来，脸也不自觉地开始发烧。转而一想，看穿了又怎么样呢？再说了，我又有啥小心思？我自己都不确定我有啥小心思，你又能看穿什么呢？

她比以往任何时候都更在意自己的穿衣打扮，她总感觉自己不够完美，自己的鼻梁不够挺，自己的眼睛不够大。自己身上有足够吸引这个男人的东西吗？客观说古霞长得不难看，但也没漂亮到让人过目不忘。何况已经结过婚，三十多岁的女人，虽然还不算枯萎，但是眼角明显有了细微的皱纹，皮肤也有了一层暗黄。当然了，刘天雷也结过婚，可是现今这年头，离过婚的男人似乎一点儿也不减年轻时的魅力。那自己还有什么呢？古霞上过高中，在他们云南镇康那个小村，上过高中的农村女孩子少之又少，在家乡人的眼里，是可以归类到“有文化”的那一类女人的，可是散热器厂里干行政的女员工知性一点儿也不比古霞逊色。

这个问题有时候让古霞特别苦恼，刘天雷哪一天没给她留米饭，或者刘天雷身边坐了别人，她一整天就会恍恍惚惚。

第二天，古霞蔫蔫地来到餐厅，刘天雷身边空着位子，古霞打完饭，赌气一样往另一张餐桌走过去，低下头谁也不看，吭哧吭哧发狠一样吃了起来。馒头吃了小半个，一只手突然伸过来蛮横地夺了过去，一碗米饭放到了她的面前。一扭头，刘天雷一脸无辜地看着她：“怎么了这是？没看到我在啊。”

古霞脸上还是紧绷着，其实心里早已经乐开了花，当然嘴上还是倔强的：“你没有义务天天给我打米饭不是？”

刘天雷抿嘴笑了一下：“昨天因为一组暖气片不合格，在车间耽误了一会儿，没能打上米饭，一起来吃饭的伙计跟我讨论不合格的原因，就没注意你啥时候来的，啥时候走的。”

古霞低了头："你没有义务非得为我干什么不是？"埋怨的语气里，分明有了一丝别样的亲近和小撒娇。

刘天雷也不问古霞愿不愿意吃，有点儿霸道地把自己餐盘里的偏口鱼夹了一大半放到古霞的餐盘里，又来了一句："懂了。"

古霞瞪了他一眼，心说，又来了。

"吃吧，早起的鸟儿有虫吃。"

"这么说我沾你的鸟光了？"刘天雷没想到古霞甩出来这么一句，往深里想，这话可不大适合从这么一个看起来很文静的女人嘴里说出来的。刘天雷一口汤没咽下去，笑得一口喷了出来。

古霞也不好意思地笑了，一笑泯前嫌。

有时候，古霞一个人待在出租屋里，盯着窗台上那盆玻璃海棠愣神儿。玻璃海棠的叶子在阳光里像带着图案的玻璃小团扇，玲珑剔透，叶子中输送养料的叶脉盘曲迂回，像一个遥远的梦。于她来说，高密也是一个梦幻一样的所在，就像在干旱的陆地上突然出现的海市蜃楼，有点儿猝不及防，也有点儿不真实。刘天雷的出现，让古霞心上那支本来堵塞缺氧的脉管一下子打通了，汹涌地输送着养料。对于这种心照不宣的暧昧，很让人迷恋，然而又很磨人，让人心里痒痒的，却找不到更进一步的突破口，两个人似乎都在等待，但谁也不去主动挑明。

同车间的方英拧了一把正在发呆的古霞："喂，干吗呢你这是？丢魂儿了？是不是有啥情况了？"

"去你的，整天在你眼皮底下转悠，我能有啥情况？"

"你要有啥情况可不能瞒着我，咱可是一棵藤上结的瓜。"

方英来山东十几年了，却没有跟古霞一样因为水土的改变肤色变得白皙细嫩，还是黑黑的，高颧骨大额头的南方特征也非常明显。原来的黑头发烫成了炫目的酒红色，头顶有一撮头发因为睡觉时的侧压硬撅撅地翘着。

（3）

古霞和方英都是南方人，确切地说是云南人。古霞是二十世纪九十年代末高密农村大龄男青年时兴从云南找媳妇的时候嫁过来的。

1998 年的春天，古霞怀揣着满心的忐忑和期待离开了生活了二十一年的云南镇康县的那个小村子。娶古霞的男人乔志文有点儿缺陷——小的时候和父亲一起用铡刀铡草时不小心，左手小指和无名指被铡掉了一小截。古霞当时对乔志文不是很中意，不光因为他断了手指，还因为乔志文比古霞整整大了十二岁。家里人就劝她，伤在左手，又是平时不大吃劲的两个指头，影响不到哪里去。男人大点儿怕什么，大点儿知道疼女人，他们山东男人本来就知道疼女人。古霞犹豫了好几天，乔志文这个人看起来面憨心善，应该是靠得住的。古霞看看自己那身穿了四五年的衣裳，人家要是全才全貌的青年，也不用跑这么好几千里路到云南来，在本地找就行了。尤其是先行去山东高密的姐妹们回来描述的高密农村生活，在古霞听来，跟她们目前的生活相比，那简直是两重天啊。世上哪有十全十美的事？被贫穷折磨怕了，婚姻往往被当成走出困境的跳板，尽管很多时候跳板的另一头还有很多的未知，有时候甚至是悬崖峭壁。

就在乔志文要离开云南的当天，古霞找到牵线的姐妹，扭扭捏捏地说："要不然……要不然就去山东看看吧。"

躲在门后偷听的乔志文一高兴，差点儿被脚下的矮凳绊了个四仰八叉。

古霞嫁过来后，虽然日子没姐妹们描述得跟老家那般天差地别，但是吃饱穿暖之外还有盈余，乔志文也体贴，日子虽然过得波澜不惊，倒也熨帖安稳。别看乔志文手指断了一截，里里外外都是一把好手，会炒菜做饭，还会修自行车、电动车、手扶拖拉机等小机械。

乔志文把古霞当宝贝一样供着，有啥事都先交给她拿个主意。古霞刚来高密时黑干条瘦的身子渐渐丰满起来，黝黑的皮肤渐渐显出了底子——细致白嫩。别的姐妹们见了本地人时眼神会有一种不自信的躲躲闪闪，古霞从不，她的目光坚定，坦荡又澄澈。

半年之后，古霞和乔志文回娘家的时候也带了两个三十来岁的光棍儿杨金山和杨金水去云南“相亲”，他俩是乔志文的姑家表兄弟，哥哥金山比弟弟金水大两岁。古霞问乔志文表兄弟家的条件怎样？乔志文含糊其词，告诉古霞，他这俩表兄弟没问题，相亲的人保证一眼就能看上。

古霞和方英是从小一起长大的姐妹，两人同岁。还没回娘家之前，古霞就一直跟方英联系，她说一定要方英来高密和她做伴。方英和乔家两兄弟是在古霞娘家见面的。方英看到杨金山和杨金水的第一眼，眼睛就灼灼地亮了起来。这弟兄两个，她更中意杨金水。比起从一见面到这会儿一直红着脸的杨金山，杨金水比杨金山看起来更精神，说话更爽利，眉眼里更有一种精气神。不管方英怎么没话找话和杨金水搭腔，杨金水哼哼哈哈地应着，眼睛却一直不看方英，而是蹲在那里逗弄古霞家的小狗崽儿。

方英明白，杨金水肯定是故意的。古霞也看出了其中的门道，偷偷拽了一下方英的手，“嘿，老大看上你了，怎么样？定下吧？”

方英瞅了一眼杨金山，没说行，也没说不行。

傍晚的时候，古霞领着他们几个在镇子里逛游。溜达到镇子南边时，他们发现前面围了一圈人，悠悠的三弦声从人群上空飘了过来。古霞一下子兴奋起来：“阿数瑟，阿数瑟，我们赶上了阿数瑟。”

杨金山和杨金水互相看了一眼，好奇地挤到了人群中。

离开故乡，古霞好几年没唱这打歌调了，自己也不由得尾随在长队后面，随着芦笙又跳又唱。

“三担白米三担糠，挑起白米下镇康，镇康爱我小白米，我爱镇康小姑娘……”

“阿数瑟呢瞧着，罗细瑟呢甩着。”杨金水乐得手舞足蹈，也跟着高声合唱。

“阿数瑟”的舞蹈套路多种多样，人群在不断地变换样式：“大直歌”“窜山小狗”“丰收歌”“倒折歌”“小半翻歌”“撬脚歌”……杨金水像一个羊群里的瘸腿驴，惹得旁边的人哈哈大笑。

“说起粑粑爱到命，说起打歌爱到死。”古霞给杨金水唠起了“阿数瑟”。

三国时期，诸葛亮南征，来到滇西南镇康。镇康有两个村寨，一个叫阿数瑟寨，另一个叫罗细瑟寨，两个寨子隔山相望。驻守罗细瑟寨的蜀军因长期作战和不适应滇西南气候，减员较大，不敢轻易出兵。诸葛亮用计摆了八卦阵，让士兵夜间手持火把在高搭的楼台上围圈唱歌跳舞，在寨子侧边的几个山包上行走，并高喊着“阿数瑟呢瞧着，罗细瑟呢甩着”，连续多夜以迷惑比自己兵力强大的敌军。驻守在阿数瑟寨的将领看到罗细瑟寨的蜀军兵员充足、悠闲作乐，认为定有大军埋伏，于是不战而降，臣服于诸葛亮。滇西南镇康民众十分崇拜诸葛亮的睿智，为纪念诸葛亮智取胜利，每逢婚嫁、节日等喜庆场合，人们都会自发地通宵达旦吹笙箫、弹三弦、作对子、围圈歌舞，最后压轴、助阵的就是大家一起合唱的“阿数瑟呢瞧着，罗细瑟呢甩着”。久而久之，“阿数瑟”由此得名并在镇康大地广泛流传开来。当遇到农闲或者婚丧嫁娶、节庆等场合，人们都会自发地组织“阿数瑟”打歌。

杨金水听得津津有味，古霞转头问他有没有看中这里面哪个妹子？杨金水不回答，用怪模怪样的腔调哼着那句“阿数瑟呢瞧着，罗细瑟呢甩着”。

古霞瞪了他一眼，无奈地摇摇头。

方英在人群里故意挤在杨金水身边，从兜里掏出一个什么东西塞到他的手里。杨金水愣了一下，看了看手里的东西——是一个绣了花的布艺钱包。杨金水喊了一下杨金山，一下子把那个包包塞到杨金山手里，“哥，人家给你的，千万收好了。”

方英顿时变了脸色，她一下子拉住杨金山的手，把他拽到人群外，说：“我相中你了，走，去我家看看。”

杨金山当天的晚饭是在方英家里吃的。饭后，杨金山被方英的父母留了下来。

方英把杨金山带到了一间厢房，给他抱过来一床毯子，帮他把铺盖弄好。杨金山局促不安，想帮一把，又不知从哪里下手。方英瞅了一眼杨金山，说了一句：“夯包（云南镇康一带方言：傻瓜）。”

杨金山被方英领走了，剩下一个杨金水还没有着落。古霞领着杨金水去南伞镇田坝村的亲戚家，那个村里有好几个待嫁的姑娘。可是杨金水对这些姑娘不感兴趣，一个劲地要和她们打歌。古霞示意杨金水看中哪一个就告诉她，杨金水总是用阿数瑟串词与古霞玩答非所问。

方英领着杨金山见过了亲戚之后，他们一起坐上了回高密的火车。杨金水这一趟没有收获，但也没影响他的好心情，一路上老是哼哼着“阿数瑟”的腔调。

在火车上，方英坐在杨金山和杨金水之间，可能是困了，方英的头时不时地歪在杨金水的肩膀上。杨金水把方英的脑袋拨拉一下，身子往车窗边靠了靠。不一会儿，睡得迷迷糊糊的方英身子挪了挪，脑袋又靠在了杨金水肩上。杨金水斜眼瞅了一下闭着眼的方英，站起来，和坐在斜对面的古霞换了一下位置。方英打了个哈欠坐正了身子。杨金水鼻子里哼了一声，闭上了眼装睡。

杨金山领着云南媳妇回了家，得到消息的乡亲们很多跑来看热闹。杨金山家里的境况让方英皱起了眉头：一个哑巴妈，一个精神不正常的爸，三间房子外面用水泥包了皮，里面的土墙裂着大口子，堂屋里面两边是锅灶，东屋里一台早就该被淘汰的黑白电视机，放在一张油腻腻的四方桌上。靠窗一盘炕，炕西侧拉着一挂布帘子，帘子那边是一张单人床，床上的枕头泛着黑乎乎的油腻，这应该是杨金山或者杨金水的床。

杨金山的哑巴妈一看方英，赶紧从炕上下来，双手捏着衣角咧嘴笑了起来，又对着杨金水呜哩哇啦地比画了一阵儿。她把小床上那个油腻腻的枕头拿走了，去另一间屋里拿了一卷铺盖，放到小床上。杨金水拉下脸："干吗？要让我睡这里？"

哑巴妈又对着杨金水比画着，杨金水不服气地摔门出去了。

方英明白了，他家的三间房，中间是堂屋兼灶房，两边各有一间，东边这间住着爸妈和挤在小床上的杨金山，杨金水自己住在西面那间。因为自己的到来，哑巴妈把杨金水安排到了小床上，让她和杨金山到西屋去睡。

晚上，哑巴妈抱过来一个红包袱，小心翼翼地打开，里面一床红绸面绣着龙凤图案的被子。她小心翼翼地把被子铺平展，把那个油腻腻的枕头翻过来，让油腻的一面朝下，看方英一直在盯着自己，哑巴妈满怀歉意地笑了笑。

她朝杨金山比画了一阵儿，退出去关上了房门。杨金山对着那床红绸被瞪大了眼："这可是俺娘结婚时的嫁妆，她一直没舍得盖过，这次纯粹是为了你才拿出来。"方英用手试了试那床被，因为长期压在箱底，有一股久未见阳光滋生的霉味。方英躺下了，杨金山的脚臭味让她皱起了眉头，她踢了杨金山一脚让他去洗洗。杨金山一改在云南时的驯顺，坚决不去洗。这次他不用方英引导，翻身压在了她身上。方英一下子把杨金山掀下去："你个夯包，死一边去。"

方英后来找到古霞，还没说话嘴一撇就哭了起来：“古霞你这不是坑我吗，就这条件，跟在咱那儿有啥区别。咱那儿虽然家里也不富裕，但起码还有父母兄弟可以照应。”

“我也不熟悉他家，我家乔志文也没说杨金山家里这情况，现在说啥都不管用了。方英，那你打算怎么办？”

“还你家乔志文，看来你真把这里当家了啊。”

“不当家那又能怎样？”

在古霞家住了一晚之后，方英不顾古霞劝说拿着古霞给她的二百块钱坐公交车走了。临走让古霞给杨金山递一句话，杨金山在云南已经把她睡了，付的彩礼钱两相抵消，剩下没付的一半他就省下了。

杨金山后来跟古霞大闹一场，古霞这个牵线人把当初男方给的介绍费悉数归还，还赔上了给方英当路费的二百，两边都没落好。

杨金水让古霞给方英带话：“别让我看见那个方英，看见就打断她的腿！”杨金水那个狠劲，好像受害的不是杨金山而是他。

古霞心里咯噔一下。

（4）

日子就这么不咸不淡地过着。

越来越水灵又会持家过日子的古霞让村里的男人很是眼馋。

女人们撇撇嘴：“只有缺胳膊少腿、家里穷得不像样的男人才会去云南找媳妇，再说了，找来的还能有什么好货？杨金山还不是让那个外来货给坑了？”

这些话，古霞就当听不见。

古霞不喜欢计较那些闲言碎语，却喜欢从一些小事里说出大道理。比如，乔志文以前总是把菜炒咸。古霞先从这个菜说起，说着说着就上升了高度：菜，淡了可以加盐，咸了，那就没法儿补救了。这就跟做人一样，得给自己留余地。

还有，乔志文对个人卫生不怎么在意。古霞就叨咕，干净不干净不光是生活习惯，是个过日子的态度问题，人清爽了，心里就清爽了，心里清爽了，过日子才能清爽。

还有，乔志文去集上买菜，总是把菜市从头到尾逛一遍，然后挑最便宜的菜买回家。古霞就摆道理，你看似买了不贵的菜赚了便宜，其实呢，菜不是烂了就是蔫了，下锅前往往扔掉了一大半，你说你这便宜是不是赚得不合算啊？宁吃鲜杏一颗，不吃烂杏一筐。

乔志文在自家的南屋里修理各种小器械，古霞让他在墙上写几个大字，起码让别人知道这里是个机械修理铺。男人就嚷嚷，弄那些虚的干吗？手艺好就行。古霞戳一下他的脑袋：啥年代了，你没看人家现在开店做买卖的都到处撒广告。巷子深了，别人闻不到酒香味。

古霞慢慢成了这个家的主心骨，乔志文似乎也乐得有个人操心家里的大事小情。

后来，方英偷偷回来找了古霞一次，她没回云南，在高密一家服装厂打工。

“幸亏没回去，咱现在也是城里人了。古霞，说实话当时我挺恨你的，现在想想，幸亏那个杨金山把我领过来，我现在一个月工资一千多呢。”

古霞瞪大了眼睛。

方英跟古霞展示着自己一身新的牛仔连衣裙：“看看，洋气不？”

古霞看着方英被海绵胸罩夸张了好几倍的胸脯，连忙说：“洋气，洋气着呢。你怎么这么大胆还敢回来？杨金水说见了要打断你的腿呢。”

“他敢！那个杨金水整天跟个瘟神一样，我还想把他打断腿呢。”

方英问古霞乔志文待她怎么样，要是不好就走人，去高密城打工过城里人的日子。

古霞摇摇头。

“别那么死心眼儿，实在过不下去你就去高密找我，我把服装厂的地址留给你，厂里缺人，在厂里挣得再少也比你在家里强百倍。”

方英走了，古霞一脚把方英坐过的凳子踢翻了。

古霞看出来了，方英看她的眼神、说话的语气都有点儿俯视的味道了，这感觉让古霞心里特别不舒服。

古霞的清爽日子过了没多长时间。

2003年，一个夏天的晌午，古霞的男人乔志文没顾上睡午觉，忙活了一中午刚修好一辆电动车。忙完了觉得口干舌燥，他起身去拿放在木凳上的水杯。古霞在屋里听到闷闷的一声响，感觉不对劲，出来一看，乔志文佝偻在地上，早已不能动弹。任凭古霞如何大呼小叫，再也没醒来。

乔志文无父无母，叔叔婶婶给他口饭吃才长到成人。乔志文成家后，叔叔婶婶从不来古霞这里。自从乔志文没了，两人隔三岔五就往古霞屋里钻。他俩进门这里瞅瞅那里看看，一个说：“这房檩省料了。”一个说：“地砖质量也不是很好。”古霞知道他们惦记的是男人留下的这几间房子。

男人在时虽然夜夜折腾，但好几年了，古霞肚子里也没个动静。古霞知道，这房子她是留不住的。

乔志文走了，除了孤单，古霞新增了很多琐屑的烦恼。古霞以前出去赶集逛店，没人说什么，现在却有人在背后嘀咕。以前古霞打扮得漂亮，别人只是艳羡，现在，那眼神就多了另一重意思。

古霞正在吃晚饭，乔志文的婶婶又来了，先是扯了几句咸的淡的就转入了正题："小古，你还这么年轻，我侄儿也没留下个后，你得考虑找个人家了。侄儿为了娶你借了我五千块钱，这房子虽然旧了点，顶个三千两千的也说得过去，就当抵账吧，我和你叔吃点儿亏就吃点儿亏，反正也没便宜外人。"

古霞当时就拉下了脸："婶婶，且不说借没借钱，您这也太急了点儿吧，你侄儿尸骨还未寒呢。"

"我能不急吗？邻村老张家领来的媳妇把家里所有的钱款搜了个干净夜里跑了，又不知浪到哪里嫁汉子骗人去了，哪天你把房子一卖拍屁股跑了，我找谁去？乔志文从小没爹娘，是我和他叔供他吃供他穿，他这倒好，我们老了该用人养活了，他自己一个人享清净去了……"

古霞脸色铁青，拿起扫把狠命地扫地上的灰，恨不得把这个婶婶一笤帚给扫出去。

后来，古霞去赶集回来，发现门口堆着自己的一些衣物，心里直纳闷。古霞赶紧掏出钥匙却打不开锁，仔细一看，门锁竟然被换掉了。

古霞拔腿就往乔志文的叔叔家奔去。

太阳像一个大火炉烤得她昏昏沉沉，空气凝滞了一般，古霞感觉自己的脑袋像被封闭在一个口袋里，促狭、憋闷。

走到半道，古霞站住了。自己去有用吗？

她走到一棵梧桐树下，呆呆地看着枝叶间洒下来的细碎阳光。要去争吗？把锁砸烂再换把新的？乔志文的叔叔婶婶一口咬定乔志文借了他们的钱，自己又有什么证据证明他没借呢？世上的人凡事都爱争个清白，可是，有些事你是无法去争的，越争越不清白。就算乔志文没借钱，这个家，这个地方，这里的人，又有什么值得她留恋的呢？

古霞拿大道理在最后一刻说服了自己——做人不冒尖，不沉底。尤其是在这陌生之地做人，更应该如此。

古霞走了，去高密城投奔方英去了。

不管方英说话怎么拈酸含醋，怎么居高临下，古霞还是靠方英的周旋，顺利地进厂成了一名工人。

出来打工先得有个落脚点，古霞问方英住哪儿。方英赶紧说，我租的房子太小，只能放一张床，还有做饭的灶具，你就自己租一个住处吧。方英陪着古霞，找了一处合适的平房，交了定金租了下来。

古霞从此开始了从厂到出租屋两点一线的上班族生活。一晃两年过去了。

（5）

服装厂中秋节发福利，古霞发了两桶花生油、两袋大米还有一箱烟台苹果。电动车一次载不了这些，古霞正在厂门口瞅着这堆东西发愁。一辆银灰色面包车径直冲古霞开过来，车前杠差点儿就碰到古霞的膝盖，才一下子刹住。古霞刚要发作，刘天雷从车上下来：“嗨，没吓着你吧？”

“去你的，有你这么开玩笑的吗？”古霞语气里有点儿愠怒。

“别生气嘛，我心里有数，哪舍得撞到你呀。东西多了也愁人哈，来，搬车上，我给你拉回去。”古霞租住的小平房离厂子不算近，但是开车不一会儿就能到，刘天雷帮着古霞把东西搬进屋。

小屋子不大，却收拾得干干净净。床底下的鞋子摆得整齐有序，就连垃圾桶的表面也擦得不带一丝尘埃。刘天雷瞅了一眼窗台上的一盆玻璃海棠，透明的叶子蓊蓊郁郁地挤在一起，很繁盛的样子。

“你喜欢养这种花呀，我也喜欢，这花儿看着就干净。”

“养盆花，权当是自己的一个伴儿，要不然，日子太孤清了。”

古霞找出电热壶装满水，放到托盘上摁下开关。

刘天雷歪头看着古霞，古霞脱掉了外套，白色的绒线衣把古霞身体的凹凸包裹得含蓄又诱惑。初秋的金色阳光包裹着古霞，把她侧着的面庞镀上了一层温暖的光泽。

刘天雷突然抓住了古霞的手往前一扯，一下子把古霞搂在了怀里。

都是结过婚的人，少了未婚男女恋爱时那些小心翼翼的试探和犹抱琵琶半遮面的过渡，欲望的饥渴很快就会把星星之火点燃，更何况两个人眉目里早已经纠缠了不是一天半天了。

他俩像两尾困在泥沼中的鱼，末日来临般疯狂地交缠、索取、给予，在波峰浪谷中汹涌澎湃。

潮汐过后，古霞枕着刘天雷的胳膊。她柔软的头发散落在刘天雷的脖颈处，随着古霞的呼吸，头发的起伏让刘天雷感觉有点儿痒。但他俩都不想挪动自己的身体，仿佛身子一挪，幸福也会随之挪走。古霞用食指轻轻抠着刘天雷的手心，似乎想借此来平息刚才惊涛骇浪的余波。

古霞以前以为，和那个木讷的乔志文按部就班地过日子就是幸福。现在她知道，幸福还有另一种模式，那种让她想要尖叫的兴奋突然间就抵达了她的身体深处，并像电流一样迅速传遍身体每一处神经的末梢。原来还有一种幸福是如此高拔、如此凌厉、如此锐不可当。古霞扭头看一眼刘天雷，眼中的泪无声地滑落下来……

从那以后，刘天雷经常在古霞那个小出租屋里留宿。

古霞发现自己变了，再也不是以前那个杀伐决断的内当家了，她开始变得依赖，变得弱小，甚至变得楚楚可怜。以前家里的大事男人都问她讨主意，周围的人都说古霞真能干。古霞知道，自己的能干是因为有个不能干的男人。女人真是一种奇怪的动物，在一个弱的男人面前，她可以变得无比强大，在一个强大的男人面前，她会从百炼钢变成绕指柔，甚至还有那么点小小的弱智。被人担心，被人千叮咛万嘱咐，被人当傻傻的小女孩一样小心着宝贝着，做一个弱小的女人，是一件多么幸福的事。

两个人处的时间长了，结婚的问题自然而然就提上了日程。古霞那边的父母是不用管的，乔志文离世她都没跟家里人说，出来的时间久了，一开始那种撕心裂肺想家的感觉越来越淡，心也淡了。

刘天雷领着古霞回他爸妈家，一路上古霞闷闷的。她想起了几年前自己随乔志文去老家，一晃眼，乔志文离开竟也五年多了。

刘天雷的父亲刘建国和母亲李瑞英还有妹妹刘天雨都在家。他们都对古霞客客气气的，让古霞感觉特别拘束。李瑞英陪古霞说了会儿话，问了问古霞的情况，老两口儿便进灶房做饭去了，两个人一边做饭一边压低声音嘀咕着。

“天雨，你过来帮妈洗一下菜。”李瑞英从厨房探出头来，冲刘天雨喊了一嗓子。

古霞扯了刘天雷一下：“我是不是得去厨房帮一下忙？”刘天雷笑了一下：“沉住气，以后有你表现的时候。”

刘天雨扔下手里的那本《知音》，嘴里咕哝着进了厨房：“哎哟，这还没怎么着呢，就分出里外来了？我算是看明白了，嫁出去的闺女不如没过门的儿媳妇亲啊。”

厨房里传出一阵笑闹。

古霞坐不住了，起身进了灶房。李瑞英推着古霞回到沙发上：“不用，真不用你，老实地坐着。天雷，你别光看电视，陪着小古说会儿话。”

“妈，她又不是小孩子，不用陪。”

“在我面前，你们都是孩子。”

这一句话，让一直拘束着的古霞一下子放松下来。说实话，古霞一开始感觉刘天雷一家人太客气了，客气得有点儿生分。这句话，一下子驱走了古霞心里的不适。

从刘天雷家出来，古霞走起路来感觉有点儿飘了。

初秋的夜晚，风清亮又静谧，天上的星星像眼睛，似乎想打探世人难以捉摸的心事。

刘天雷开着车，古霞坐在后面座位上，她把胳膊往前探过座位，环住了刘天雷的脖子："天雷，我今天感觉很……"

刘天雷拍了拍古霞环住自己的手，回头看了古霞一眼："不用说，懂了。"

古霞就不再吱声，就那么搂着刘天雷的脖子，一直搂着。

（6）

古霞每月的那几天量特别大，为了不至于发生尴尬，她得每隔一个小时左右就跑厕所换卫生巾。前几次出去的时候班头陈香红没说什么，第六次从厕所回来的时候，陈香红满是雀斑的脸上就写满了多重的意思。

"古霞，你一趟一趟的干吗呢？"

"班长，我来那个了，量太大，没办法。"

"年轻轻的，咋那么多？"

"可不是嘛，女人就这样，麻烦。班长，你现在还麻烦不？"

古霞这句话冒失了，本是无心，却稳稳地戳到了班长的软肋，她把手中的米尺往案子上一甩，脸红一阵白一阵。

"你们早晚有一天也不用麻烦了。"

女人对年龄，都是神经质一般的敏感，陈香红不用麻烦不光是年龄问题，她在三十七岁的时候因为子宫癌，在医院做了切除子宫和卵巢的手术。从某种意义上来说她已经不算一个女人了，但是她内心的敏感却变得比任何女人都脆弱。

“虽然是计件发工资，大家也不能太没数了，耽误了公司发货就不是个人的事了。不要以为自己是外来的就可以搞特殊。大家都注意力集中点儿，不要老是做白日梦，有些人，人在这里，心早不知飞哪里去了。”

古霞那句不该说的话像一颗子弹射向了班长，班长也毫不客气地把这颗子弹以更大的力道挡了回来，“砰”的一声，古霞中弹了，中了自己射出的子弹。

古霞咬了咬嘴唇没再吱声。

方英把裁好的一捆布料一下子摔在案板上，案板上插在电源上的电熨斗颤了一颤，差点儿滚到地上。

她拍了拍衣服上的尘屑，扭头对着陈香红：“外来的？陈香红你给我说清楚，外来的怎么了？啊！外来的怎么了？这个车间里有几个不是外来的？外来的怎么了？外来的就不是爹生娘养的了？”

“方英，你别跟我使横，你以为你是谁啊？愿意干就干不愿意干拉倒，中国啥都缺，就是不缺人。”

方英把台案上电熨斗的电源线一拔，拿起熨斗就朝着陈香红冲了过去。车间里的人都呆住了，像被施了定身法，一个个直直地杵在那儿。

古霞大叫一声飞奔过去，一下子抓住方英举着电熨斗的那条胳膊和方英争夺起来。争抢中，电熨斗的底部蹭到了古霞的胳膊，古霞惨叫一声，蹲在了地上。

陈香红的脸煞白，眼睛直愣着。

车间里其他的人终于反应过来，跑过来，有的抱住方英，有的去看古霞，有的去拉着陈香红让她赶紧走。

陈香红这才回过神来，煞白的脸瞬间转红，忽而又涨成了紫色，她毫无目的地在原地转了两圈，拿颤抖的手指着方英：“你等着……你们都给我等着。”一边说，一边快速倒退着，退到门口，转过身撒腿跑了出去。

“方英，你是不是疯了？”古霞捂着胳膊，脸上的肌肉因为疼痛扭曲着。

“古霞，你可真窝囊，让人欺负成这样了连个屁都不敢放，我都替你丢人。”

“我丢我自己的人，不用你管。”

“我就是夯包一个，我闲的，我吃饱了撑的，谁以后再管你，谁……”方英把一捆布料掼在地上，气呼呼地出了车间。“烂泥糊不上墙的东西！”

古霞扔下手里的布料，趴在台案上呜呜地哭了起来。

第二天，陈香红好像没事人一样在车间里逛了一圈，转到方英的台案前，她随手翻了翻熨上内衬的一片上衣前襟，“方英，你看，这儿熨得还不到位，再用一下力，让布料平展一下。”

陈香红和风细雨的语气让方英一愣。

方英斜了她一眼，说实话，方英今天早就想好了，陈香红要是再出什么花样儿，她就彻底把她干翻，大不了走人不在这儿干了。陈香红的示好倒让她有点儿不知所措，就像你把子弹上膛就要扣动扳机了，却突然发现目标自己倒了，方英反而不知道该怎么应对了。

她点了点头，嗓子眼儿里嘟囔了一句：“知道了。”

那天以后，陈香红对方英和古霞客气起来，尤其是对方英，甚至都有点儿巴结的意思了。古霞和方英好长时间没搭腔了，谁也不先开口，谁也不理谁。

（7）

和方英闹翻了，刘天雷给予的爱情，成了古霞在这个陌生城市里唯一踏实的依靠。就像困在柔软的淤泥里挣扎呼喊的人，脚底猛然间触到了坚实的地面。

对于刘天雷的过去，都是他主动跟古霞说，古霞从不刻意去问。古霞觉得，不管过去刘天雷属于谁，现在他完全属于自己。这就够了。

刘天雷的婚姻一开始还算完满。老婆原是幼儿园的保育老师，后来竟然偷偷练起了一种被称为邪教的某某功，而且还着了魔，规劝不成，两个人就离了。刘天雷虽然对前妻失望至极，但因为孩子正在哺乳期，离婚时法院判决孩子跟着母亲，为了孩子，刘天雷就把住着的房子给了前妻。

刘天雷在神仙巷还有处老房子，但是因为常年不住人，已经摇摇欲坠。听人说神仙巷很快就要拆迁，这房子更没修缮的必要了。离婚后的刘天雷住到了单位宿舍。

刘天雷前妻不知怎么得到了刘天雷和古霞谈恋爱的消息，抱着女儿来把刘天雷骂了个狗血淋头，直骂到两个嘴角一边一摊白沫才意犹未尽地住了声。

古霞看着女人两片薄薄的嘴唇和那两道刀刻一样的法令纹，她惊讶，怎样的刻骨仇恨才能让人发出如此刻薄的言语，婚姻到了采用如此强横的手段来挽留的地步，留住了又能有什么意义？

女人临走扔下一句狠话："南蛮子都是些骗子，到时候人财两空，别怪我没提醒你。"

刘天雷朝女人的背影啐了一口："狗嘴里吐不出象牙来。"

刘天雷把古霞租的房子退了，又租了一处大点儿的。他告诉古霞，租房住是暂时的，等神仙巷的房子拆迁，两人就有新楼房住了。

刘天雷找了个云南媳妇的消息在散热器厂迅速传了开来，大家有事没事就聚在一起对古霞品头论足。

旁边的同事小马凑到天雷面前，“大刘，听说你要和那个古霞结婚，有把握不？”

“当然有啦。”刘天雷一开始没太细想，小马走了，他细一琢磨，这“把握”两个字，似乎不太对味。

后来，刘天雷时不时听到同事们在背后议论云南来的女人们如何如何，一开始不太在意，听得多了，心里就犯起了硌硬。

刘天雷不明白，有些人怎么那么爱打扰别人的幸福，把别人的世界搅混了，难道自己的心里就清爽了？刘天雷叮嘱自己尽量不让这些杂七杂八的琐事来影响自己。日子是自己过，路得靠自己走。

刘天雷刚换下工作服，有人喊他，转身一看，是刘天雨。

“你来干吗？”

“爸妈让我叫你回家吃饭，商量一下你调岗位的事。”

“噢，那你等等，我去喊一下古霞。”

“爸妈说了，只让你一个人回去。”

“什么意思？调个岗位还得背着古霞？”

“还有别的事，有外人在，说起来不方便。”

刘天雷愣了一下，古霞是外人？刘天雷赶紧洗了把脸，发动面包车，拉着刘天雨回了家。

进了门，刘天雷发现饭已经做好了，刘建国和李瑞英端端正正地坐在餐桌边，像要召开政治局会议的架势，表情都严肃得很。

刘建国叫刘天雷坐下，先开了腔：“天雷，我托人打听过了，你们厂人事科的科长就是天雨同学的姨夫，抽空你和天雨一起去他家里走动走动，说一下你调岗位的事，就说你马上结婚要生孩子了，在烤漆车间影响优生优育，最好能调你去供销科，趁年轻锻炼一下长长见识。”

“哥，你知道我同学的姨是谁吗？就是古霞服装厂里的那个陈香红，是我嫂子的班长呢。”

刘天雷搔了搔头：“这么巧呢。”

李瑞英接过了话：“天雷，这事你过几天就和天雨去办。咱接着说你的事，你和古霞是认真的不？”

“当然是认真的呀，怎么了？”

“我和你爸一开始有点儿不愿意，我们觉得还是找个本地的，知根知底，稳当。”

“那谁倒是本地的，也知根知底，还不是离了？”

“你有什么打算？结婚的话你肯定不能再住集体宿舍了，回来和我们挤一挤吧。”

“我想五一结婚。”

“其实你们都是二锅头了，也不用打结婚证，两个人搬到一起住就行了呗。”刘天雨的嘴永远那么损。

“结婚证肯定要打，房子我已经租好了，咱家房子这么小，我们俩搬过来就太挤了，就不回来凑热闹了。”

“那个房子，你就不该给那个泼妇！”

刘天雷刚要争辩，看了一眼李瑞英，生生地把话咽了下去。离婚后这几年，他不敢在母亲面前提起孩子，一提起来，李瑞英就要落泪，自己也会在心里落泪。

“天雨，说正事。”李瑞英止住了刘天雨的话。

刘天雷发现家里的气氛不对，他们好似早就达成了攻守同盟，然后由刘天雨来按他们商量好的戏本唱主角。

“也行，你觉着合适就行。租房子肯定是暂时的，咱们神仙巷那几间老房子听说很快就拆迁了，到时候，回迁楼房要是换一套就是你的，换两套你跟天雨一人一套。”

刘天雨撇撇嘴，“嗯嗯，当儿子就是好。第一次结婚给了一套房，第二次结婚还有回迁房等着。”

李瑞英瞅了一眼刘天雨，“你也没少让我们操心。”

“哥，今天让你回来是因为我听说了一些事，觉得有必要跟你说说。”

刘天雨一本正经的样子让刘天雷很不适应：“哎哟，看你一脸严肃那样，这是要干吗？别跟我说保险的事啊，别窝里横，出去挣外边人的钱去。”

刘天雨的脸一下子拉下来：“哼，你妹妹我为了你下半生的幸福，可是操碎了心愁白了头啊，得，我不说了，你爱咋咋的。”

刘天雷知道自己的妹妹，心里有话不让她说的话她会憋疯的。

“哥，我不知道你和古霞到底发展到哪一步了，我听说她和方英都是以前农村男人从云南娶回来的，而且那个方英骗了男方的钱跑了……”

“古霞不是这样的人，那天领回来你们也不是没见，人品好着呢。”刘天雷有点儿生气了。

“哥，任何事任何人都不要轻易下结论，骗子脸上还能刻着字？她的第一个男人年纪轻轻就无缘无故死了，再说了，她真的没生过孩子吗？他们结婚四五年没生孩子，你不觉得可疑吗？如果可能，我倒建议你去她原来嫁的那个地方打听一下……”

“天雨，别说得这么难听，我看这个古霞是个安分的人。天雷你也别怪天雨不会说话，我们肯定是跟你站在一边的，天雨就是好心给你提个醒，我和你爸当然希望你能有个安稳的家，可不能再出什么变故了。”

刘天雷无奈地叹口气，闷头吃饭，不再说话。

李瑞英跟刘天雨使了个眼色，刘天雨撇撇嘴，一家人终止了这个不愉快的话题。为了调节气氛，刘建国把话题转到刘天雷的婚礼，刘天雷的脸上才散尽了乌云。刘天雨为了讨好哥哥，说找个外地媳妇也有好处，娘家离得远，回去一趟不容易，不会因为三姑六婆曲里拐弯的亲戚来给他们添麻烦。刘天雷瞪了一眼自己的妹妹，这个女人的脑袋瓜里怎么装了这么多乱七八糟的玩意儿?

一家人达成初步意见，今年五一刘天雷就结婚。刘建国和李瑞英主张他们大办一场，冲冲这几年家里的晦气。刘天雷和刘天雨主张简单办，越简单越好。刘天雷的解释是，父母年纪都大了，不能再为这些事去费心劳神，他还说要是前妻知道了，结婚那天过来闹，那不成了耍猴给别人看了。主张简单办还有更深一层的原因刘天雷没有说，对于他这个结过一次婚的人，那些烦琐的程序就跟在台上演戏一样，日子是自己过，干吗要演给别人看？刘天雷嘱咐父母和妹妹，“结婚的事毕竟是我和古霞之间的事，咱们商量的事先不要提，我先和她商量一下，估计她不会反对，然后你们就响应一下。”刘建国点点头，“嗯，天雷考虑得周全。”

“还没怎么着呢，这就开始妻管严了？”

“天雨你闭嘴，这是对别人最起码的尊重，你尊重别人，别人才能尊重你不是？”

“好好,你们都有理,恶人让我一个人来当,你们都是伟大、高尚、急别人所急、想别人所想的好人，向你们投降，妈，给我一面白旗让我举着！”

李瑞英拿筷子敲了一下刘天雨的脑袋。

古霞和刘天雷的婚礼办得简单而安静，两个人去民政局登了记，回刘天雷家和父母、妹妹一起吃了顿饭。

吃完饭，刘天雷和古霞去超市买了点儿糖果，两个人分别拿到车间去分分，这婚就算结完了。

古霞提着糖果进了车间，开始挨个儿分喜糖。大家嘻嘻哈哈地和古霞开着玩笑，古霞满面红光，别人无论怎么打趣，她也不恼。

喜糖分了一圈儿，还剩最后一个人没有分。古霞犹豫着走到方英这里，方英谁都不看，一直低着头忙着。古霞站了一会儿，把糖果放在方英台案上，扭头走出了车间。

方英对那包糖果视而不见。

车间下班了，古霞收拾好自己的东西，扭头瞅了一眼方英的台案，那包糖果不见了。

古霞推出自己的电动车，刚骑上去，方英从墙角转了出来。

“喂，你真可以啊，结婚这么大的事，也不跟我说一声，还姐妹呢，屁！”

“哼，你整天板着个脸，谁敢跟你说，再让你拿电熨斗烫我一回？”

“我又不是故意烫你，我正在气头上你偏去跟我抢，还疼不？”

“没事了，天雷给我买的烫伤膏，抹了当晚就不疼了。”古霞把自己还红着的胳膊给方英看。

“不疼了就好，担心得我一晚上没睡着觉。还算你有良心，喜糖还有我这一份，哼，喜酒别想欠下我的，说吧，啥时候请我喝酒？”

方英腆脸过来，一抬腿跨上了古霞的电动车后座，“载老娘一程！开路！”

“死夯包样子，真受不了你的臭脾气，坐稳了，颠到沟里去我可不管！”

路上，方英把脸贴在古霞后背：“古霞，其实，你有了归宿我挺为你高兴的……这里人生地不熟的，你说咱俩不互相帮衬还指着谁帮衬，你从小性子好，我就是看不得别人欺负你。这些日子咱俩不说话，我天天心里跟猫抓着一样，难受死了。你个没良心的，也不会和我服个软……”

古霞的后背一阵凉，她知道，方英哭了。

突然吱的一声车停了，古霞下了电动车，一把把方英扯下来，顺势把她搂紧："以后不许你欺负我！"

"你给我记住了,有我在,以后谁也不许欺负你。"方英顿了一下，接着说，"只准我一个人欺负你。"

古霞被她气乐了，佯装生气地推了一把方英。

"一点儿都不讲理，烦死你了。"

"古霞，我想咱们的阿数瑟了，你呢？"

"我也想了，特别特别想。"

"来一段？"

"来一段。"

秋夜的月光下，古霞和方英跳着，扭着，唱着。

两个过路人停下脚步，好奇地看着她俩，看了一会儿，摇摇头走了。

三月江水跌半坎，
洪水掺江妹掺郎。
洪水掺江江水折，
妹子掺郎给值得？
阿数瑟呢瞧着，
罗细瑟呢甩着。
……

直唱到两个人都泪流满面。

第二天下班，方英等在古霞的台案边。古霞歪头看她一眼："怎么？今天还想阿数瑟呢。可别了，昨晚回去兴奋得我睡不着了，你看我这黑眼圈。”

“想得美，我领你去见一个人。”

“谁呀？这么神神秘秘的。”

“去了就知道了。”

方英坐在古霞的电动车后座上，指挥着她左拐右拐，到了高密创业街的碾头小区。进了单元门，爬楼梯到二楼，方英敲门。

门开了，里面的人把古霞吓了一跳——开门的竟然是杨金水！

里面的杨金水也愣了一下。

古霞疑惑地扭头看看方英，方英推着她：“先进去，进去再说。”

室内一室一厅的布局，床上两个枕头恩爱地靠在一起，地上两双拖鞋也亲密地靠在一起。

“你们……你们住在这里？”

“是啊，其实你来厂上班那时候我就跟他在一起了。杨金水这么帅的人和爹娘挤在那一间小屋里老天爷也不答应呀，是吧杨金水？”

“坐吧，古霞。方英你也不提前打声招呼，古霞来了，我不得做点儿好吃的呀。”看得出来，杨金水的脸上还是有点儿尴尬。

“你看吧，这人就会卖乖为好人，是他一直不让我告诉你我们在一起，这会儿还怪起我来了。”

杨金水在方英跑了不久以后，也出来打工了。在高密一家空调厂跑业务，听说干得还不错。

方英在厨房里忙活，古霞凑到她跟前：“你不是要打断他的腿吗？他不是也要打断你的腿吗？你们怎么就勾搭到一起了。杨金水可是杨金山的亲弟弟呀，以后……以后你们怎么见面呀？”

“不好见就不见，大不了我们一起回镇康。古霞你说话真难听，什么叫勾搭呀，这叫缘分。我们是在公交车站碰上的，老娘看上的人，能让他跑了？”

古霞无奈地摇摇头，心说这是什么世道啊，怎么这么多奇奇怪怪的事。

吃饭的时候，方英一直忙着给古霞夹菜。杨金水仔细地把一截带鱼的刺剔光了，放到方英的碟子里。

“你这姐妹毛毛糙糙的，连鱼刺都择不干净，上次鱼刺卡到嗓子里，去医院找医生用镊子夹出来的。”

古霞的目光在方英和杨金水脸上来回逡巡，方英要找的那个人，古霞想过一万种可能，打死她也没想到会是杨金水。

杨金水正给古霞倒酒，屋子里一下黑了。

“又停电了，这几天也不知咋回事，这个单元老是跳闸。”

方英起身去了厨房，摸索着找出了一根蜡烛。杨金水划了根火柴点上，把燃着的蜡烛倒转过来，滴了几滴蜡油，把蜡烛固定在桌面上。

“明天金水要出差了，我给他做了他最爱吃的鸡丁米饭，古霞你也尝尝。”

“哎哟，我还以为给我做的呢，原来我是沾金水的光啊。”

方英有点儿不好意思了，脸上的红晕在烛光里晕染着她的整个面庞，古霞第一次发现方英其实挺有女人味的。

蜡烛的光把方英和杨金水的影子映在了墙上，随着摇曳的烛光，影子的轮廓忽而清晰忽而模糊，忽而像从遥远的地方飘过来，忽而又像要飘到遥远的地方去。

恍如隔世。

很多的事就是这么恍如隔世。

“古霞，金水说了，他要是出差到云南，就带上我一起回去，再去看看地地道道的‘阿数瑟’，他对这些东西感兴趣。他说等他不在厂里干了，他就去收集整理这些快失传的各地民俗……没想到吧，金水现在当起了业余文化人，我的眼光没错吧？”

古霞心里嘀咕，这个方英幸福得都快飘起来了。

（8）

古霞正在车间忙着，陈香红喊了她一嗓子，说是门口有人找。古霞很奇怪谁会来车间找她。

到门口一看，古霞愣住了——是杨金山。古霞一阵莫名的心慌，她不自然地对着杨金山笑了笑，赶紧招呼着他出了厂区大门。在大门口旁边的假山背后，古霞又觉得不太合适，好像两个人在干什么见不得人的事一样，她又示意杨金山转到假山前面，杨金山显然失去了耐心，“在这儿说就是，你怕啥呀，我又不是要害你。”

“说吧，找我有啥事？”

“我今天是来找方英这个贱货的，她今天没来。她也真大胆，欠了我的钱，还敢在高密城打工。我就想来问问你，杨金水和方英那个贱货搞到一块儿了，是不是真的？”

古霞沉默了，她实在不知道该如何回答，撒谎她不会，不撒谎她又不好预料说了实话会有怎样的后果。杨金山两只大拳头握得紧紧的，让古霞心里打起了小鼓。看他那架势，不问个水落石出是不会善罢甘休的，古霞的脑子在飞快地运转。

“金山大哥，方英早已经离开你了，她跟谁对你来说还不都一样？”

“不一样！”杨金山太阳穴青筋暴突，古霞本能地后退了一下。

“就是他们俩走到一起，也是方英和你彻底断了之后走到一起的。”

“我不管那么多，别人说的要是真的，我就没他这样的亲兄弟！

我要亲手宰了这对狗男女。”

杨金山从古霞这里没得到明确的答案，气呼呼地转身走了。

古霞无奈地摇摇头，往厂内走去。回到车间，古霞的心还在咚咚地加速跳动，方英今天休班，她不知道该怎么跟方英说这件事。对于方英和杨金水，古霞一开始心里也是有点儿硌硬的，可是后来看到杨金水和方英那样和睦，她又为方英高兴。杨金山心里的气愤她也能理解，可是古霞帮不了他，谁也帮不了他，人和人之间有些东西是强求不来的。不过纸里终究包不住火，但是解决问题的人不是古霞，而是杨金山和杨金水这两个打断骨头连着筋的亲兄弟。

下了班，古霞骑上电动车就直奔方英那里，她得让方英有所准备。方英应该是得到消息了，一连几天，她住的房子都是铁将军把门，人也一直没去厂里上班。

一连几天，古霞都蔫蔫的，魂不守舍，整个人的目光都是虚散的。

刘天雷问她怎么了，古霞赶紧摇头说没事。

“没事你干吗这样？”

“就是没事！我哪样了？”古霞的语气不耐烦起来。古霞不愿意让刘天雷知道她跟乔志文老家的人来往，尤其还是被方英“骗”过的人，她确实不愿意多说什么。

她越不愿意说，刘天雷心里越是疑惑。

疑惑归疑惑，刘天雷因为调动岗位的事，忙着走动，忙着请客，忙着应酬，也没顾上往深里追究。看起来很简单的一件事，真正办起来确实枝蔓横生，这些日子刘天雷下班后经常不回家，去他爸妈那里商量下一步找什么人如何应对。

吃饭的时候，刘天雨突然放下筷子清了清嗓子。

“哥，有件事你不愿意听我也得说，因为这事很重要，我发现你对钱太随意。”

“什么意思？”

“你家里最好不要放现金，就是放也就放个百八十的，够买菜买肉就行。再就是，你的工资卡密码不要让任何人知道，包括我嫂子。”

“刘天雨你整天怎么那么多事？我妹夫让你卡得买包烟都得伸手管你要钱。这又怎么说？”

“那不一样。”

“怎么不一样啊？有啥不一样啊？你和我妹夫是两口子，我和古霞也是两口子。我妹夫不管愿不愿意，兜里都让你搜刮得比脸还干净。我怎么就不能在家里放现金？我的密码为什么就不能让古霞知道？刘天雨你这是什么逻辑！”

“古霞嫁过一个男人，怎么嫁的可能你也听说了。这些不是我胡编乱造，是听我同学的姨妈说的，她姨妈是古霞她们服装厂的班长，消息绝对可靠，你可以去打听。”

“你们不要把所有人都当成阴谋家！古霞是结过婚，但是她没有孩子。相反我倒有个孩子，但是人家一点儿也不限制我给孩子买这买那。天雨你管好自己就行了，别整天跟我叨叨这些。”

刘天雷用的“你们”这两个字显然把刘建国和李瑞英都圈在了里面，李瑞英不高兴了：“不怕一万就怕万一，凡事留点儿心没啥坏处。”

那顿饭，刘天雷也没吃出个咸的淡的来，胡乱扒了几口就说吃饱了，站起身来就走。

刘天雨冲着门口大喊，让刘天雷一定把她的话当回事。

刘天雷头都没回，车一发动，轰的一声，就蹿出去老远。

古霞在家里刚洗完头，刘天雷一进门，她就喊着：“怎么才回来呀，你回家吃饭也不叫着我，吃独食呢？来，帮我吹一下头发，将功折罪。”

“在你们眼里我有罪，你们枪毙我好了！”

“干吗呀？我怎么惹着你了，跟吃了枪药似的。”

“不干嘛，烦！”刘天雷把自己摔到床上，拉过被子蒙起了头。

古霞凑过来拉他的被子：“到底怎么了？你倒是跟我说清楚呀。”刘天雷突然翻身起来，一下子把古霞摁在床上……

刘天雷神经质一样地发泄完毕，啥也不说，倒头就睡。

听着刘天雷的鼾声，古霞睁着眼瞪着天花板，下身像被无数细小的针尖扎过一样隐隐作痛。她从没见过刘天雷如此兽性，他眼中的那种凶悍是如此陌生。他们这算什么？这算什么呀？

空气中似乎凝滞着一种灰色的气息，气息中悬浮着一些让人绝望的颗粒，这些颗粒随着古霞的呼吸进入她的血管，涌入她的心脏，一阵痉挛一样的窒息攫住了古霞。

古霞曾经无数次地把刘天雷和乔志文作比较，木讷老实的乔志文像一头牛，他只知道低头干活，闷头犁地，古霞在乔志文面前就像一个甩着鞭子赶牛的人，她指到哪儿乔志文绝没二话，一定会吭哧吭哧地赶到那儿，不管多苦多累，乔志文绝无怨言，不管干了多少活儿，犁了多少地，这头牛绝不会为自己争功也不会为自己夺利。刘天雷呢，刘天雷像什么？古霞琢磨来琢磨去，觉得刘天雷更像一匹狼。他目光锐利、反应机敏，他有他的脾气和个性；他对古霞的好旗帜鲜明，他对古霞的不满也一定不会藏着掖着；他有明确的领地意识，别人不侵略时他对别人秋毫无犯，别人一旦入侵，那他会毫不留情。古霞问自己，她更喜欢谁呢？毫无疑问当然是刘天雷。但是，想起乔志文，古霞心里是踏实的，那是一种笃定的确信。刘天雷呢？古霞的确没有那样的确信，但是这样的刘天雷反而让古霞的心时时有一种新鲜的期待。不确信又如何呢，她愿意做一个小女子，让刘天雷引领着自己，去领略那些不确定的未知。当然了，与狼共舞，你就得时时有被狼咬伤的心理准备。想到这儿，古霞心里会泛起一种深不见底的惶恐，这种惶恐从内心的最底层向上冲，分解出另一种紧张不安。这种紧张像带着螺旋桨的搅拌器，把古霞的心情和周遭的空气都搅拌得黏稠起来，古霞在这样的黏稠中拼命挣扎，却越陷越深……

第二天一早，早早醒来的刘天雷发现古霞的眼肿得像个桃子，他知道自己把古霞伤着了。刘天雷后悔让刘天雨带坏了自己的情绪，他伸出一条胳膊搂住古霞，古霞挣扎了两下，回身把头抵在刘天雷的胸口，无声地哭泣起来。

刘天雷抚着古霞的后背："把你弄疼了吧，我昨天心情不好，别跟我一般见识。我保证，以后再也不会这样了。"古霞搂紧刘天雷，哭得更凶了。

为了抚慰古霞，刘天雷下班后开着面包车接上古霞，买了一堆肉、菜，直接去了爸妈那里，一家人好久没一起吃饭了，刘天雷想聚一下。

今天刘天雷亲自下厨，吃饭的时候还一个劲地给古霞夹菜，古霞心里的不快顷刻之间烟消云散了。

刘天雷跟爸妈开着玩笑："今天咱家那只贫嘴雀儿没来，真是清静啊，一年难得清静一回，爸妈，咱们是不是喝一杯庆祝一下。"

刘建国随声附和："喝一杯就喝一杯。"

"天雷这话说的，好像你是亲爸亲妈，天雨是抱养的一样。"

古霞喜欢这样的晚餐，或者说她喜欢这样的晚餐气氛。置身异乡，也只有刘天雷的这个家能让她体验一下一家人融洽无间的欢乐气氛，这才是家的味道啊。

他们正说着呢，刘天雨进了门。

"你这人怎么就不能让人消停会儿啊。"刘天雷拿筷子指了指妹妹，给刘天雨拿了一套碗碟。

"我就知道我哥又说我坏话呢，所以赶紧过来。"

吃着饭，刘天雷突然想起了什么，站起身来示意古霞掏一下他的衣兜。

“我手上有油，古霞你把我兜里的银行卡拿出来，今天早上我还提醒自己别忘了别忘了，结果还是忘了，我明天没空，你记着帮我取点钱，同事小马的孩子过百岁，后天喝百日酒，我得包个红包过去，密码是三个一三个零，记得上次跟你说过。”

古霞掏出银行卡，放进自己的小包里。

刘天雨看看刘天雷，低头继续吃菜。

（9）

隔了一天，小马儿子的百日到了，下班后同事们都一起去给他贺喜。

人多喧闹，刘天雷已经有了几分醉意。

“大刘，你的云南媳妇什么时候给你生个大胖小子啊？”

“大刘，听说出生地离得远的两口子生出来的孩子聪明，你可得抓紧啊。”

刘天雷一边比哭还难看地笑了一下，一边又喝了一大杯白酒。喝完，他摇摇晃晃地站起来，把红包塞给小马，没跟大家说一声就走了。

大家你看看我我看看你：“谁说错话了？”

“难道是我说的那句云南媳妇？本来地域相隔远的两个人生的孩子就是聪明，说他的孩子聪明还不高兴？我真的没有半点儿恶意呀。”

“谁知道呢，这几天我看大刘情绪有点儿不对劲，老是一个人坐那儿发愣。”

刘天雷趔趔趄趄回到家，大门没锁，进门后刘天雷发现古霞不在。进了卧室，平时衣架上挂的古霞的几件衣服都不见了。刘天雷的酒猛然之间醒了大半。一摸身上，钥匙不知什么时候也没了，刘天雷一下子冒出了冷汗。

“天雨说得没错，外来户，还真靠不住，果然是个死骗子。”刘天雷一边骂一边拽开挂衣橱的门，那个平时放存折和现金的抽屉还锁着。刘天雷找不到钥匙，他在屋里转了一圈，摸起一把斧头，下狠劲劈了一下抽屉锁，却只把抽屉劈去了一道漆，锁岿然不动。

刘天雷正在忙活，小马跑了过来：“大刘，看你，衣服都撂我那儿了。钥匙和手机都在里面呢。”

刘天雷赶紧接过衣服掏出钥匙，哆嗦着手开了抽屉锁。银行卡还在，一千多的现金还在……刘天雷长舒了一口气。

古霞推门进来，刘天雷瞅了她一眼：“你今天歇班，不在家待着干吗去了？”

刘天雷的恶声恶气古霞有点儿不适应，不过她也没太当回事。她一边招呼小马坐，一边说：“天暖和了，羽绒服、羊毛衫都穿不到了，这段时间上班忙，也没顾得上洗，我今天送到干洗店去了。怎么了天雷？你怎么脸这么红，还一头汗啊。”

“没事，找不到钥匙急的。”刘天雷赶紧把挂衣橱的门闭上。

外面的天不知什么时候阴沉起来，屋子里的气氛也变得滞重、荒凉。

送走了小马，刘天雷看着正在收拾抽屉的古霞说：“古霞，妈说了，咱们两个人过日子都不会精打细算，让咱们把工资卡都交给她，她给咱们控制着每月的开销，帮咱把关攒钱。妈说了，以后生孩子，装房子，花钱的地方还多着呢。”

刘天雷发现古霞脸上的表情不自在起来。

“天雷，你觉得那样……方便吗？”

“不同意就算了，什么这那的，扯那些没用的干吗？”刘天雷没好气地侧过身睡了。

天上的星星都瞌睡了，古霞躺在床上却怎么也睡不着，她从窗帘的缝隙里盯着外面的夜空和黑暗中的一片虚无。不知从什么时候起，古霞再也没听刘天雷说“懂了”这两个字，是“太懂了”不需要说了？还是不需要“懂了”？还是厌倦了懒得“懂了”？古霞心里的不确信从没像现在这样茂盛。是不需要“懂了”吗？是因为两个人柴米油盐过起了日子就可以省却以前那些刻意经营的东西了吗？最坏的就是厌倦了，懒得“懂了”，那就意味着两个人啥都没了，这是古霞最不想要的结果。古霞一遍一遍地回忆自己到底哪里做得不合刘天雷的心意？自己是打心底里把这个男人当作自己一辈子的依靠的。刘天雷今天提出的要求古霞确实接受不了，如果她和刘天雷的工资卡都让婆婆掌管着，那她以后的所有开销，哪怕是买一包卫生巾也要伸手跟婆婆要钱，这怎么可以？自己不图别的，日子过得下去就行，但是这种经济上的被人控制，自己的心里会不痛快。与其长期不痛快，还不如现在断然拒绝。刘天雷肯定也能理解，即使一时不理解，以后会慢慢理解的。

过了段时间，古霞的单位要给她补办养老保险，把前面欠缴的保险都给古霞补缴，个人缴纳的部分由古霞自己补齐。古霞自己卡上的钱不够，她就拿了刘天雷的银行卡去附近的银行提现金。

去了银行，古霞把银行卡插进取款机，输进密码，竟然提示错误。再输一遍，还是错误。古霞纳闷了，一直就是这个密码啊，怎么突然就不对了呢？银行的保安凑过来，盯了古霞好几眼。古霞像做了亏心事一样脸倏地一下红了，她赶紧把卡拔出来，掏出手机给刘天雷打电话。

“天雷，银行卡的密码怎么不对啊？你改了？”

电话那头的刘天雷沉默了一会儿。

“我忘了告诉你了。前几天，小马银行卡上的钱被盗用了……我们……我们都警了醒，把原来的密码改得复杂了些。”

“我说呢，那你也该告诉我一声啊，弄得人家保安老是在我身边转悠，还以为我是偷来的卡呢。”

“我这不忙起来忘了嘛。密码挺复杂的，我记在一张纸上塞在我工作服衣兜里了。我现在在外面，一时半会儿回不去，等我回去我去取吧，你该干嘛干嘛去。”

古霞一边往家走，一边抱怨：“死天雷，害得我白跑一趟。”

路两边的樱花在清风里扑簌簌地纷纷飘落，古霞心里怅然。还没来得及好好看看春天，春天却已经过去了。时光就这样，不经意间，它就老了。

第二天古霞又问刘天雷银行卡的密码，刘天雷说那个纸条他没找到，密码设得还挺蹊跷，怎么也想不起来了。

古霞说了句：“你什么意思呀？天雷我怎么感觉你变了呢？”

“你什么意思呀？我怎么就变了？我哪里变了？”刘天雷摔门就出去了。

古霞也摔门出去了。

古霞靠在门外一棵法桐树干上，禁不住委屈地哭了起来，直觉告诉她刘天雷改密码的理由显然是个借口。难道就因为我没同意把工资卡给婆婆？怎么办，为了每月那点儿工资跟天雷闹僵，是不是得不偿失啊，何况交给婆婆也不会有事，婆婆肯定会替他们攒着钱，哎……为了这个家，自己受点儿委屈又能如何呢，古霞突然想通了，擦一把眼泪，回家！

家里亮着灯，刘天雷肯定是回去了。

“天雷，给，把工资卡给妈保管吧，反正有你花的就有我花的。”古霞故意把自己的语调放得轻松随意。

“算了，你自己拿着吧。我妈改主意了。”

古霞愣住了：“刘天雷，你们娘俩这是耍我玩儿是不是？把我当夯包是不是？”

“你夯包，你一点儿都不夯，你精明着呢。”

刘天雷像上次一样突然转过身来撕扯古霞，古霞前胸的两粒扣子嘣的一声滚落到地上。此刻的刘天雷面目狰狞，一副要吃掉古霞的样子。

一种从没有过的屈辱占据了古霞，她拼尽全力一下子把刘天雷从自己身上推到一边，刘天雷没防备，从床上滚了下去。

一声脆响，古霞的脸上一阵酸麻。刘天雷打了她一耳光！

古霞从天旋地转中回过神来，她慢慢坐了起来，古霞很奇怪自己竟然没有哭，连一滴眼泪都没掉。

窗边的那棵玻璃海棠不知从什么时候萎蔫了，只剩两根主干挑着三两片干了边的叶子，在那里尴尬地挺立着。一切都在不知不觉中改变了模样。

窗外淅淅沥沥地下着雨，雨水贴着窗玻璃蜿蜒而下。一个人的雨夜，总是那么潮湿那么漫长。

古霞盼着天快点儿亮，天亮了，昨天就过去了。

天快要亮的时候，刘天雷一翻身，把胳膊搭在了古霞身上，然后把古霞搂紧了：“古霞，别生气，我错了！”

古霞一动不动。

“我错了，我以后要是再碰你一指头，我就把手剁了，原谅我好吗？”刘天雷把古霞搂得更紧了。

古霞叹了口气，原本紧绷着蜷缩在床边的身体一下子松弛下来，她原以为自己心里再也散不开的晦暗终究还是透进来一束光。古霞慢慢转过身来，把刘天雷搂紧了。对刘天雷，古霞觉得自己总是那样没骨气，她的心永远硬不起来，前一刻还那么多的委屈与愤懑，前一刻还恨不得和刘天雷大路朝天各走一边，刘天雷一搂一抱，一句服软的话，古霞立刻就沦陷。

（10）

方英请假了，她跟古霞说，她要和杨金水一起回云南。古霞其实也很想回一趟娘家，但是刘天雷近期特别忙，她也就打消了这个念头。

方英不在，古霞感觉自己特别孤单，厂里其他人几乎都是高密本地的，平时不怎么跟古霞来往。

古霞知道方英请了一个月假，这都两个月了，还不见她的影儿。古霞心里犯起了嘀咕，难道回了娘家不想回来了？

人就是不能念叨，下午下班的时候，方英来到了厂里。

方英的样子把古霞吓坏了，她的头发挓挲着，眼睛红红的，嘴角鼓着水泡，脸上像挂了一层霜。

“怎么了方英？天啊，回了一趟家咋成这样了？”

方英和杨金水回云南其实挺顺利的，赶上了那边最好的天气。还几乎把镇康都走了个遍，把每个地方的阿数瑟都领略了一番。杨金水说他这辈子知足了，死了都值了。

事情出在回到济南以后，他们没赶上合适的火车，于是从济南坐大巴回高密。在高速路上，大巴车和一辆载着水泥管子的卡车撞上了，车上的人死了九个，杨金水的腿被水泥管子砸断了，因为断掉的腿已经被水泥管子砸成了肉泥，接不上了，杨金水成了残废。

古霞的脑袋嗡的一声，蒙了。

“古霞，我怎么办？我怎么办呀……”方英哭得上气不接下气。

古霞只能紧紧地搂着方英的肩，却不知道如何安慰她。

方英去找厂长请了长假照顾杨金水。从厂里出来，她去超市买了包成人尿不湿就急急忙忙往家赶，一进屋，她就听见杨金水杀猪一般的哭号。

方英把手里的东西一扔，一个箭步进了卧室，卧室里臭气熏天。

杨金水闹肚子了，稀薄的大便粘得满床单都是。

方英跑去卫生间接了盆温水，先把杨金水身上的大便擦干净，然后把他抱起来，想把他挪到沙发上再清理床单和被褥。方英脚下一滑，两个人同时跌到了地上。杨金水双手捶着自己的头："我已经废了，我还活着干吗？你还让我活着干吗呀？"

方英抱着杨金水的头，杨金水的拳头打在了她的身上。

"杨金水你个浑蛋，你这样子还不如杀了我呢！"

方英的一声大吼让杨金水停止了挥舞的拳头。

"天塌不下来，金水，只要还有一口气，日子就得往前奔。"

方英把杨金水背到沙发上，打开窗通风换气，一边流着泪，一边扯着床单。

杨金水满脸通红："方英，你怎么这么不要脸，谁让你在这儿了，谁让你在这儿了，你死皮赖脸地赖着不走，就是为了故意埋汰我是不是？"

"我贱，我贱行了吧！杨金水，不要以为你这样就可以欺负别人，老娘不吃你这一套。"方英把床单团成一团，一下子砸进了垃圾桶。

"你就是贱，你这样贱的女人，不知被多少男人弄过，我会爱你？我以前那样说只不过是为了弄你，做梦吧，滚，哪儿凉快滚哪儿去！"

"杨金水，你再说一遍。"

杨金水用更恶毒的口气把刚才的话重复了一遍。

"杨金水，你说我敢不敢死在你面前？"方英抄起了茶几上的水果刀。

"死吧，你死不死与我何干！你是我什么人？拿这个来威胁我，真是笑话！”

“好，杨金水，你这个狼心狗肺的杂种……”方英手中的刀子在脖子旁边晃了一下，殷红的血立马顺着脖子流了下来。

“方英，你这个贱货，你真是个贱货，你欺负我治不了你是不是！”杨金水一下子从沙发跌坐在地上，地上的便盆被他打翻，尿臊味弥漫开来。杨金水抓起地上的便盆，狠命地朝自己脑袋一下一下地砸着。

方英扔下刀子，扑过来抱住杨金水，她把杨金水的头搂在怀里：“金水，你别这样，我得好好活着，你也得好好活着。我们都得好好活着，为了我们的孩子，你也得好好活着。”

“孩子？”

“我怀孕了，金水，我怀了你的孩子。”

杨金水跪在地上，用手捂着方英脖子上流血的伤口，他的眼泪奔涌而出。

“方英，别傻了，把孩子拿掉，我以后不能陪你了，去找个踏实过日子的人嫁了吧，你还年轻，不能把一辈子耗在我身上。听我话，我还有父母，他们虽然不如别人的父母健康，照顾我还是没问题的。”

“杨金水，你的心气跑哪去了？腿没了怎么了，你还有手啊，高密城里多少缺腿少胳膊的人，人家也没饿死啊。你不是想整理各个地方的民俗艺术吗，这不是正好能安静地干点事了吗？”

杨金水一个劲地骂方英傻。

半夜的时候，方英突然大叫一声一下子坐了起来，刚才的噩梦让她的心突突突地乱跳，简直要跳到嗓子眼儿了。

方英用手一摸，杨金水竟然不在床上！她一个激灵打开灯，杨金水不知什么时候爬到了床下，坐在窗边的地上，他把一根尼龙绳系在拖布的杆上，正试图用拖把杆把绳子穿过窗上的把手。

方英这次没吼叫，她安安静静地拿起了绳子的另一头，打了一个活结，把绳子拴在门框上，搬了个凳子站上去，脖子就往绳套里钻。

杨金水一边艰难地往方英那儿爬，一边说："方英，我错了，我再也不了！你快下来，我再也不了！我再也不了！方英，我给你磕头，我跟你保证，我杨金水不会再有下次了……"杨金水真的爬在地上磕起了头。

方英把脖子从绳套里缩回来，下了凳子，扳起杨金水的脸，一字一顿地跟杨金水说："记住你今天说的话。"

（11）

自从知道杨金水出了事，古霞一直放心不下，白天上班没空，她就尽量晚上去找方英，看看她有啥需要帮忙的。古霞晚上出去还得对刘天雷编一个说得过去的理由，她知道刘天雷对方英有成见，能不让他知道就尽量不露马脚。

从方英那里回到家，古霞看见刘天雷一脸严肃地坐在沙发上。

"他是谁？"

"什么？"古霞一边换鞋子一边问刘天雷。

刘天雷一把扯住古霞："你给我说清楚，他是谁？你那天见的人是谁？这段时间你鬼鬼祟祟的是不是一直跟那个人见面？"

古霞心里咯噔一下："你今天这是咋了？"

"我咋了？自从你见了那个野男人，就跟丢了魂儿一样。古霞，真没看出来，你还会这一手。"

"谁跟你说的？"古霞一下子机警起来。

"你不用管谁说的，你就说他是谁？"

"……"

古霞的欲言又止反而让刘天雷更加确信了外面传的并非谣言。

看着刘天雷一副盛气凌人的样子，古霞索性什么都没解释。

古霞的沉默在刘天雷看来就是理亏词穷，是心里虚。刘天雷一扭头出了门，晚上没回来，第二天也没见人影。

古霞给刘天雷的父母打电话，给刘天雨打电话，但是都没有刘天雷的消息。

古霞坐在沙发上等刘天雷到了十二点，实在撑不住了，趴在沙发上迷糊起来。早上醒来，古霞赶紧进卧室看了一眼，刘天雷不知什么时候回来的，衣服没脱，裤子上沾着一片树叶，趴在床上打着呼噜。

古霞身上没有一丝力气，但还是去上班了，与其在家憋着闷着，还不如去车间干点活兴许心里还能好受些。她还没进车间，就听见里面吵吵闹闹。进门一看，方英和陈香红正在干架。方英骂陈香红是个人前一套人后一套的小人，专门背后阴损使坏。

古霞听了一阵儿，明白了方英为什么骂她，陈香红告诉了杨金山方英的住处。古霞突然明白了刘天雷的消息从何而来。战争平息之后，古霞把方英拉到一边问她怎么办，杨金山那边如何解决。方英告诉古霞，去云南之前，杨金水已经解决好了。杨金水把方英家收的杨金山的钱全部还给了杨金山。自己因为杨金水受伤，一直没顾上来找陈香红算账。

“这么简单就解决了？我看杨金山那个样子好吓人，还要杀人呢。”

“那个夯包，他真要有这尿性我还能看不上他？金水说了，他哥也就这点儿出息。”

古霞回到自己的工作台面，方英的麻烦早就解决了，可是因为方英自己的麻烦还不知道如何化解呢？古霞今天裁的衣料好几个地方出了错，被陈香红训了好几次。挨训还是小事，月底会被扣工资的，古霞简直沮丧到了极点。

晚上回到家,刘天雷不知什么时候回的家。他抬头看了古霞一眼,却一句话没说低头擦着鞋油。连日来的担惊受怕,车间里的接连出错,突然间让古霞感觉异常疲惫,也特别委屈,她一下子扑到床上呜呜地哭了起来。

“干吗呢?是不是被那个野男人甩了?”刘天雷开口第一句话就差点儿让古霞爆发,可是古霞用手按住自己的胸口,告诉自己要忍住,千万忍住。

古霞尽力让自己的腔调变得平和:“天雷,你可能是误会了,那个人跟我没啥关系,他是……是他把方英领到这儿来的。”

“就是被方英那个烂玩意儿骗了的二百五吧,你们那儿叫夯包是不是?”

“天雷你不能这么说别人。”

“不这么说我怎么说?方英就是烂玩意儿、贱货,到处骗男人钱的贱货!”

“刘天雷你不要太过分了,我和方英是姐妹,你不能这么说她!”

“你还跟她姐妹?那都是烂货!没一个好东西,我真后悔,没听我妹妹的劝。”

刘天雷的这句话如兜头一盆冷水浇下来,古霞一下子清醒了。

所有过去的不愉快,古霞以为过去了就是过去了,一个屋檐下,哪对夫妻会没有一点儿不愉快呢,可是她发现自己错了。刘天雷的不愉快没有过去,而是一层一层地压在他的心里,一层层加厚,堆在一起,在发酵,在膨胀,等哪一天一个契机到来,这些发酵膨胀的东西便会以变本加厉的力量喷发出来,那是一种决绝和暴戾,有剜心挖肺的杀伤力。

古霞觉得自己再也没有必要忍下去了,她抓起桌上的一个水杯朝刘天雷扔了过去。刘天雷一闪身,水杯摔在了地上,他的怒火也腾地一下燃了起来。刘天雷眼里喷着火,他的拳头几乎就打在了古霞脸上，又放下了。他把脚边的一个暖水瓶一脚踢开，“砰”的一声，暖瓶胆爆裂的声音让古霞停止了哭泣。

接下来的几天，古霞最担心的事情发生了：刘天雷和古霞之间开始了令人窒息的冷战，两人之间的空气像死亡一般坚硬而冷峻。

刘天雷一连好几天没回家，对古霞来说，刘天雷不在，那个家就变成了一所没有温度更没有快乐的冷冰冰的房子。

古霞在大街上游荡着找刘天雷，晚上没吃饭，可她一点儿都没觉得饿。

深秋的月亮带着露水湿透的寒气，月光是那样清冷孤寂，仿佛参透了人世的薄凉与世人的苦辛。有树叶从路边法桐的枝头掉落下来，树叶的掉落是树的一种退守，这种退守是为了来年的再度繁华。古霞呢，无论如何凋零，她都无处可退，更无心可守。

厂里、刘天雷爸妈家、刘天雨家，古霞像疯了一样一连找了刘天雷好多天，最后竟然在神仙巷这里找到了他。找到刘天雷的那一刻，古霞丝毫没有兴奋与欣慰，反而突然觉得自己一下子空了，整个人轻飘飘的没着没落。她发现有些东西已经永远地离她而去了。这几间摇摇欲坠的破房子，在一片废墟中苟延残喘。刘天雷装睡也罢，真睡也好，古霞都已经无意把他叫醒。古霞发现自己心里竟然没有了一丝怨气，好像这一切都与她无关。一个女人抱怨，是因为她还有期待。当期待不再，怨从何来？古霞感觉自己的身体被一种叫作失望的东西洞穿，生命的力量从这个洞里一丝丝逸出，一点点飘散。

古霞从破房子里出来，她突然做出了一个让自己都吃惊的决定——回家，回云南老家，回到自己该去的地方。

1998 年来到高密，到现在已经十几年了，兜兜转转十几年，转来转去又要回到原点……

胡同口那株月季的枝干被一堵坍塌的砖墙压在了底下，几朵逾季开放的花朵被掩埋在散落的尘埃下，只有几片零落的花瓣在寒风中飘起又坠落，消失在市井的喧嚣中。

（12）

车票买好了，古霞要去找方英告别。走着走着，她突然停住了脚步——时代广场的喷泉旁边，方英推着坐在轮椅上的杨金水，杨金水的手里拿着一个播放器，“阿数瑟”的曲调萦绕在小康河的红色廊桥和绿树之间。

想你不得青山望，
只见青山不见你。
隔山叫你山答应，
隔水叫你水压音。
叫你三声不答应，
答应半声有多难……

方英合着曲子的节奏推着轮椅转圈，和杨金水你一句我一句忘情地唱着。

归巢的鸟儿在枝叶间唧唧啾啾地鸣叫，傍晚金色的阳光之下，方英的脸上透着从生命深处散发出的光泽，目光是那样平静，那样安详……

半部天书

每一个人的命运都是半部难解的天书
女人尤其是

（1）

一条乡间道，一路车马喧。

臭儿坐在披红挂彩的大马车里，透过红盖头细密的缝隙，窥看着周遭的光景。她不时地掀起一个角，往外探看到哪儿了，到哪儿了？红红的一片看不明朗，干脆摘了盖头。臭儿着一双大红的鞋子，大红的裤子，大红的绸缎小袄。两条乌黑油亮的大辫子，辫梢扎着大红的头绳，映得臭儿的脸红扑扑的，一双黢黑黢黑万古春的大眼睛，漾着欢喜，眼角眉梢都是笑——那种羞怯怯的笑，那种美滋滋的笑。

臭儿前面有四个哥哥，娘快五十了添了这个丫头，金贵得很，就取名叫了臭儿这个贱名，为的是能消病免灾，长命百岁。

自从去年小阳春里相看了四龙，臭儿的心思也如那小阳春一般，好似揣了个小鹿，欢蹦蹦地乱踢腾。心里眼里老是晃着四龙的样貌，那样高大，那样瓷实，一双眼睛里似藏着几世几遭的情意，看得臭儿心里毛毛的。相看完了，娘问她："中不中？"

臭儿故意噘了嘴，不作声。

"哎呀姑奶奶，人家的闺女哪让自己相看，都是爹娘做主，成亲那天才见着女婿面呢。你可倒好，这么个好后生，你倒没看中？都是我和你爹把你惯坏了，不知道好歹了。没看中就没看中吧，明日跟媒人说说。"

臭儿急了，把辫子一甩："哪个没看中了？"脸一红就跑进了西屋。

臭儿爹娘的脸上顿时乐开了花。

（2）

马车用几道竹条扎成了拱形，上面搭了红花席，盖了红花毯，就成了迎亲的喜车。马车经过几个村庄，到了一个集市，人多热闹，走走停停，臭儿心里那个急啊。

终于到了，赶车人吆喝住马，臭儿听见噼噼啪啪的鞭炮响了起来。伴娘掀起马车前面遮着的花毯，臭儿赶紧把盖头遮到头上，手给伴娘搀着，抬脚下车。脚刚一伸出车外，就听到看新媳妇的人群七嘴八舌地议论开来：

“看看，看看，没裹脚呢！”

“怎么是个大脚，啧啧，可惜了，可惜了，听说长得俊着呢。”

“就四龙那样，大脚怎么了？”

唬得臭儿真想把脚拉回来，这才知道，娘为什么以前逼着自己裹小脚，自己要死要活不同意，娘前脚刚走，她就把裹脚布偷偷地解下来。几次没成，毕竟是自己心尖尖上的这块肉，不能逼出个三长两短来——臭儿娘也只剩下叹气的份儿。

“哼，大脚怎么了，大脚走路稳当，干活麻利！”臭儿心里暗自嘟囔，抬脚蹦下车来，连伴娘垫好的脚凳都没踩。

（3）

锣鼓喧天鼓噪起来，臭儿随着伴娘的牵引进了门，端坐在西屋炕沿上。

熙熙攘攘喧闹了一天。晌午，后晌饭竟然都没见四龙一起吃，臭儿心里纳闷啊："难道水西这里就这风俗？"

其实，从臭儿家到四龙家水西庄也就五六十里路，没成想还这么不一样。在臭儿庄上结婚都是拜完堂就把盖头揭了，晌午饭是和新女婿一起吃的。臭儿心里犯着嘀咕，吃饭也没有心思，草草了事。几次想和伴娘搭话，大家就跟躲着她一样，吃饭时只给她端上三碟俩碗的，给她揭了盖头，让她好生吃饭，并嘱咐吃完再把盖头蒙上。臭儿端详着屋内摆设，炕前里摆着一箱一柜，一张三抽桌，都是老红色，颜色看上去不是很新，倒也说得过去。

臭儿坐在炕头上，腿都麻了，腰也酸了，心里骂着这破水西，怎么还这样，这盖头挡明遮黑得弄得臭儿心里说不出的烦躁。掀起来看看，天都黑了，窗台上的长明灯这才觉出亮光来。

吱呀一声，门开了，一个人趺趺撞撞地趔趄着过来，满嘴的酒气。臭儿心里紧了起来，莫非是四龙？

那人进来就朝着臭儿扑过来，臭儿吓得扯了盖头。天，站在她面前的是个什么东西，一只眼血红，一只眼里长着个"萝卜花"，嘴有点儿歪斜，闭不严一样流着哈喇子！

"你是谁？"

"我是四……四龙。"

"死出去，赶紧死出去，喝了点猫尿你不知姓啥了，还冒充四龙！"

"我就……就是四龙。"

"四龙哪是你这个熊样？！"

这人一边对臭儿动手动脚，一边分辩："你问问，你……问问，我怎么不是四龙？"

臭儿心里一个激灵，警惕地站了起来："那，去年春里俺看的人是谁？"

"是……是俺，俺姑家的表弟。"臭儿像五雷轰了顶一样，杵在那里。

“你个狗娘养的浑蛋，你这不是……”臭儿嘴唇哆嗦着，竟有点儿说不出话来。

“天上……那个织女配牛郎，地……下那个瘸驴配破车，你个大脚板子，长得再俊也不值钱，也就是，找……找个俺这样的。”说着就又去拽臭儿。

臭儿一把抄起窗台上的长明灯，朝着四龙就要砸，四龙一躲，灯里的洋油溅了臭儿一身，臭儿干脆把灯芯子拔了，把洋油浇在自己头上，泼到炕前的箱上柜上，拿着洋火。

“你个混账王八蛋，今天你敢动我，我就把自己点了，把你这狗窝也点了！”

四龙一下子酒醒了八分：“不能点，不能点，这些家什是俺爹从棒子家借来的，你可不能胡来。”

“家什是借来的！人是调了包的，是不是你老子爹老子娘也是借来的，是不是你这个杂种也是借来的！”臭儿几次想擦着那洋火，手打着哆嗦，点不着。

四龙吓傻了，再也不敢造次：“好了好了，俺不动你，你消消气，消消气。把洋火放下。”四龙说着，一屁股坐在炕前里，脊梁倚着门，时不时拿眼瞟一下臭儿想伺机夺下那洋火，不管臭儿怎么骂，他都气不抽屁不放。

臭儿骂得累了，坐在炕头上，眼泪吧嗒吧嗒地砸在她的红袄襟子上，但还是死死地攥着那洋火。

两人就这样割据一方，坐了一宿。

（4）

第二天，臭儿把娘家的陪嫁衣物收了一包袱，一脚踢醒坐在房门口的四龙：

“起开，老娘要回家。”

四龙揉搓着他那只带萝卜花的眼：

“咋，你要走？”

“走，当然要走，这辈子别让我见着你这个奸曹鬼坏的私孩子。”

“哪有那么便宜，为了你，你娘收了俺家两斗粮食，你要走，把粮食还给俺。”四龙倚着门更紧了。

臭儿猛抬腿，朝四龙裤裆就是一脚，四龙疼得趴在地上嗷嗷直叫唤，臭儿推开门就往她的老屯庄跑去。

一路跑，一路骂，一路哭。

到了家，臭儿也不理爹也不问娘，兀自跑到西屋里，趴在炕上呜呜呜呜号哭起来。

娘吓傻了：“妮子，你这是咋？今天才二日，怎的自己跑回来了？”

臭儿不答话，娘在一边干着急。爹沉不住气了，拿烟袋锅子敲着炕沿：“你待把你爹娘急死呀，有话快说，号管什么用？”

臭儿偏一下脸：“那个四龙，不是那个四龙。”臭儿爹娘云里雾里的：“究竟几个四龙？妮子，你跟爹说明白点儿，到底咋了吗？”

臭儿止住哭：“这个四龙是让他姑家表弟顶替相的亲，他是个独眼龙，这水西庄我是死也不回去了。”

娘一听，也蹲在地上号哭起来，忽然就擦擦眼：“妮子，咱已经过了门了，长得好看还能当饭吃，你闹闹，出出气，还得回去啊。”

爹吧嗒着烟袋：“咱收了老刘家两斗粮食呢，你不回去，哪能中？”

“还他，还他！”

“怎么还？给了你三嫂子家当了定亲礼了，还能再去要回来？”

“别闹腾了，吃了晌午饭，让你两个哥哥送你回去。”

“要去你去，我不去，除非我死了。”

“你死也死到老刘家去，反了，反了你了！”

臭儿爹气鼓鼓地出了门找他几个儿子去了。娘在一边又是骂四龙，又是劝闺女，鼻涕一把泪一把。

（5）

晌午饭一过，臭儿爹阴着个脸对着两个儿子："把你妹妹送回去。"弟兄两个都虎着脸来到臭儿面前，不由分说，一人夹了臭儿一条胳膊，把臭儿挟持起来就往外走，任臭儿如何哭爹叫娘都无济于事。

一路跌跌撞撞到了四龙家，哥俩把一直挣扎的臭儿绑在窗户棂子上，把四龙一顿拳打脚踢。四龙自知理亏，也不抵挡，任凭两个大舅哥责罚："这是替俺妹妹打的！人给你送回来了，再跑了，俺可就不管了。"

臭儿骂着两个狠心的哥哥，看着他俩弃她而去。

送走哥俩，四龙回来，也不给臭儿松绑，自顾自地、发着狠地扯烂了臭儿的衣服……臭儿反抗不了，就拿嘴死命地咬四龙，血粘了臭儿一身。

后来，臭儿跳过井，被人救起。臭儿往外跑，被人抓回。不论走到哪儿，都有老刘家的人不远不近地盯着她。

邻居王婶过来劝解："四龙媳妇，知道你委屈，但是，女人再倔，你还能强过命？怎么活还不是一辈子。"

臭儿不言语。

"你看看啊，那些小牛、小骡子、小马驹子，小的时候没牵没挂地到处淘，爱去哪儿去哪儿。等长到差不多了，都被人上了嚼子，套了笼头，拴了起来。这些刚笼络起来的小牲口，一开始都刨蹄子、尥蹶子，大呼小叫，最后又怎样，还不都乖乖地该拉车拉车、该推磨推磨？"

臭儿低了头，手里搓着的麻线绳打了结，怎么理也理不开。

三个月后，臭儿渐渐觉得身上懒懒的，胃里翻翻腾腾地难受。王婶告诉她大概是有喜了。

臭儿的心也渐渐地灰了——怎么过还不是一辈子，八成这就是我的命吧！臭儿的话一年少似一年，眼睛里似也蒙了一层灰。

眨眼之间，臭儿成亲竟也过去了六七年。这几年里，臭儿生了三个丫头，取名叫大香、二香、三香。后来又有了一个小子，叫元儿。

一年又一年，光阴如水。

（6）

大饥荒来了，村里村外，所有的野菜荒蔬，草根树皮，凡能入口之物，皆被饥民扫荡一空。饿殍遍地，惨不忍睹。

臭儿家里也不能幸免，熬一锅“粥”，清水里放点榆树叶，里面再放一点点棒子面，就是全家人一顿的伙食。这样的伙食不顶饥，元儿十来岁的小孩子，一顿能喝七八碗，喝完撑到自己都不能从饭桌旁边站起来。胀开的肚皮，撑得几乎连肠子都看得见，这时候最忌讳的是碰小孩的肚子，一不小心就能戳破。

实在活不下去了！四龙把三个丫头托亲靠友，都打发到东北嫁了人，最小的元儿，就这一个男娃，不舍得送出去，在家里继续挨饿。好在家里一下子少了三张嘴，终归能够轻省些。

屋漏偏逢连阴雨。三年饥荒刚过，四龙得了一种怪病，两只脚肿得像两头涨猪，还老是流脓淌水，听乡里人说这种病传染极烈。臭儿不许他再进家门。四龙被隔离在生产队看菜园的小屋里，不见天日。臭儿只是到饭点就给他送点吃的，也不说话，从门底缝递进去，便匆匆离开。四龙实在受不了折磨，一天夜里拿扎腰带把脖子吊在窗户棂子上，寻了死。

四龙被埋后，队里让臭儿清理四龙遗物，找个空场烧了深埋。其实也没什么遗物，几件粘了粪便的破衣裳，一个缺了沿的破碗，一地散着臭气的变黑了的干屎。臭儿该烧的烧，该埋的埋。忙活完，回到家，倒在炕上呼天抢地地哭号起来。

臭儿只剩下了元儿一个人，娘俩相依度日。家里没有男劳力，挣不到队里的工分，娘俩只有吃平均粮，日子过得紧紧巴巴。

东北的大香回来，看娘和弟弟日子如此窘迫，要接娘和元儿一起去东北。开始臭儿不同意，想想闺女们都在那里，加上大香好说歹说，终究把几间草坯房卖了，母子随着大香闯关东去了。

可臭儿恋乡心切，在东北大炕上，成宿成宿地睡不着觉，心心念念地想着关里的老家。东北住了不到半年，就开始吵着回老家。三个闺女怎么都劝不住，只是元儿却死活不回高密了。

大香给娘打上车票，一路咣当咣当，臭儿只身一人回了水西。回来之后又犯了难：房子早卖了，不用说锅碗瓢盆，连筷子都没有一根。在生产队里干会计的侄儿，给她求来队里饲养棚旁边一间弃置不用的开水屋让她住。一间有门无窗的小草房，由于常年烧水烟熏火燎，黑黢黢的，大白天都看不清屋内的光景。

说来人就是这么怪，整天吵着嚷着回老家，回了老家，却又想念她在东北的儿。一年下来，臭儿整天哭鼻子抹眼泪，念叨着她的元儿。有时候，坐在小黑屋外面，面朝着北方，一坐就是一下午。有时候，她在屋里静悄悄地躺着，若是听着外面有什么动静，就会呼啦一下子敞开门，嘴里嚷着："元儿，是元儿回来了吧？等着，等着啊，娘给你做猪肉炖粉条子吃。"等到看看不是她的元儿，她便一屁股坐到地上，浑浊的老泪顺着脸上的沟壑流了下来。一头枯草一样的头发在北风里无力地飘摇，一双眼睛蒙了尘一般，浑浊，空洞。

就这样折腾了近两年。时间久了，臭儿渐渐魔怔了，整天自己一个人待在小黑屋里念叨：

“元儿元儿我的儿，

开着飞机快回来，

元儿元儿我的儿……”

后面的，都听不清了，她嘟嘟囔囔的像呓语，好似走进了不为人知的另一个世界，又好似她眼前有个别人看不见的影子，她对着影子诉说，似天书一般无人能懂。

（7）

水西村的人都知道，臭儿疯了。

疯了的臭儿，倒是比先前话多了不少，大字不识的一个老婆子，有时候说话竟出诗答对，别人不管干什么她都去指指点点，说三道四，人家说什么，她都能插上话，好似没有她不通晓的理儿，没有她不知道的事儿。不知谁嘴损给她起了个“半部天书”的外号。这外名叫开了，人们竟渐渐忘记了她原先的名。

庄里有个外号叫“黄瓢”的，在生产队里赶大车。一天，黄瓢赶的那匹枣红大骡子，不知为什么撒了欢，差点儿把黄瓢压在车底下。黄瓢气急了眼，把枣红骡子牢牢地拴在树上，甩开鞭子，那鞭子跟打雷一样脆响，一下一下抽在骡子身上。骡子一开始还嘶叫刨蹄，打到最后，骡子身上一道一道的血印渗着。骡子前腿都站不住了，跪在地上，大口喘着粗气，头触着地面，嘴里吐着白沫，渐渐有点儿不支。臭儿见状，骂那黄瓢：

“你个死黄瓢，我问过玉皇老爷了，这骡子是你前几世的祖宗，你打你祖宗啊！玉皇老爷啊，黄瓢打他祖宗啊！”

说不了几句，自己又嘟嘟囔囔地开始了呓语。黄瓢不理这半部天书，继续打。臭儿捡起地上的干牛粪，径直往黄瓢身上砸。那黄瓢不打骡子了，追着疯婆子要打。

半部天书边跑边喊：

“元儿元儿我的儿，

开着飞机快回来。

拉着大炮回家来，

轰了黄瓢这祸害。”

这次以后，半部天书跟这黄瓢结下了仇，念叨元儿的时候，都忘不了“大炮轰了这祸害”。每次见着，都要捡起牛粪扔他。

（8）

那年腊月二十三，过小年。家家户户辞灶，放炮仗烧纸。半部天书茫茫然地听着噼里啪啦的震天响，吓得躲在小黑屋里，又念叨起来。

下半夜，当人们酣梦正香之时，不知谁喊了一嗓子：“着火了，着火了。”一时间，庄里鸡飞狗跳，喊声震天，人们出门一看，大火在饲养棚方向，火光照得人心惊胆战。人们挑水的挑水，拿锹的拿锹，朝着起火的方向跑去。

“快，快，在饲养棚方向上！”

“赶紧挑上水啊，西北角地瓜窖子那边那口井旺，大伙从那里挑水啊。”

“娘哎，俺的鞋咋不见了！”

孩哭娘号狗叫声响成一片。

人们大呼小叫地到了饲养棚，众人忽然一下子噤了声。饲养棚里二十多只牲口，都被人牵出了火场，拴在离火很远的两棵大槐树上。那些牲口悠闲地站在那儿，全然不顾人们的嘈杂吵嚷。

那半部天书躺在地上，一根碗口粗的房檩砸在她头上，人不知什么时候咽了气。她一头枯草一样的头发被烧掉了一大半，手被烧得没了皮肉，蜷成鸡爪一样抠进烧得发黑的地里。乡亲们不禁都落下泪来：

“这傻婆子，也不知道喊人。”

“这半部天书，当年老头子她都狠心不要，却为了这些牲口送了命啊。”

那个黄瓢哭得最凶：

“这半部天书，跟这些牲口……跟这些牲口投缘。”

“哎……”

“这天书，搞不懂，搞不懂啊。”

（9）

半部天书残缺不全的尸体，被人拿一领破草席卷了起来，坟茔在庄北的槐树林里。黄瓢给她打的坟，仔仔细细地砌，坟里的五谷囤装的粮食全是黄瓢家的，那是他家不舍得吃的口粮，他全给了臭儿。

几棵没落尽叶子的槐树在北风里呼号，风卷起烧纸的灰烬，在树林里像鬼魂一样游游荡荡。事发突然，送殡的人群中没有一个她的至亲。

当最后一锹黄土把那张黄纸压在坟头，这半部天书，就这么永远地埋在了地下。从此，水西庄的人再也听不到这天书一样的呓语了。

这天书，以前，没人能懂，往后，更没有人会懂了。

（注：此文为我的长篇小说处女作《麦穗》的雏形）

会唱歌的黄玫瑰

芬芳是花朵的笑容
露水是玫瑰的眼泪

好花不常开
黄玫瑰会唱歌，也会枯萎

（1）

邢娜娜站在办公室门口，门是开着的，她不知道是该敲一下门以示礼貌，还是直接走进去。她抬头看了看门边墙上那个牌子：“信息中心”，没错，自己就是被安排在住建局信息中心。邢娜娜在门口犹豫了一会儿，把拖着的行李箱拉杆一下子摁下去，发出“啪”的一声响。办公室里低头忙着的几位都停下手里的活儿，抬头打量着站在门口的邢娜娜：她穿一条膝盖露着窟窿爹着毛边的牛仔裤，肩部镂空的黑色高领衫下摆扎在牛仔裤里。整个人看起来修长匀称，一丝浅笑挂在嘴角，柔眉细眼里有一种不易察觉的幽深和清冷，肩上一个奶油色小背包，手里还提着一个装得满满的白色塑料袋，小背包一会儿背在肩上，一会儿又抓在手里。

坐在靠门口的小姚赶紧站起来：“你就是邢娜娜吧，早就听说你要来，怎么才来报到？办公室张主任说安排你和我一个宿舍，走，先把行李放过去。”

邢娜娜注意到坐在办公室靠窗位置的那个人一直没说话，小姚赶紧把邢娜娜拉了一下：“这是咱们赵主任。”

赵主任像刚刚看见邢娜娜一样一下子站起来，板着的脸马上堆起了笑容：“欢迎，欢迎大学生。”邢娜娜又跟那个被称作老吴的同事打了招呼，算是跟科室所有人都认识过了。

听说邢娜娜是大连广播学院毕业的，不知为什么选择专业不对口的住建局。对于新人的到来，大家虽然好奇，但都不急于打听。来日方长嘛，神秘的面纱会在琐碎的日常中一点点揭开，急不得，也不用急。

可能是因为以前信息中心就小姚一个女的，邢娜娜的到来让她非常兴奋。她热情地拉了一下邢娜娜的手，又把给她预留出来的桌子用抹布擦了擦，还抢着帮她搬行李。宿舍在七楼，小姚和邢娜娜提着大包小包进了电梯。

七楼是顶层，可以居高临下环视周遭。整栋建筑是环形设计，四周是各个局机关挂着门牌的办公室。中间自上至下形成一个方形深井一样的巨大空间，像一个透明的巨大玻璃体，一个个房间像镶嵌在玻璃体内的小蜂巢，又像一双双挤在一起的眼睛，窥探着对面那一扇扇关闭的房门背后有着怎样一个迥然相异的世界。阳光从“深井”顶端的透明顶棚照进来，偶尔有云朵从上面飘过。

邢娜娜在走廊尽头的窗口那儿停了几秒钟，往外瞭望了几眼。

“快走吧，以后有的是时间看。”小姚催着邢娜娜。

楼道里碰到一个外单位的熟人，小姚赶紧腾出一只手来打招呼，结果怀里的一个手提袋哗啦掉到地上，散落出来一堆东西。最扎眼的是一只肩带和罩杯都严重变形的胸罩，可能因为洗的时候和别的掉颜色的衣服放在了一起，一个罩杯上染了一小片扎眼的黑。小姚一边说着对不起，一边蹲下身捡地上的东西。邢娜娜如临大敌一般急火火地把那些东西塞进手提袋，涨红着脸跑进了宿舍。

小姚追着她进屋，屋里两张床，一张床上被褥齐整，另一张光床板上放着几个闲置的纸箱，小姚赶紧把废纸箱收拾起来。

“这是你的床，我帮你铺一下吧。”

邢娜娜拒绝了小姚的殷勤，把行李丢在了床铺上，就再也没开口说一句话。小姚有点儿讪讪的，一个人回了办公室。

熟悉了几天环境，单位领导给邢娜娜安排了工作——公众号的编辑发布。这活儿，说容易不容易，说难也不太难。

小姚说：“其实这活儿也不麻烦，文字稿可以让各个科室提供，如果不用模板，把文字材料粘贴一下，再配几张图片就完活。”

“这活以前谁干？”邢娜娜说这话时脸对着桌上的键盘，像是自言自语，但语气分明是在问谁。

“这是一项新工作，以前的领导不注重宣传，也没弄啥公众号。”小姚瞅瞅赵主任和老吴的座位都空着，她就接了一句。一边说一边盯着手里的一沓文件，也像在自言自语。

邢娜娜微微点了一下头，不再吱声。

写稿对邢娜娜来说不是难事，上学时她就经常发表作品，排版要是不用模板倒也省事。但是邢娜娜就要用模板做，而且要用最好的模板，哪怕自己掏腰包付费。跟直接把文字拿来随便网上搜几张图片插进去相比，用模板做出来的文章效果确实不一样。技术含量提高了，费的工夫就要多，尤其是一开始各项操作都不熟练，比如一个拼图照片，在模板上大小合适，可是一复制到正文里就会比例过小，邢娜娜就经常加班加点，工作日晚上、周末加班成了常态。

邢娜娜的拼劲让赵主任既感动又讶异。

“小邢，别这么累，长期这样颈椎吃不消，工作重要，身体也要保重。编辑时有啥困难，就让小姚帮你，她以前做这个，比较熟练。”

邢娜娜愣了一下。

“赵主任，我没事……没啥困难。”

“听说你用的那些模板有的是收费的，你记着账，到时候从办公经费里给你报销。”

“没有多少钱，不报销也没事。”

“公是公，私是私，不能让你个人掏钱干活。”

邢娜娜感激地看了一眼赵主任，又开始在键盘上噼里啪啦忙活。

小姚发现邢娜娜经常站在走廊最东头的窗口那里，雕塑一样一动不动。有时候看到邢娜娜离开了，小姚就好奇地趴在窗口往外张望：天上一两朵白云，对面小区的几座跟其他地方并无二致的楼房，也没啥好看的呀？

这样子的加班后来终于被局长发现。局长虽然以前强调过不支持加班，但在全体职工会上，他还是单独表扬了邢娜娜。局长说一个刚大学毕业的小姑娘，工作这么踏实，真是难能可贵。邢娜娜听了赵主任转达的表扬，轻轻说了句："哪有啊。"

这三个字，虽然说得轻飘飘的，小姚还是听出了其中并不轻飘飘的味道。

公众号本来一次推两篇，也不用天天推。被表扬以后，邢娜娜改成了一天推三篇，每天推一次。

小姚意味深长地盯着邢娜娜的背影，模仿《智取威虎山》中的刁德一，用流行歌曲加京剧的唱腔哼了一句："这个女人不寻常。"

在机关上班，用餐为同事之间的交流提供了场所和契机。住建局有自己的职工食堂，平时看似死板的生活秩序到了开饭时间就开始变得活跃、热烈。同事们各自招呼着跟自己相处得来的结伴去排队打饭。女人尤其爱聚堆，这堆也不是随便聚，微妙也就在这时候体现出来了。能搭伙一起去餐厅的，一定是平时私交比较好的，至少是表面合得来的，且结伴在一定时期内是固定的。三五成群坐在一张长条桌上，最好是四个人，每边两个对面而坐。这样的坐法，即使低声耳语也能保证在座的人都能听见。有时候餐厅就餐的人都走光了，总有那么一两桌人还在交头接耳，聊得热火朝天。当然，结伴对象也不是一直固定，因为一些这样那样的原因，平时的"铁杆儿"突然间就疲软了，混到了别的饭桌谈笑风生。这样的变化不易察觉，但是总有细心的人通过蛛丝马迹发现其中的端倪。

邢娜娜刚来，认识的人只局限于同科室的几个，除了小姚，赵主任和老吴都是男的，吃饭结伴的话，也只有她和小姚。

到饭点了，小姚开了抽屉找出自己的饭卡，左瞅瞅右看看，坐在椅子上拖延时间。邢娜娜却像没事人一样，一直坐在办公桌前敲着键盘。

小姚看了一眼墙上的表，站起身："吃饭了，这么卖力，局长下次又该表扬你废寝忘食了。"

"你去吧。"邢娜娜回了一句，没说去，也没说不去。

小姚原地站了几秒钟，脸上的表情像板结的盐碱地，默默走出了办公室。

邢娜娜从不跟任何人结伴，她独自一人坐在餐厅最边角的位置上，谁也不看，只顾低头吃自己的饭。

邢娜娜饭后喜欢一个人在大门外的小公园那里转转。公园里一条东西走向的小河，河水清可见底，细风下的水波轻摇着，慵懒、澄澈，如一个梦境；红蓼倒映在水面，像飞进梦境中的一只蝴蝶。邢娜娜坐在水边一块石头上，手机中播放着杨青的古琴曲——《秋水》。《秋水》在春风中一遍一遍地循环流淌，十指生秋水，数声弹夕阳——古琴中有一种类似宿命的东西，有时候能让人内心的荒芜升腾出一丝人间暖色；有时候，又能让内心的荒芜更加荒芜。邢娜娜在琴声里把自己坐成一尊雕塑，一只蜜蜂围着她转了两圈，犹豫着落在她的衣袖上。它歪着脑袋看着邢娜娜，邢娜娜把目光从水面折回来，瞅着它，邢娜娜不动，它也不动。

快五一了，单位按往年惯例要组织相关的体育赛事。

办公室的小杨去各个科室动员大家报名参加比赛，小姚说自己最近膝盖有点儿疼，报不了名。邢娜娜也没说报名。

"你们信息中心总得出个人是不是？"见没人吱声，小杨一不做二不休，把信息中心个子最高的老吴的名字填了上去。

比赛的时候，小姚无意中看到 800 米的比赛名单上有邢娜娜。

"奇怪，不是没报名吗？"小姚自己嘟囔。

小姚忍不住好奇，背地里打听了一下。办公室的小杨小声告诉她："邢娜娜等大家都报完名后，找我看了看报名表，选了几个报名人数最少的项目。"后来又讳莫如深地加了一句：

"当然，报名就好，重在参与嘛。"

比赛的时候，小姚的目光始终没离开邢娜娜。邢娜娜按自己所报项目的顺序挨个儿赛事看，当看到哪一项赛事的竞争对手太强，她就会悄悄躲起来，裁判念了几遍名字没人吱声，就当弃权了。一个个项目比下来，邢娜娜基本都弃了权。最后一项是立定投篮。篮球，女职工平时基本不碰。邢娜娜因为个子高，以前在学校里打过几次篮球，也多多少少在校篮球队训练过几次，投起篮来自然手感比别人要好一些。裁判看到场地边就站了两个人，一个高个子是邢娜娜，跟邢娜娜形成了鲜明对比的是个三十来岁、矮胖、充满喜感的圆脸盘。

裁判看着眼前这两个人，无奈地咧嘴笑了："就你俩，还比吗？"

矮个子女人甩了甩齐肩的卷发："无所谓，比不比都行，反正就是图个乐儿。我本来报的铅球，结果就我一个，小杨又把我弄到篮球这边来了，哈哈。"

裁判又转头问邢娜娜："你呢？"

邢娜娜咬着嘴唇没吱声。

裁判犹豫了一下："既然不弃权，那就比呗。"

邢娜娜毫无悬念地拿了第一名。于是，那本鲜红的荣誉证书，敞开着，被当作装饰品一样架在她办公桌的一个台历架上。

办公室里来了人，瞅一眼大红证书，便会夸一句："哎呀，娜娜真厉害，第一名啊。"每当这时候，邢娜娜就挺挺胸，嘴里却说："厉害什么呀，你看人家姚明都打到 NBA 去了。"

"哎呀，野心不小啊，还跟 NBA 比开了。"

"比什么呀，我就是随口一说。"邢娜娜今天心情出奇地好。

那人再加一句："多少人参加的投篮比赛？竞争挺激烈吧？"

“既然是赛事，就有竞争嘛。”邢娜娜低下头敲着键盘。这样问她的人当中，有的确实是不知道当天比赛的情况，随口一问；也有的，本来就是知道比赛的只有两个人，故意那么一问。

小姚瞅一眼邢娜娜，撇嘴一笑。

邢娜娜又站在窗口那儿了。天有点儿阴沉，偶尔从云缝中漏下来的阳光变得稀薄透明，笼罩着雕塑一样的邢娜娜。窗缝处吹来的风拂过邢娜娜的肩头，发梢在稀薄的阳光下飘浮着，上衣镂空处露出的肩膀在阳光下显得冷寂又孤清。

从六月份开始,业务渐渐多了。住建局公众号的发布量越来越大，而且更侧重于专业内容。邢娜娜对这些不熟悉，她生怕自己说了外行话，做一期公众号要查阅不少资料，有时候，甚至要通宵熬夜。

赵主任又问邢娜娜：“怎么样？需要小姚帮你吗？”

邢娜娜瞥了一眼小姚，小姚假装没听见低着头拨弄手机。

“不用，我还能应付。”

邢娜娜就这样上班、加班、熬夜，上班、加班、熬夜，像永动机一样连轴转。她似乎对这样的生活并不厌倦，看起来有一种想用拼命工作代替什么的疯狂劲。

这家伙怎么这么疯？她到底想干吗？是想在领导面前刷存在感？还是……

小姚还发现邢娜娜除了卖力地工作，每隔一月就会拉着行李箱行色匆匆地离开高密。即使单位有紧急任务需要加班，她也会找出各种无懈可击的理由避开加班。领导鉴于她平时那么拼命地工作，也不会太难为她。同事问她去哪儿了，她总是用三个字来回答：“没去哪。”从来不多说一个字，那语气，分明是告诉你，不该问的就不要多嘴问。

邢娜娜真是一个谜。

（2）

时间像长了翅膀，飞一样就到了第二年春天。翅膀一扑棱，又到了三月。局里要举行庆三八活动，上午是联欢，下午朗诵比赛，这次活动规格不低，电视台派了两个记者来拍照录像。

大家交头接耳，议论着那个扛着摄像机的电视台记者真像电影演员胡兵。

“以前没见过这个记者，新来的吧？”

“应该是吧，听说叫周兵。帅哥一枚啊，姑娘们，没男朋友的赶紧去留个微信啊……”妇女主任黄庆霞坏笑着，把食指放在嘴上嘘了一声。

周兵在舞台前转来转去，忙着选最佳拍摄位置。他正扛着摄像机选角度，没注意脚下音响的连线，在大家的惊呼声中一个趔趄。邢娜娜刚好坐在排椅最外边的位置，她条件反射一样一下子抓住了周兵脱手的摄像机，自己的胳膊砰的一声磕在了前排的桌角上，疼得她当即喊了一声。

周兵脸色煞白，他愣了一会儿神儿，才如梦初醒一样赶紧抓住邢娜娜的胳膊：“没事吧？没事吧？”

“你是问摄像机没事还是问邢娜娜没事？哈哈哈。”黄庆霞大大咧咧地开着玩笑，邢娜娜赶紧把摄像机还给周兵，红着脸捂着胳膊躲到了一边。黄庆霞过去检查了一下邢娜娜的胳膊，让邢娜娜的胳膊动了动确认没骨折，只是外面有点儿挫伤，她就开起了玩笑：“周记者，今天可是美女救英雄啊，这个情看你怎么还？”

周兵连着说了几个感谢，笑着看了一眼邢娜娜。

“人情债，当然得拿人还。”另一位记者开起了玩笑，引来大家一阵哄笑。

有惊无险，比赛继续。

后来听另一位记者说：这个摄像机价值不菲，要是在周兵手里出了事，处在试用期的他肯定得卷铺盖走人。

演讲比赛的气氛非常热烈，轮到邢娜娜上场了。大家发现这个平时不声不响的小姑娘今天情绪格外高昂，胸脯随着声情并茂的演讲剧烈起伏着，时不时来一个手势，对自己发音中的情绪进行一下渲染，台下不断地掌声雷动。

邢娜娜从台上往下走的时候，记者周兵一边鼓掌一边冲她竖大拇指。

同事们都把每年例行公事的朗诵比赛当作一次娱乐，大多数人根本没放在心上。评委公布分数时，唯有邢娜娜紧张到双手出汗，公布奖项都是从低的等次开始念，先念优秀奖，又念三等奖，念过几个名字没有她，邢娜娜既高兴又害怕，高兴的是低等奖里没有她，那她还有机会高一个等次。害怕的是，往后的等次要是也没有自己，那她就丢人丢大发了。

宣布完二等奖，还是没有她的名字，邢娜娜把胳膊使劲支撑在桌子上，她能感觉到自己身体的战栗，如果不是紧咬着牙关，她怕她的牙齿会不自觉发出响声。

台上的主持人在模仿电视节目上宣布最后一个大奖时的故弄玄虚，俗套地卖着关子。最后，她终于听到主持人字正腔圆念出了三个字：“邢娜娜”——这个平时听惯了的称呼，今天听起来格外亲切，格外悦耳，格外让人振奋。本来脑袋伏在桌面上的邢娜娜一下子挺直了脊背，她真想跳起来大叫几声，她看看左右，把涨红的脸埋在张开的双手里，慢慢呼出一口气。

这时候，评委组的一个人急匆匆走上舞台中央，对着主持人耳语了几句。主持人的表情僵了一会儿：“刚才的计算有些瑕疵，有一位选手的得分 9.7 错误地写成了 9.1，咱们这个排名略微有了变动。邢娜娜 9.65 分，第二名，第一名是……”

邢娜娜没听完就离开了现场，她躲在空无一人的办公室里，一下又一下地抹着眼泪。小姚看着邢娜娜落魄的样子，犹豫了好一会儿，说了一句：“其实你的演讲水平真是最好的，是不是……是不是着装影响了评分？”

邢娜娜愣了一下，摸了一下自己高领衫肩上那两个镂空的窟窿，还有牛仔裤膝盖处那两个破洞，停止了哭泣。

好不容易过个自己的节日，姐妹们晚上都强烈要求聚一下。妇女主任黄庆霞一脸兴奋，脸上的皱纹都笑成了一朵金盏菊：“今天拒绝做饭，大家 AA 制，去凰都国际酒店吃大餐。电视台的两位记者今天是特邀嘉宾，其他男士，靠边站。”大家拍手尖叫，齐声响应。

晚上出现在酒店的时候，邢娜娜身上的四个窟窿不见了，换了一件奶油色棉线衫，一条藏青色的长棉裙，干净清爽之外又多了几分温婉柔媚，情绪似乎也恢复了正常。

小姚发现，周兵站在邢娜娜对面，忍不住多看了她几眼，忍不住又多看了几眼，眼神里萦绕着诠释不尽的内容。小姚有点儿莫名的失落。

酒店内灯火辉煌。姐妹们都各自带着家里藏的红酒，各个牌子的凑一起，在桌上排了一条长龙。

“今天谁都不准拿捏，不醉不归。对了，两位记者跟着忙乎了一天，姐妹们一定要把他俩招待好了啊。”黄庆霞一声吆喝，大家随声附和，“没问题，一定把他俩伺候到爽歪歪，今天谁拿捏以后的三八节就把谁除名。”

A 城人说喝酒不叫喝酒，而是“哈酒”，一个“哈”字，发音时需要大张开嘴，比那个瘪着嘴压着舌头发出的“喝”字，多了一份豪爽之气。

周兵不知什么时候坐到了邢娜娜身边。邢娜娜端着高脚杯，出神地看着杯子里被自己晃来晃去正在旋转的干红，那个红色的旋涡似乎把她吸进了虚无，她目光直直的，空洞又茫然。

姐妹们似乎达成了攻守同盟，一个接一个挨着敬两位记者的酒。只有邢娜娜谁也不敬，别人喝她就跟着喝。

周兵的眼神有点儿迷离了，迷离的眼神老是在邢娜娜脸上晃来晃去。小姚还发现，周兵一直不离邢娜娜左右，就连去别的桌敬酒也要把自己的相机放在座位上，生怕别人占了自己的位置。

吵吵嚷嚷之间，邢娜娜已经喝下了差不多一瓶红酒，她感觉自己的身体变得轻飘飘的，如果不是自己的双手抓着桌子沿，她怕自己真的会飞起来。

“砰”的一声，又一瓶干红被打开放到了桌上。

“谁还敢哈？”

“我！来，满上！”

“小邢，别喝了，干红有后劲，小心上头！”周兵实在忍不住了，就差给邢娜娜夺酒杯了。邢娜娜才不管什么上头还是上脑袋，只管嚷嚷着上酒。

邢娜娜突然抱住黄庆霞的肩膀，声嘶力竭地哭号起来。这突如其来的举动让热烈的气氛一下子冷了下来，大家都你看看我我看看你，这是唱的哪一出啊？

有几个还在劝酒的人也停止了喧哗，酒席被点了急刹车，直接从高潮进入尾声。

散席后，她们把邢娜娜送回宿舍，周兵也要去送她，另一位记者拉着他：“行了行了，你一个大老爷们儿瞎掺和什么？”

看着邢娜娜醉得不省人事，黄庆霞安排小姚照顾邢娜娜，叮嘱她别回亲戚家去了。邢娜娜和小姚都是单身，都不是本地人，又被安排在同一个宿舍，可是因为报到第一天的别扭，小姚尽量避免和邢娜娜单独相处，经常跑亲戚家去住。

来到宿舍，小姚帮邢娜娜扫床铺被。枕头上趴着一只“臭大姐”，小姚赶紧把枕头拿起来用力扑打了几下。稀里哗啦，从枕头套里落下来一大摞车票，小姚一愣。她看了一眼像一摊烂泥一样横躺在床上的邢娜娜。

那些车票是按时间顺序排好的，而且很有规律，每个数字为单月的月份车票的目的地都是济南，每个双月的月份目的地都是青岛。小姚疑惑地扫了一眼邢娜娜：这家伙整天神神秘秘的，难道还有什么见不得人的勾当？看她的样子也不像啊。

自从那晚醉酒，小姚发觉邢娜娜身上有越来越多的难解之谜，对她既心存忌惮又越来越好奇。

第二天邢娜娜醒酒已经是上午九点多了。邢娜娜一下子从床上弹了起来：“坏了坏了！”

正在梳头的小姚吓了一跳：“什么坏了？”

“我昨晚没订车票，现在订肯定来不及了。”

“你要去哪儿？”

“不去哪儿。”邢娜娜不再理小姚，赶紧打开手机查询车票。

小姚不敢再问了。

（3）

这段时间，邢娜娜发觉以前没大说过话的好几个同事突然殷勤地招呼她一起去餐厅吃饭。一个人孤清惯了，她一时竟有点儿无所适从。也有的人私下给她发微信，对公众号的排版布局或者语言风格大加赞赏。

黄庆霞来到信息中心转了一圈，看见邢娜娜投篮的获奖证书，把邢娜娜夸奖了一顿。然后话锋一转："娜娜，自从你来了还没跟你坐下来好好聊聊呢，中午咱一起吃饭啊，到时候我过来叫你。"

小姚抬起头，看了一眼黄庆霞。

邢娜娜愣了一下，还没等她说去还是不去，黄庆霞一闪身出了门。小姚又朝黄庆霞的背影剜了一眼。三八节那次，黄庆霞这个妇女主任给邢娜娜的印象不坏，邢娜娜磕到胳膊，她的关切虽然有点儿虚张声势，但还是让邢娜娜心里很温暖。

在黄庆霞一再地殷勤招呼下，邢娜娜心怀忐忑地跟着她去吃了一两次。吃饭的时候，黄庆霞不断把自己餐盘里的里脊肉夹给邢娜娜，邢娜娜赶紧拿胳膊挡黄庆霞的筷子。架不住黄庆霞的热情，泛着油光的里脊肉一会儿就在邢娜娜的餐盘里堆成了一座小山。

"你这么瘦，多吃点肉，女孩长点肉好看。娜娜你刚来单位，有啥困难跟我说，有啥心里话也可以找我唠唠。"黄庆霞一边吧唧嘴一边朝邢娜娜说话，并没发觉嘴里的饭渣喷到了邢娜娜的餐盘上。

邢娜娜用筷子挑着油炸豆腐片底下的几根豆芽送进嘴里，皱着眉头，一副难以下咽的样子。

黄庆霞喝完了碗里的稀饭，又起身添稀粥去了。

邢娜娜赶紧拿起一张餐纸，把里脊肉盖住，起身端起餐盘快速把里面的菜倒进了垃圾桶。

黄庆霞回来："呵，这么快就吃完了？"

"嗯嗯，我从小吃饭就快。"

第二天，另一位同事又来叫她吃饭，这次不是两个人，是四个。小姚看邢娜娜一副犹豫的样子，对她说："去吧，黄主任叫你去你去，人家叫你去你就不去了，厚此薄彼，不好吧。"

邢娜娜又去了一次。

再后来，无论谁叫，邢娜娜都不再去了。别人在餐桌上谈古今中外的各种趣闻轶事，或者家长里短，或者婆媳之间的别扭龌龊，或者育儿经验，或者花边八卦……她局促地坐在那儿，一句话也插不上。一开始她也想在心里搜寻话题，可嘴拙的人，面前人一多就会平白生出一些恐惧，一时搜寻不到话题就会着急，越急越恐惧，越恐惧脑子里便越像碗中的米饭一样，一片松散空白。尽管大家都对她很热情，似乎都想用如水的温情融合她，她却像一粒硬撅撅的无法溶解的颗粒物，在水与岸的交界处漂来荡去。她似乎已经习惯了一个人的世界，似乎对她来说，这封闭的、窒息的空间同时也是安全的、无菌的。就像一个在高原待惯了的人，一下子来到平原氧气充沛的世界里，反而会不适应，会醉氧。

邢娜娜决定回到岸上，既然无法溶解，那就干脆让太阳把自己晒干。

后来，在一个半夜，邢娜娜收到一条微信，是妇女主任黄庆霞，大意是她马上就要退休了，要是今年晋升不上副高职称，那她的退休工资就会差一大截。最重要的，她晋升副高，明年接着退休，会马上给单位空出这个名额，也就是说，这个名额看起来是被她占用了，但是实际上只用不到一年，她就会给别人腾出地方，所以，她希望邢娜娜一定投她一票。邢娜娜把那条微信看了好几遍，这位大姐的理由其实挺靠谱的，投她一票倒也应该。

邢娜娜正在编辑信息给黄庆霞回复，又一条微信来了，也是一起吃过饭的同事发来的。看到最后，也是请邢娜娜投他一票。邢娜娜把没编辑完的回复短信一个字一个字地删除，还没删完，又有一条信息迫不及待地蹦了出来，邢娜娜赌气一样，一下子把手机信息全部清空，把手机扔在了一边。

这些信息中，有一条是赵主任发来的。

随后的几天，以前不是微信好友的几位同事也加了她，当然随后就会收到这些好友大同小异的信息。邢娜娜对人群的恐惧变成了厌倦。她痛恨自己一开始竟然接受了这些人的邀请一起吃饭。这种痛恨让她夜不能寐，她经常做噩梦，梦见自己在无边的黑暗中滑向幽暗的更深处，更深处……

对这一切，小姚是心知肚明的，她刚来的时候也经历过这种特殊时刻。因为邢娜娜跟谁走得都不近，她反而成了大家关键时刻争取的对象。她想提醒邢娜娜，不管她如何不情愿，她一定要选择一边站队，尽管她选择了一个就会得罪别的人，但是，即使这样，她也要选，因为你得罪了其他人，总比一个不选形单影只强。在单位，最忌讳独来独往，那会被别人叫作“各一路”，从字面就能看出来，你自己走一条道——是个没朋友的人。

小姚几次话到了嗓子眼儿，几次又咽了回去。

事实验证了小姚的猜测，邢娜娜是不识时务的，因为每个人对自己能得多少票是心知肚明的，不确定的，就是那几个平时和自己走得不近的人。而且那些和自己平时走得不近的人一旦投了票，就会以各种方式让被投的人知道。她们最后会弄明白，邢娜娜没投给他们票。

形势在不知不觉中发生了微妙变化，邢娜娜浑然不觉。

单位的公号每次做完以后都是赵主任先过目，官方语言叫把关。“把关”——多么意味深长的一个词，“把”，把住方向盘，把住大方向。“关”，是隘口，是关卡，在“关”这里“卡”住了你就过不去。邢娜娜被卡住的次数越来越多，仿佛做公众号编辑成了她不能胜任的工作。

同事们去餐厅的结伴对象有了一些变动，当然，这一切的变动是在表面的风平浪静之下进行的，看起来还是跟以往一样一派岁月静好。邢娜娜从大家都争取的对象一下子成了大家的敌人，大家又跟她冷漠了。这种冷漠跟以前的冷漠有本质上的区别。以前的冷漠是因为大家跟她不熟，也没必要跟她熟。这是一种顺其自然，是一种事不关己。现在的冷漠却有了刻意的成分，她是一个异己分子，关键时刻指望不上的家伙，这样的人，谁会跟你走近？

对此，邢娜娜倒也没有太多苦恼，别人孤立也好，热情也罢，对她来说都无关紧要。无非少聚一些人堆，少听一些八卦，又能怎么样呢？

邢娜娜想起来赵主任让她把买模板的支出记着账，一个季度给她报销一次。这都半年多了，也该报一下了，邢娜娜把积累的支出凭条拿给赵主任。

“主任，一共二百一十六，您看看吧。”

“小邢啊，是这样，今年因为经费紧张，压缩了办公经费，你这个，先放着吧，等有钱了再说。”

邢娜娜愣了一下，三八妇女节为了买礼品，每个科室花的钱比这个多多了，怎么一下子就紧张了呢？邢娜娜想问，转念一想，可能就是因为买礼品花钱多了，导致紧张了吧。

夜深了，邢娜娜揉了揉眼睛，活动了一下颈椎和肩周，长长地吐了一口气。她按赵主任的要求刚刚把明天要发的公号文的版式调整完。她不明白，一向随和的赵主任为什么突然间如此地苛刻起来，这也不对那也不对，一篇稿子有时候得改十几遍二十几遍，直到时间实在不能再拖了，才放行推送。

邢娜娜还是每到月末就去请假，可是主任不再跟以前一样顺利放行。每次到了这样的时刻，邢娜娜就会一改往日的隐忍，变得锋芒毕露。意思是你答应我走，你不答应我也要走。

每逢月末，赵主任要求发布的公众号都特别多，而且量也特别大。再多再大，不管熬到多晚，邢娜娜都会把它当晚完成。

小姚就在心里合计：这个月是双月，邢娜娜该去青岛了吧。

夜深了，邢娜娜又一次站在走廊的窗口。窗户开着一条缝，纱质窗帘在黑暗中慢慢飘过来触碰到邢娜娜的脸，如同一个睡梦中的人在呼吸，呼吸着外面的幽暗和邢娜娜身体里的倦怠。窗外有风声在歌唱，院墙外的杨树在风声里律动，月光在杨树的每一片叶子上跳跃。

（4）

小姚发现，与前段时间相比，邢娜娜突然之间来了个华丽大变身，似乎从阴霾中挣脱到了阳光底下，一下子灿烂起来。本来就皮肤白皙的邢娜娜，气色越来越好，眼神中有一种以前不曾有过的灼灼亮光。

邢娜娜清水挂面一样的头发打了弯，染了色。一袭淡紫色束腰长裙，把白色的皮肤映衬得有了细瓷一样的质感，两腮泛着桃红，要是拿一枝红梅站在雪地里，恍惚就是一个红楼梦里的薛宝琴。

有几个人暗地里向小姚打听邢娜娜是不是出现了“啥情况”。小姚挑挑眉毛：“咦，听你们一说，还真是哈。”后来大家达成了共识：不用问，这是“有情况”了。

很快大家终于弄明白，邢娜娜恋爱了，确实有了“情况”。男朋友是上次三八节来采访的电视台记者周兵。其实在大家发觉之前，邢娜娜的恋爱就开始了，开始于那次聚会后的两个月。

同事们对青年人的恋爱还是有所留心的，尽管邢娜娜平时极力掩饰自己，但那种内心满溢的幸福与微妙还是会不经意间流露出来。

爱情真的是很奇妙的东西，你以为一切都在悄悄地进行，神不知鬼不觉，可是有些东西是掩饰不住的。即使是春风化雨润物无声，可是被润过的物掩藏不住它的生机与光泽，它迫不及待地发芽、展叶、分枝、开花，以承受更多的雨露滋润。

邢娜娜还是跟以前一样经常站在窗口，但是背影里的萧索没有了。有时候，还能听见她轻轻地哼着侃侃正走红的那首《黄玫瑰》。这个以前像缺水百合一样阴郁的姑娘，此时变得水润、饱满、神采奕奕。

小姚自己一个人在宿舍时，还是会偷偷地翻看邢娜娜枕头套里的车票，这段时间似乎没有添新车票。

在同事的眼里，邢娜娜是个冷漠甚至有点儿神经质、不通人情世故的毛丫头。这样的女孩阴气太重，嫁出去，难！

在周兵眼里，邢娜娜姣好的面容因为忧郁与冷漠，反而平添了一种别样的气质，这丫头是如此地与众不同。女人只有漂亮是不够的，有的女人虽然漂亮，却如白开水一样让人一眼看到底，这样的人虽然养眼但不撩动人的心思。邢娜娜不是特别漂亮的那种，可是她的神秘、她的冷漠都让男人的征服有了一种不一样的成就感，缠绵与幸福里有一种别样的骄傲。哪个男人不想骄傲呢？

邢娜娜和周兵的第一次接吻是在邢娜娜的宿舍里。邢娜娜正趴在窗台往外看，周兵突然从背后抱住了她。邢娜娜愣了一下，随即想挣脱周兵，嘴里说着："别让人看见，别……"

周兵一下子把窗帘扯过来，罩住了他和邢娜娜，两个人同时陷入了黑暗。黑暗让周兵更加勇敢起来，他一下子把邢娜娜的脸扳过来，黑暗中，两个人的眼睛像两团火，烛照着他们错乱的呼吸。呼出的热气同时吹送到对方的脸上，心跳像急促的鼓点，咚咚，咚咚咚，咚咚，节奏也乱了。

邢娜娜在挣扎，周兵不管不顾，嘴巴一下子就裹住了邢娜娜因为紧张而不断翕动的嘴唇。

周兵感觉怀里的邢娜娜在不停地战栗，她是那样的惶恐不安，仿佛被惊吓的小动物。

邢娜娜的惊慌失措让周兵很是疼惜，越是疼惜，动作就愈是激烈，恨不得把邢娜娜吞进肚里。

喘息的间隙，邢娜娜的脸倚在周兵胸口，在窗帘的包裹下，两个人此刻都热气腾腾。

“不可以这样，他怎么办？”

“娜娜，你说什么？”

周兵停顿了一会儿。

他感觉邢娜娜的呼吸突然之间不那么热了。

“他是谁？”周兵又一次扳起邢娜娜的脸，“怎么了这是？”

“以后，你会丢下我吗？”

“怎么说这话，我心疼还来不及。”周兵捧着邢娜娜的脸，眼睛直视着她的眼睛。

“你好好疼我，像爸爸一样疼我，可以吗？”

一个你爱的女孩要你像爸爸一样疼她，多性感，多鼓舞人的要求啊。这个邢娜娜太不一样了，周兵蒸腾的爱意又膨胀了一圈！

他俩的嘴唇又黏在了一起，柔软的触碰之后，周兵突然变得跋扈起来，舌头狂暴地侵略到邢娜娜的嘴里，手也开始在邢娜娜的身上攻城略地，完全是那种杀气腾腾的侵略……

感觉到了形势的危急，邢娜娜赶紧握住了周兵伸向纵深处的手，周兵不甘心地挣扎了几下，感觉到邢娜娜的力道不是在欲拒还迎，他心里欣慰地一动，又专心地吻了起来。

男人是一种奇怪的动物，对于性，他们总是那么急不可耐地想拥有自己所爱的女人，但是又不希望自己的女人那么随便就给，太容易了，他就会觉得自己得到的不是那么金贵。

两个人的世界交汇到一起之后，不是一加一等于二，而是一一得一，他们缔造了一个全新的世界，他们同时在一个新世界里重生，一切都那么生机勃勃。

周兵真想告诉全世界他拥有了爱情，这爱情是那么让人沉醉。

整个世界都变得温暖起来，甚至火热起来。人潮汹涌，汹涌人潮，可是你们能有几人拥有我们这样美妙的爱情?

邢娜娜和周兵的恋情不断升温，以前两人还避嫌一样怕同事知道，后来就不再遮遮掩掩，两个人经常煲电话粥。当然不能在办公室煲，赵主任的脸现在像一个时间长了的大饼，脸上那几个痘印像大饼上的几个霉点，衬得整张脸又冷又硬。她经常在厕所，在办公楼外绿化带的花丛里，甚至在走廊的拐弯处打着游击战。走廊的拐弯处有个最大的好处，就是能同时瞭望到两边的“敌情”。这边有人过来了，邢娜娜往另一边一闪身，就跟自己打着电话路过一样，不惹人注意。那边有人过来了，就往这边一闪身，闪躲腾挪，邢娜娜都有点儿得意自己的反侦察能力了。

在两个恋爱的人心里，时间快得像离弦的箭，嗖的一声，四五个小时过去了。周兵很不情愿地吻一下邢娜娜，恋恋不舍地道别。两个人黏归黏，但是邢娜娜一直没放松自己的红线。在他俩热烈拥抱亲吻的时候，周兵的手又做出了试探性的动作，邢娜娜总是能在火要燃起来的时候适时掐灭。

被掐灭的次数多了，周兵心里有了些许的不快。

(5)

邢娜娜变得随和了，跟小姚也不再冷若冰霜。有一次，她还跟小姚说起周兵，她说，那次演讲，周兵在台下又是鼓掌又是竖大拇指，让她想起了小时候她的爸爸。

小姚一副受宠若惊的样子，赶紧讨好一样顺着邢娜娜说话：“那就赶紧回家看看爸爸吧。”

邢娜娜的笑容像泛起的旋涡，打了一个旋，瞬间平息了下去。

“我没有爸爸……”声音里有一种斩钉截铁的决绝。

小姚后悔死了，后悔邢娜娜刚有和自己缓和的意思，自己却又这么多嘴多舌。

期待的日子是一种煎熬，邢娜娜和周兵由原来的每周两次约会变成了三次，两人要是周末不加班，就再也不舍得分开了。

这个周末邢娜娜不加班，给周兵发了个微信：这周末没事，咱俩可以加班了，后面带着一个坏笑的表情。

周兵回复了一个“OK”和一个红唇。

周六到了，邢娜娜一早起了床，兴奋唤醒了她的身体，懒觉甭睡了，睡也睡不着。她干脆起来打扫宿舍，抹干净桌椅，擦干净窗台，然后冲了澡，洗了头，脸上画了个淡妆，把自己收拾得芳香四溢。再干点啥呢？她转了一圈，拿起一本书，坐在床头等周兵。

都快九点了，邢娜娜不时瞅着门口，等了两个多小时了，心里的怅然慢慢升腾起来，她把书狠狠地合上扔在了一边。

“噔噔噔”，敲门声。邢娜娜一下子从床上蹦起来，却又坐下故意拖延了几分钟才去开门。周兵双手背在身后，满脸堆笑看着邢娜娜进了门。

邢娜娜噘着嘴，一副爱搭不理的样子。

“怎么了这是？”

“我看看，谁气我们家娜娜了，跟我说，我打他去。”

邢娜娜抓起周兵的手，就要去拍他的脸。手一拽过来，邢娜娜愣了一下，周兵手里攥着一大束火红的玫瑰花。

“你看你看，本来想给你个惊喜，让你给拽出来了。”

邢娜娜眼里放出了一束光，光里有惊也有喜，心里的怅然一下子让光赶跑了。

“不年不节也不过生日，怎么想起来买花呀？”

“今天是阴历的七月七，中国的情人节嘛，连这也忘了？”

其实不用周兵回答，女人天生对花有一种骨子里的钟情，不管多么粗糙的女人，不管什么理由，只要你捧给她一束花，不管她嘴上是喜还是怨，心里的欢喜是不言而喻的。

周兵把邢娜娜摁坐在椅子上，单膝跪地，把花束郑重其事地送到邢娜娜手里。

花束在邢娜娜手里散发着甜美的芬芳，她把脸靠近，深深地吸了一口气。花束中间的一朵有点儿异样，别的花都是开放的，唯有这一朵是花骨朵，用一个白色的塑料网罩住了，骄傲地挺立在花丛中。邢娜娜伸出手去摘那个塑料网。

周兵止住邢娜娜的手，他小心翼翼地把那个塑料网摘了下来。

奇迹出现了：那朵花慢慢舒展花瓣，是一朵黄色的玫瑰花！花蕊中竟然响起了音乐！侃侃在花蕊中唱着那首深情的《黄玫瑰》。

“黄玫瑰，别落泪，所有花儿你最美。受了伤，别伤悲，别让泪珠湿花蕊……别让我看见你的伤悲，我会为它心碎……”

“怎么做到的？周兵，你是怎么做到的？太神奇了，这太神奇了！”

“买花容易，把微型播放器放进花蕊，又不伤花瓣，还得用花瓣的开放触动播放器的开关，我研究试验了两三个月，今早上终于把它弄出来了。让黄玫瑰为我心爱的人唱《黄玫瑰》，我做到了，喜欢吗？”

“怪不得来这么晚，不喜欢！”

“啊？”

“就是不喜欢——爱死了！爱死这黄玫瑰了！”邢娜娜搂住周兵。

“我猜你肯定会喜欢，我发现你平时不光爱听杨青的古琴，还爱听侃侃的歌。”

邢娜娜的眼里闪着亮晶晶的泪光：“你还操心这些鸡毛蒜皮的

小事，真有你的……”

“你的事对我来说都不是鸡毛蒜皮，都是头等大事。等以后我们有了家有了房子，房子一定要有一个院子，院子里一定要种满黄玫瑰。”周兵目光如炬，“说起家，哪天咱们去你家见见你父母，咱俩时间也不短了，该去见见他们了。”

邢娜娜没有接周兵的话，却在周兵的怀里哭成了泪人，把周兵哭得都有点儿手足无措了。

“别哭了，你把我的心都哭乱了，好像我今天送花送错了似的。”

邢娜娜终于止住了哭，她不好意思地擦干眼泪。

周兵和邢娜娜今天改变了约会的方式。周兵嘱咐邢娜娜穿旅游鞋，他要拉着她出去疯一次。临出门，邢娜娜把丢在地上的书捡起来放回床头。周兵说他们两个今天来个彻底放飞，去爬山找蚂蚱，去河里摸河蚌。周兵的车开得飞一样，每到急转弯，邢娜娜忍不住在副驾驶座上不停地叫喊。

山也不是多高的山，海拔四五十米，传说是一个古代王侯的陵墓。山上长满了刺槐，浓密的绿荫摇曳着夏日的清凉，有蝉鸣但不聒噪，刺槐下各种野花、各种攀援藤类植物拥挤在一起，散发着浓烈的山野气息，湿润的空气中弥漫着一种生命的蓬勃。周兵拉着邢娜娜的手，两个人张着双臂，像一对比翼的大鸟从山坡直冲而下，尽管这是一座低矮的小山，冲下来的速度还是让邢娜娜尖叫不已。

大汗淋漓的邢娜娜对着周兵大喊：“周兵，你让我几乎忘了所有的不幸。”

“什么？你说什么不行？”

“没什么，走，下河去！”

河也不是多深的河，水面有三四米宽的样子。河水是缓慢的，慢到河里的小鱼可以在水草的周围悠游而不被冲走；时间也是缓慢的，缓慢到人的思绪可以回到过去，可以去往未来，也可以懒散地在原地打转。

水底的细沙里藏着手掌大的河蚌，周兵脱掉鞋子，不一会儿就在邢娜娜惊艳的目光里捞上来四五只带着青绿花纹的大河蚌。

爬山涉水归来，车上载着他们寻到的宝贝——几个蚂蚱和半袋子大河蚌。

一只鸟在车前欢叫着飞翔，翅膀扇动着金色的阳光，似乎在为他们开路导航。

“周兵，我都好几辈子没这么开心了……”周兵听着有点儿不对劲，放慢车速扭头看着邢娜娜，邢娜娜的脸上有两行泪。

“咋的了这是？这辈子才刚开始呢，怎么就好几辈子没这么开心了。”

“嗯，可不是咋的，我犯神经呢。”邢娜娜朝周兵笑了笑。

回去的路上，周兵顺道买了酒、熟食和小凉菜。

夜晚的办公楼静悄悄的，他俩轻轻地去了七楼宿舍。一进门，邢娜娜先捧起那束玫瑰花，把中间的黄玫瑰吻了一下。侃侃的这首《黄玫瑰》美好又深情，能调动起人内心一些隐秘的情愫。

周兵找了张报纸把桌子铺了，把酒菜放到桌上。邢娜娜找了两个纸杯倒满酒，递给周兵一杯，自己端起一杯。

“干！”“干！”

“为什么而干杯呢？”

“为了感谢你给我会唱歌的黄玫瑰。”

碰在一起的纸杯边沿都凹进去一块儿，杯里的酒因为碰撞互相溅进了对方的杯子。两杯酒喝完，周兵的脸红了起来，眼里像燃着一团火，盯着邢娜娜。

“你就是我心中最美的黄玫瑰，今晚，你能为我开放一次吗？”

酒后的邢娜娜有点儿恍惚，可她还是明白周兵的意思。她抓着杯子的手抖了一下，纸杯被她捏扁了。

“你不想吗？”周兵从后背把邢娜娜搂住，手从邢娜娜的领口探进去，“我想，特别想。”

邢娜娜沉默着，她在抵抗，但她的抵抗又是那么无力。

周兵的动作越来越用力，把她揉搓得潮润起来，她感觉到了自己内心的渴望是那么汹涌。再不抵挡就来不及了，真的来不及了！

周兵把邢娜娜扳过来面对着自己,狂热的吻让抵挡溃不成军……

《黄玫瑰》越来越听不真切，像飘去了遥远的天际。

大汗淋漓的周兵从后面环住邢娜娜的肩膀，努力平息着自己的呼吸，自顾自地絮叨着他的幸福和激动。

邢娜娜脸贴着枕头，一声不响。

周兵的电话响了起来，他一边接电话一边抚摸着邢娜娜的头发，说了一两句，他一下子坐直了身子。

“是单位来的，有急事，我该走了。你别忘了待会儿自己起来弄点吃的。”

周兵临走时在她额头上留下一个甜腻的吻。

“砰”的一声门关上了，邢娜娜缓缓地爬起来，她散乱着头发，身体内的隐疼让她双臂抱住膝盖，蜷曲着身子坐在那儿。

邢娜娜的手机响了，她拿起手机，疲倦地倚着被子。

挂断电话，邢娜娜凄伤的眼神涣漫成一场秋霜，像一只迷了路又被大雨淋透的小动物，失神地看着桌上那朵还在不停唱歌的黄玫瑰。

邢娜娜扑倒在床上，像经历了一场人生大恸，号啕大哭起来。

（6）

赵主任传达了一个惊天消息——住建局因为各个科室调整合并，

邢娜娜所在的信息中心取消了，原来信息中心的成员都分流到了别的科室，邢娜娜被分派去了一个与工程技术有关的科室。邢娜娜愣在那里，像一尊石雕。前几天信息中心还被表扬，怎么突然之间就取消了呢？一个科室怎么说取消就取消了呢？

她做得风生水起的公众号也就此停摆。

在新科室，因为对有关专业技术性的东西完全是个门外汉，她成了一个打字员，把别人写好的手写稿子变成电子版，或者帮着收发文件打扫一下卫生。

邢娜娜像一个被剥夺了土地的农民，满坡的庄稼马上就要收获了，可是一声令下——这里要征地，所有的庄稼一夜之间被挖掘机埋在了地下。随着庄稼的枯萎，她感觉自己整个人也枯竭了。

邢娜娜把积攒的购买模板的支出凭证又拿出来，科室都解散了，这会儿该给我报销了吧。可是赵主任看都没看那些凭证，“你看你看，你早不找我报，现在我都归别人管了，我找谁要钱去啊。”

邢娜娜不声不响地回到座位上，沉默了半天，把那几张凭证撕得粉碎。

小姚看着邢娜娜这几天老是木呆呆地坐在那里，心里就有点儿犯嘀咕。小姚无数次地跟她解释，这次的调整，完全是因为方便管理、工作需要，不可能针对任何一个人，你这么有能力，在哪里干都一样。

“他终于还是丢下我了。”邢娜娜狠狠地敲了一下键盘。

“谁丢下你？”

“你不知道。”

“我不知道什么？”小姚讶异地看了邢娜娜一眼。

“你什么都不知道。”

邢娜娜哆嗦着手收拾着自己的东西。

小姚讶异地问：“你要去哪？青……”小姚下意识地捂住了自己的嘴。

“我出去一趟，有人问你就帮我请一下假，可能得请个长假。”

第一次，邢娜娜没亲自请假就离开了单位。

半个月后，周兵找到小姚，问她见没见过邢娜娜。周兵脸色黝黑，头发挓挲着，胡子也没刮。

小姚被周兵的样子吓了一跳：“她没去找你？她那天收拾了一下东西，就急匆匆地走了。”

“去哪了？”

小姚犹豫着，眼睛瞅着邢娜娜的枕头，她在犹豫要不要告诉周兵那些躲在枕头套里的车票。“娜娜平时是不是跟你说过她经常去外地，比如济南、青岛？”

“没有呀，她倒是有时候回河北姥姥家。”周兵沮丧地摇摇头：“我这段时间去外地蹲点，执行一个事关重大的暗访任务，一直捞不着回来。她电话不接，微信不回，我这不一回来就立刻来找她，也不见人影儿。”

“她为啥不接你电话不回你微信？”

“不说了，赶紧找人吧。”周兵的脸更黑了。

小姚陪周兵来到七楼宿舍，那束玫瑰花已经萎蔫干枯，中间那朵黄玫瑰垂下了头，花蕊中的播放器掉在桌面上，在微弱的电量下，侃侃变成了一只生命垂危的老兽，发出无法辨别的嚓嚓声。

“要不去她家看看？”小姚一边下楼一边说。

“她家在哪儿？”周兵问完一下子愣住了。

“我也不知道……我不知道就罢了，你竟然也不知道啊……”

周兵打听了一圈，邢娜娜在住建局上班两年多了，这里竟然没有一个人知道她的家在哪里！小姚说得对，别人不知道就罢了，自己竟然也不知道邢娜娜的家在哪里。后来有人提醒周兵，邢娜娜报到的时候，肯定要填一下个人信息表格，可以去查查这个。

周兵按查到的家庭地址坐车去了河北。几经周折，他打听着到了一个城中村。这里的房子墙上都用红漆写着一个醒目的“拆”字，垃圾箱不规整地躺在街道两边，腐烂的菜叶，隔夜的馊米，肆意地躺在垃圾箱的四周，这个城中村犹如一个颜色光鲜的红苹果上的一个霉点，溃烂、凌乱、颓废，散发着即将消亡的衰败气息。

周兵躲避着地上的脏物，敲开了一户人家油漆斑驳的黑门。

开门的是一位头发花白的老太太，灰色的围裙上沾着一片面粉的白。

周兵报了自己的姓名，老太太以为这个人找错了地方，心不在焉地忙着搓手上沾着的面粉。

当周兵问邢娜娜是不是住在这里，老太太一下子瞪大了眼睛。

“你是谁？”老太太一边问，一边警惕地看着周兵。

“奶奶，我是邢娜娜的男朋友。您是？”

“你不是已经……”

从屋里出来另一位穿着红马甲的老太太：“谁呀？是不是来客人了？”

“不是，不认识，哪来的客人。”老太太瞅了一眼红马甲老太太，“她不在这里，你去别处找吧。”老太太“砰”的一声把门关上了。

周兵手足无措地站在门外。

灰色的院墙裂着好几道口子，一丛爬山虎小心翼翼地爬在濒危的院墙上；拐角处竟然种着一株黄玫瑰，黄色的花朵像争什么一样挤在一起。周兵蹲下来，怔怔地盯着这丛黄玫瑰。

“外面这人看着挺周正的，说不定真是娜娜的男朋友，你就让他进来呗。”周兵听见红马甲老太太在门里嘟囔。

周兵又一次敲门，等了半天没人给他开。他无奈地在胡同里来回转。

不知过了多久，红马甲老太太从院内出来了，在胡同拐角处看见周兵愣了一下："小伙子，还没走啊？"

"奶奶，我真是娜娜的男朋友，我还是电视台的记者，我给您看看我的记者证。"

"哎……说起来，娜娜这孩子也怪可怜的。她从小就特别懂事，但是……但是……"

"但是什么呀？我都快急疯了，这么远跑了来，就是为了找她，奶奶您一定要相信我。"周兵着急地紧攥着双拳，眼睛里是无限的焦灼。

"不信您看，我手机里有我们两个的合影。"周兵赶紧把手机里的照片翻给老太太看。

"小伙子，我和娜娜姥姥是多年的老姐妹了。按说我不该多嘴，看你是个稳妥人，我就多说两句。娜娜六岁那年，她妈和她爸就离婚了，一开始法院判的娜娜跟着她妈过。后来她妈又找了个男的，喝上酒就对娜娜横挑鼻子竖挑眼。有一次因为娜娜考试成绩不好，妈妈打了她，娜娜和她妈犟嘴，那个男人就和她妈一起打她。娜娜一气之下跑到她爸那里。她爸也找了个女人还生了个弟弟。娜娜在她爸那里的日子也不好过，和弟弟吵架，不管是谁的错，爸爸都会打她一顿。娜娜就又去了奶奶那里，奶奶因为儿子的离婚一直情绪狂躁，看见娜娜心里就烦，整天骂不绝口，又把娜娜骂走了。"

"后来呢？"

"转了一圈只好又回到妈妈那里，谁知道大门的锁却怎么也打不开，原来是后爸把家里的锁都换了。娜娜走投无路只好到了姥姥家，刚才的老太太就是娜娜的姥姥。这老太太脾气也有点儿怪，娜娜不愿意回来，但又没别的地方去。后来，娜娜吃了半瓶安眠药。这孩子早就起了这个心了，她把姥姥每天都吃的安眠药偷偷用Vc换了，攒了将近半瓶自己吞了下去。"

"啊！"周兵大叫了一声。

“幸亏发现及时，抢救了过来。后来，娜娜就谈了男朋友。”老太太犹豫了一下，“按说这个我不该说……”

“奶奶，您快说吧，急死我了，这到底是怎么回事呀？”

“在你之前，娜娜谈过一个男朋友。”老太太瞅了一眼周兵的脸，“在你之前。”

停顿了一会儿，老太太继续说：“娜娜这种情况一旦感情找到寄托，用你们年轻人的话说那就是往死里爱呀。虽然两个人都还上学，娜娜姥姥也不太干涉，她知道这孩子心里太苦了，好不容易有点亮儿，也不忍心给她掐灭。可是，后来出事了。”

周兵紧盯着老太太的嘴唇。

“娜娜的男朋友出了车祸，高位截瘫了，脸上也落下了疤，毁容了。这孩子，命咋就这么苦呢，老天爷真是狠心，把这么好的一个女孩子往死里折腾。”

“啊？”

“小伙子对娜娜是真好，出事后，他跟娜娜说分手，往后就断了所有联系。结果，娜娜又一次吃了药。

“娜娜后来打听到小伙子一家去了济南，她就去济南找。后来又听说小伙子被家人送去了青岛，她就去青岛找。”

“找到了吗？”

“哪可能找到呀？不说济南青岛那样的大城市，就是在我们这小地方，你要是找个人也没有那么容易呀。”

“好几年了，娜娜还是不放弃去找。济南青岛，来来回回地折腾。你说这孩子看着柔柔弱弱的，咋就这么拗呢。

“我听邻居们说，娜娜曾经多次找人做过心理咨询。我侄女跟我说，娜娜的行为是一种心理恐惧症，这是家庭变故给她造成的心理阴影。她从小被人遗弃怕了，老想着周围都是危险，都是会遗弃她的人。这小伙子全心为了娜娜好，铁了心跟她断，可是娜娜不允许一个这样的人也来遗弃她。我倒觉得，从小妈不管爸不要，她知道被人遗弃的滋味不好受，所以她不想放弃这个小伙子。”

“那她要找到啥时候呀，我又算什么……”周兵目光涣散着，瞅着自己脚尖。

“以后不会再找了……”

“不会再找了是什么意思？”

“其实，娜娜已经半年多没再跑济南青岛了。我猜，是因为你们已经谈恋爱了吧？”

“嗯，是的，我们的确谈了一段时间了。可是，娜娜这次为啥不见人，也不给我任何消息……她是不是又……”

“以后永远不会再找了……上个月，小伙子去世了……小伙子的家人根据他的遗愿，把这消息告诉了娜娜。小伙子这是让娜娜彻底放下，以后好安心过自己的日子呀。这孩子对娜娜这份心，让我这岁数的人也感动得不得了啊……”

“……”

“孩子，你别怪娜娜躲着你，她需要时间来处理自己的情绪。”

周兵坐在返程的列车上，外面风雨大作，沿途的风景像一幅幅变形的油画，呼啸而来又瞬间逝去。

列车停靠在一个陌生的小站，雨停了，站台上稀稀拉拉地站着几个要上车的人。夕阳西下，几近横射的金黄阳光把一个个旅人的影子拉得好长好长，像一部上世纪的无声电影。

侧光中，一个推着拉杆箱的女孩向站台走来，奶油色的棉线衫，藏青色的长棉裙，目光幽深，笑容浅淡。

周兵猛地从座位上站起来，下了火车不顾一切地奔了过去。

合欢满地

夜凉如水，鼓荡的情欲在凉夜里追着风乱窜

忏悔是不治之症

只有斩断盘踞心里的根才能找到解药

根断了

合欢花像一场梦幻般红色的雨

红丝绒一样落了一地

（1）

惊雷和闪电要把神仙巷撕裂一样，小镇的街道和房子似乎都在雷电中颤抖。

小艾闻到了空气中一股让她恐怖的味道，有点儿湿、有点儿腥，滞重，黏腻，其中含混着一个女人梦呓般痛苦的呻吟……这种味道像一双大手，似乎在把小艾往一个深渊里拼命拖曳，小艾用惊天动地的哭号来抵抗那双拖曳自己的大手……

一道闪电过后，赵岩从门口窜了进来。他把半掩着的窗户迅速关严，吸吸鼻子，似乎闻到了屋子中一股怪怪的味道。

“小艾，哭啥呢？”

关上窗户后，雷电似乎没有了原来的肆虐，小艾的哭声却越来越惊天动地。从窗子潲进来的雨水把床单都濡湿了一大片，小艾就坐在那片湿渍上。弄湿的头发遮住了小艾半边脸，蓝底白花的连衣裙，被雨水弄湿的裙摆紧紧贴在她纤弱的小腿上。她听见赵岩轻声叫着自己的名字，让她挪一挪地方，她却只顾旁若无人地号啕。

“小艾，别哭了。姥姥呢？怎么把你一人扔在家？”

赵岩去另一个屋看了看，床上被褥凌乱，这么大的雨这人去了哪里啊？

小艾的鬼哭狼号让赵岩烦躁起来，赵岩想伸手拉她，小艾往后缩了缩。

就在赵岩伸出手放到小艾额头上时，小艾感觉自己像被什么激了一下，浑身一哆嗦，突然止住了哭。这只手似乎和刚才那双拖曳小艾的大手进行了激烈的对抗，而且这只手似乎占到了上风。

“额头有点儿烫！”赵岩嘀咕着。小艾任由赵岩把自己抱离了那团湿渍，找一件衣服给自己披上。

虽然十三岁了，小艾的身体纤弱得像一棵刚破土的小豆苗，她无力地倚在赵岩身上。

赵岩心疼地把小艾揽进怀里。赵岩的体温让小艾从紧绷和寒冷变得松弛、柔软。像一只和同伴走散的小动物突然又回到了群体一样，她把毛茸茸的小脑袋紧紧贴着赵岩的胳膊。小艾的记忆似乎从恐怖中慢慢游离出来，那种奇怪的味道没有了，女人的呻吟没有了，无底的深渊也没有了。

赵岩哥哥，小艾在心里一次又一次地呼唤着，这是一个能赶走小艾梦魇的人，可是小艾心里的呼喊他听不到。越是喊不出来，小艾就越是拼命地抱着赵岩。

小艾安静地依偎着赵岩。她感觉自己的世界，风止了，雨停了，有星星的光在闪烁。

赵岩瞅了瞅墙上的电子钟，都九点多了！他给小艾扯开被子，拍拍枕头，示意小艾赶紧睡觉，然后指了指门口，意思是他该走了。

小艾突然直坐起身子，目光里透着慌乱。

赵岩刚走到门口，小艾突然又惊心动魄地号哭起来。

赵岩皱了皱眉头，真拿这小丫头没办法，你姥姥这是跑哪里去了呀。

门吱呀一声被推开了，徐老师披着一件咖色雨衣一下子撞了进来。看到小艾趴在赵岩怀里，他愣了一下，国字脸上紧绷的肌肉一下子放松下来。徐老师擦着浓黑眉毛上滴下的雨水朝赵岩笑笑：“小赵，你来得真及时，我正担心这孩子呢。”

徐老师头发花白，两道眉毛却出奇地黑——他这个模样，让神仙巷认识徐老师的人都生出很多困惑。

“小艾姥姥呢？”

“姥姥进医院了，老太太这么大年纪了连这么点常识都不懂，下雨把煤球炉子挪到了屋里，还关门堵窗地睡觉，中毒了。救护车来的时候人已经不行了，这会儿在医院估计也是死马当活马医。”徐老师的两道浓眉拧在一起。

一阵脚步声，村书记赵余庆推门进来了。

“徐老师回来了。小艾这孩子也不知中了什么邪，你跟着救护车走了，我寻思把这孩子带回家，她死活不肯。我只好把炉子搬出去，把门窗打开通风，闻闻屋里没有呛味了才敢去村委安排人去医院陪护。你看，小艾把我手腕子都咬了。”

赵余庆把自己带着紫色牙印的手腕给他们看。

“这孩子，咋还咬人呢？”

赵岩张大嘴巴看看徐老师又看看赵余庆，扭头看看小艾：“姥姥煤气中毒，小艾却好好的？”

“小艾是蒙着头睡的，这个坏习惯救了她一命。我从医院赶回来，就是不放心这孩子。有你在，我就放心了。我得通知小艾妈赶紧回来，老太太真要走了，小艾就麻烦了。”

“小艾怎么办？”赵余庆问徐老师。

“赵岩先把她带到诊所吧，只能这样了，不能让她一人在家是不是？”

赵岩犹豫了一下，只能这样了。

到了赵岩诊所，小艾的表情一下子放松下来，她跑到一张病床上坐下，两条腿悠闲地晃来晃去。赵岩早就看出来了，小艾喜欢待在他这里。赵岩的诊所就在小艾家的隔壁。诊所院内一棵年岁久远的合欢树，每到合欢花盛放的季节，整个神仙巷就被合欢的甜香包围。合欢树的花期只有一天，叶子朝开暮合，美得肆意又节制。

每到合欢花凋零的时候，小艾就会在树下捡落下来的合欢花。每年捡一次，每次都装进同一个口袋里。小艾妈怕这些东西老是放在那里会潮湿生虫，要把那些枯萎的花扔掉，小艾就像一匹被抢走孩子的母狼，差点儿把母亲的小指给咬掉。

那棵合欢树与其说是长在诊所院内，倒不如说两家共有。合欢树的树干是斜着的，树冠的一多半都探到了小艾家的院子里。

有月亮的夜晚，合欢树的枝叶间会筛下斑驳的月影，一阵风吹来，花香在月影里摇曳。这样的花香和月影，会让人想起旧时光，想起旧时光里的老故事。

七八年以前，赵岩从卫校毕业，按当时的惯例可以分配到县医院，几个月过去了，却一直没收到县医院报到的通知，彻底无望之后，他就回神仙巷开起了诊所。

人们通常都认为医生越老医术越高明，赵岩是个生手，年纪也不大。前几年，来赵岩诊所就诊的患者并不多，他上了免费艾灸项目后，诊所的人气才有了起色。当然，大多数人都是来艾灸的，灸腿，灸颈椎，治高血压……

这些人中，有一个人从赵岩开张就一直过来，那就是徐老师。记得徐老师第一次来诊所，看到床上扔着一本书，那是村上春树的《1Q84》。他拿起来翻了几页："对于细节的描写，没人敢跟日本作家相比，尤其是村上。"赵岩抬头看着这个一脸清瘦，头发花白，眉毛浓黑，戴着黑框眼镜的六十来岁的男人。他没想到，在这个小镇上，还有人跟他一样喜欢村上。从那以后，他跟徐老师的关系变得亲厚起来，两个人经常交流一些镇上人听不懂也不感兴趣的话题。

有时候徐老师也跟赵岩谈小艾。

"这孩子到底是怎么了，一直好好的，怎么突然就得了这样的怪病？要不是这病，小艾家该是一个多和美的家庭。"

赵岩有时候不回答，双手揪着自己的头发，低着头闷声不响。有时候说："我也说不好。"

"你是学中医的，这样的病，我觉得一定和经络啥的有关，我不懂，赵岩你可以研究一下，给她治治。我看出来了，这孩子亲你。”

赵岩看着安然睡去的小艾，他的眉头拧成一个疙瘩。小艾在诊所待了好几天了。这个“堂妹”此时睡着了，担心风扇吹着小艾，赵岩赶紧替她盖上一床毛巾被。

小艾的毛病是因为那次的惊吓？如果是这样，给她活血通络管不管用？或者用耳灸醒神开窍？等小艾醒了，先给她做一下耳灸吧。赵岩琢磨着该灸哪几个穴位。

（2）

小艾是端午节出生的。端午时节，家家户户大门口都插着艾草辟邪，小艾就在一片迷人的艾香里呱呱坠地。小艾一出生就一头黑黑的头发，小脸如透明的粉色果冻，两片小嘴唇抿成一个含苞的花骨朵，一双眼角微翘的眼睛偶尔掀开长睫毛睁一下，便显出轮廓鲜明的双眼皮。这个小丫头的模样惊艳了每一个来看孩子的亲戚朋友，小艾妈看着这合欢花一样的小家伙，幸福的笑容洋溢在脸上。

这丫头刚满三个月，小艾妈发现电视里播放乐曲的时候，她便躺在床上挥动着两条小胖腿和着节拍手舞足蹈，小脚丫敲得床嘣嘣响，也把小艾妈的心敲得欢腾雀跃。小艾三个月已经会翻身，不到十个月已经在众人诧异的目光里开始蹒跚走路。三岁的时候，小艾听过一两遍的歌便会不跑调地自己哼哼。这个小生命用秉异的天赋把一个个惊喜不断地带给她的妈妈，让小艾妈对这个女儿的未来充满了许多美好的、遥远的希冀。

小艾五岁的时候，有一天从外面回来，小艾妈发现这个平时小山雀一样叽叽喳喳的女儿一句话都不肯说了。

后来小艾爸妈领着小艾去各个医院检查咨询，医生告诉小艾妈，这孩子是孤独症，也就是通常说的自闭症！这种病，目前还是世界医学界都没破解的难题。

天一下子塌了。

在一次次的治疗却不见任何效果之后，小艾爸的脾气一天比一天暴戾起来。这个过早白了头的男人每次喝了酒回家就会把小艾一下子拖到面前，吼着："你给我说句话，浑蛋，你啥都不缺为啥不说话！"

小艾闭口不言，小艾爸啪啪扇小艾耳光。小艾咬着牙，还是光掉眼泪不出声……

从外面回来的小艾妈一下子把小艾揽到怀里，痛哭失声："你个冤家，你就不能说句话？小艾你不说也行，你不是爱唱吗，你哼哼给妈听，小艾，你只要出声就行……妈求你了小艾，你只要出声就行……"

小艾妈特意买了一个音乐播放器，音乐响起，小艾像没听见一样无动于衷。

小艾爸妈的婚姻终究没能维持太久，彻底绝望的小艾爸选择了离去。

最后舍不下孩子的，到底是女人。

虽然离了婚，男人还是把神仙巷本来属于他的房子留给了小艾娘俩，他自己背了铺盖卷儿去青岛打工去了。老赵家的其他人也没因为离婚就把小艾娘俩当成外人，他们反而比以前更加亲厚接济这娘俩，后来还几经撮合给小艾找了个后爸。这个新组合的家里，小艾妈嘴上不说，心里其实是有所期待的——男人空手来到她家，跟倒插门差不多。她话里话外就时不时流露出希望能找机会给小艾治病的意思。但现在的丈夫从来不接他的话茬儿。有时候，这个男人闷声闷气地冒出一句："女孩子，早晚是人家的，长大了，找个不嫌弃的嫁掉就行了。人，得往前看。”说往前看的同时，男人瞅着小艾妈隆起的肚子。

过往和眼前都让这个女人的心冷成了灰。

小艾妈努力地回忆那一天小艾回到家的情形，她希望找到哪怕蛛丝马迹能让她知道小艾那天到底经历了什么？她见过什么人？可她总是一无所获。当时小艾一脸的惊惧，自己一碰小艾，她就撕心裂肺地哭号，浑身像碰到芒刺一样条件反射般地往后缩。而且小艾变得特别怕黑，特别怕见圆形的，像张开的大口那种形状的东西。睡觉的时候，她也一定要用被子蒙着头才肯睡。

小艾经常一个人出神，坐在院墙外探过来的合欢树下，盯着树上的合欢花，花像粉色的绒线，在风里飘来荡去，合欢花香甜的味道像梦境，散播到很远很远。有时候，小艾蹲在合欢树下看运粮蚁群，蚂蚁忙忙碌碌，排着长队在树干上爬上爬下。有时候，小艾盯着透明的空气，眼睛里空茫一片。

病急乱投医，小艾妈背着现在的丈夫领小艾去看邻村的神婆。听人说这个神婆很灵也很怪，她给人看病时不烧香，只点烟，每个去她那里的人都要带着成条的烟卷儿。

到了那里，院子里早就挤满了来看病的人，有一个男人手里拿着一摞纸条，按先来后到的次序发给每个人。小艾妈也拿到了一张，上面写着“36”，小艾妈皱了皱眉头，排在她前面的有三十五个人。

轮到小艾的时候，已经快傍晚了。神婆面前的香案上果然插着三根烟，小艾妈恭恭敬敬地把自己带来的一条东方烟递上去。

神婆在烟雾缭绕中盯着小艾看了好一会儿，试了试脉，又问了问生日时辰。她告诉小艾妈，这孩子是让什么邪魔鬼祟魇着了，回家摆弄一下，烧烧纸就没事了。

小艾妈按神婆说的，在家摆供上香，烧了纸钱，磕了头。那几日，小艾似乎真的恢复了正常。小艾妈洗衣服的时候，她会在旁边用手拨弄着盆里的肥皂沫，一副怡然自得的样子。

但是过了没几天，小艾又开始在树下看合欢花，看蚂蚁忙忙碌碌地在合欢树干上爬上爬下，看透明的空气，一盯就是老半天。

小艾到了上学的年龄，普通的学校都不肯收这个金口难开的孩子。那些面试的老师直摇头："这么好的一个孩子，真是白瞎了。"

也有人给小艾妈出主意，把她送特殊教育学校吧。去了一周，学校老师给小艾妈打电话："这孩子我们教不了，她有自残倾向，出了事，我们担不起这个责任，你领回去吧。"

一周不见，小艾妈发现小艾的胳膊上遍布着一道道结着痂或者是新划出来渗着血的划痕，鼻孔下一道干的血渍。小艾目光变得呆滞，以前要是不跟她说话，外人是看不出来她的异常的。小艾妈一屁股坐到地上，声嘶力竭地哭了起来，一边哭一边唠叨："小艾，你这个冤家，可能你妈上辈子欠了你的，你就是来讨债的……你这个讨债鬼啊……"

小艾妈把小艾领到诊所，赵岩用酒精棉擦她脸上身上的血渍。

"藏猫猫。"小艾嘴里突然冒出这三个字。

这三个字，小艾妈像听到一声惊雷大张着嘴巴。

赵岩也愣了一下，他摸着小艾的头："小艾你藏到哪里去了？他们找着你了吗？"

"藏猫猫。"小艾又重复了一次。

似乎有稀薄的记忆闯进了小艾虚无空茫的世界，她的目光一下子被点燃，忽然有了神采。她扭头看看妈妈，再看看赵岩，然后抓着赵岩的手，嘴里咕哝着谁也听不懂的语言。

小艾妈看了一眼赵岩看了一眼小艾，又看了一眼赵岩又看了一眼小艾。小艾跟赵岩似乎有一种特殊的亲近，比跟妈妈都亲近！

说起来，赵岩跟小艾这堂兄妹根本没有一点儿血亲关系。赵岩是小艾大伯在村口捡来的孩子。看着孩子脸面很周正，小艾大伯心里暗喜，这是老天可怜我没有生养，送给我这么一个宝贝。回家打开小被子一看，赵岩的左手少一根指头，小指的位置只有一个小肉瘤萎缩在那里。大伯和伯母的心和当时他们的脸色一样一下子灰暗起来。在大伯鼎力坚持之下，赵岩才没被再次扔到大街上。

养父在时，大家没觉得这孩子是个外人，养父去世以后，这个没有赵家血统的孩子明显感受到了赵家人的冷落。

左手上那个缩头缩脑的粉色肉瘤，一直是赵岩的耻辱。因为害怕被人讥笑，赵岩一直躲闪着别人的目光，小时候没有伙伴，长大了也基本没有朋友。

小艾妈和第二任丈夫生了儿子小树之后，两人就去天津打工了。因为不可能把小艾一人扔在家，小艾妈就让自己的母亲过来帮着照看小艾。

（3）

村书记赵余庆来到诊所，他这几天吃坏了肚子，一直拉稀，让赵岩给他开点药。赵岩冷眼扫了一下赵余庆，给他号了号脉，翻出一盒中成药递给赵余庆。

赵余庆不明白，这个赵岩为啥总是对自己不冷不热，他可是村里的书记，谁见了他都客客气气、恭恭敬敬，只有这个赵岩总是冷着个脸，拿书记不当干部？

“赵医生，这个药怎么吃？”

赵岩跟他交代着一天几次一次几片。

“赵医生，咱们这个房子是村里特批给你用的，因为不收你房租，当时开会的时候我可是和好几个村委会的干部翻了脸。”

“那谢谢赵书记。”

小艾醒了过来，扭头看见赵余庆，她突然大叫一声，一下子坐直了身子，睁着惊恐的大眼睛盯着赵余庆。

赵余庆变了脸色，也不知听没听明白赵岩的叮嘱，赶紧起身走出了诊所。

小艾像从一场灾难里逃脱出来，胸脯剧烈起伏着，头上大汗淋漓。赵岩赶紧过来，拍了拍小艾的肩膀。小艾突然揽住赵岩的脖子，怕丢了一样紧紧搂着。这个孩子的心里到底潜藏着怎样的恐惧？她的身后似乎有追兵，又或者有穷凶极恶的野兽，让她始终处于一种奔逃的情绪里惶恐突围。

赵岩找出耳灸贴，不能再犹豫了，试一试总比一直束手无策强。他按照预想好的穴位，把耳灸贴一个个贴在小艾耳朵上的神门、风溪还有与肝肾相通的穴位上。小艾因为痛楚嘴角抽动了几下，不过很快她就安静下来。

（4）

收到徐老师电话的小艾妈是哭着回来的，她没回家直接跑到了医院。听徐老师说小艾在赵岩那里，她眉头皱了皱，但也实在没给小艾想出个更好的去处，也只好先去医院照顾母亲了。在医院守候了几天，母亲还是撒手离去。处理完母亲的后事，小艾妈看见小艾一脸的漠然，伤心加上绝望，眼泪更是止不住地往下掉。天津那边的工地催着回去，小艾妈纠结了好几晚上，最后决定把自己的父亲接来继续照看小艾。

小艾的姥爷来了，小艾妈把小艾从赵岩那里领回了家。小艾妈虽然感激赵岩，这个“侄子”和赵家人之间的隔膜还是让她那句谢谢说得有点儿生硬。

知道自己的父亲好喝酒，小艾妈临走千叮咛万嘱咐千万不要喝多了：“小艾这种情况，爸你真的不能再喝了。”

“放心好了，我保证把小艾看好。等你回来，别忘了给我带瓶好酒啊。”

小艾妈苦涩地笑笑，心里埋怨，你怎么就忘不了那口酒啊。

父亲到底没遵守自己的诺言，小艾妈去天津的第二天，他就开始喝酒了。这老爷子一动杯就有点儿管不住自己，经常从中午迷糊到晚上，小艾也经常跟着饿肚子。

赵岩收拾完病床上的被子，刚要关门睡觉，猛然发现门口站了一个人。

“小艾，你怎么在这儿啊，姥爷呢？”

小艾默默无语地进了屋子，她拿起笤帚来帮赵岩扫地。

“小艾，别扫了，你看，我要关门睡觉了，你也回去吧。”

小艾继续低头扫地，赵岩明白了，小艾这是怕自己赶她走，才抓起笤帚扫地。

“小艾，别扫了，我不赶你走，你姥爷肯定又喝多了，今晚就住哥这里，不走了。”

小艾扔下笤帚，一下子过来抓住了赵岩的胳膊。

赵岩摸一下小艾的脑袋，小艾抬起头来望着赵岩。这是赵岩以前从没见过的一种目光，澄澈，依恋，像映照着蓝天白云的小溪流。多少年了，赵岩很久没感受到这样的目光了，它竟然来自一个自闭症的孩子。

这个封闭了自己世界的孩子，好似为赵岩留着一条隐蔽的通道。她在赵岩面前变得驯顺、舒展，安于静止也善于接受。

小艾在赵岩这里，有时候竟然跟正常孩子一样调皮。她会偷偷把赵岩的听诊器藏进床底的靴子里。有时候，赵岩开好了方子去小格子里取药，一转身，方子就不见了踪影。他不吱声，小艾这时候准会像一只摇着尾巴的小狗一样凑到赵岩面前。赵岩揪揪她的小鼻子，抱一抱她，小艾才会把那个方子交到赵岩手上。每每此时，赵岩就引导着小艾发声说话。小艾只是调皮地看着赵岩，就是不说话。

有时候，小艾蹲在合欢树下，保持着一个姿势蹲很久很久。有时候，小艾会用一片树叶为一条因暴晒而死的蚯蚓挡着阳光，她不知道，生命失去了就永远不可能再回来。有时候，小艾会采来一大把野花，用毛谷英把野花编成一个花环，挂在埋了蚯蚓的合欢树下的小土丘上。

赵岩翻遍各种中医典籍，他想找到一种对小艾有用的治疗方法，他总觉得小艾的内心并没有完全对这个世界关闭，或许哪一天，自己就会找到这道缝隙，把小艾的世界彻底打通。

不管他给小艾耳灸还是艾灸，小艾都会特别配合地躺在那儿接受治疗。有一次赵岩刚从小艾的身上取下艾灸盒，小艾的喉咙里发出咕噜咕噜的声音。赵岩一下子激动起来："小艾，来，你跟着我说，谢——谢——"小艾用茫然的眼神看着赵岩，不再发出任何声音。

赵岩发现，小艾会不经意间对外界敞开门，可她很快就会谨慎地关上。

有时候，小艾的姥爷也来找小艾，但是几乎每次小艾都扒着门框拒绝跟他回家。这老头儿惦记着瓶里的酒，知道赵岩也不会委屈小艾，也就经常顺水推舟，听之任之了。

（5）

小艾长到17岁的时候，小艾妈看着小艾的身条像一棵小白杨，舒枝展叶曼妙起来。小艾的脸蛋透着少女特有的合欢一样的粉红，可是她还像孩子一样，一刻也离不开别人。她经常倚在诊所的门框上，看着赵岩在里面忙碌。

有好心人给小艾介绍一个饭店的活，不用她干什么，披着绶带站在门口就行。老板看了小艾，眼珠子欻地亮了，嘴里连连说着：“这丫头，好。这丫头，好！”

小艾上班的头几天，她很配合地站在饭店门口，虽然不说话，她往那儿一站，就是一道亮眼的招牌。饭店的客流量，那几天明显上升。老板脸上泛着红光，不时拿眼睛瞟一眼门外的小艾。

到了周末，饭店里有个喜宴，对一个乡镇饭店来说，喜宴不经常有，偶尔赶上一次，就是大阵仗，饭店全体人员从一大早就开始张罗。

中午十一点多，参加喜宴的客人陆续来了。看到门口的小艾，很多小伙子的眼睛好似被晃了一下，他们故意在门口磨磨蹭蹭，不进屋。

村书记赵余庆从路口拐了过来，穿着崭新的白色衬衣，打着领带。

本来安静的小艾突然间脸色煞白，冷汗顺着她的脸颊流了下来，小艾的身子哆嗦着，她扶着身后的墙。所有的人都在忙忙碌碌，谁也没注意小艾啥时候离开了饭店。

第二天，小艾被解雇了。不但没得到工钱，小艾妈还赔了人家好几百块钱。小艾妈彻底打消了让小艾自食其力的念头。

原来是小艾趁人不备，把厨房里的面粉倒进了老板娘的挂衣橱，把盐和各种调料掺合在一起，放进了鞋柜里的皮鞋里，把老板娘放在衣橱里的卫生巾撕成一缕缕的，放在吃饭的桌子上。

对小艾的治疗前功尽弃，赵岩心里的失落无以言表。徐老师安慰他：“你已经尽力了，你对这孩子已经是仁至义尽了。就是亲堂哥，也做不到你这分儿上。”

“我有罪……”

徐老师诧异地瞅着赵岩：“你有啥罪？你这是积德。”

（6）

小艾长到22岁的时候，看着村里很多年轻小伙子看小艾时那火辣辣的目光，小艾妈再也不敢把小艾扔在家里自己出去打工了。

经过媒人撮合，小艾妈决定把她嫁给邻村一个哑巴。那个男人赵岩见过，黑脸膛，下巴上一个痦子，痦子上长着几根又长又粗的硬毛。

后来赵岩听人说，出嫁那天，穿着婚纱的小艾惊为天人。

后来又听人说，小艾是被那个男人抱上轿车的，男人抱着小艾，小艾抱着一个口袋。听说男人家世代杀猪，家里不缺钱。他们还说，迎亲的轿车都是红色奥迪，有五六辆呢。

小艾被红色奥迪拉走了，小艾妈关上院门，坐在合欢树下默默地流泪，流了很久很久。

一个月后，小艾被婆家的人给送了回来。小艾妈疑惑地看着眼前的姑爷、亲家和小艾。哑巴和他的父亲一起来的，哑巴的爹脸涨得通红：“这丫头生得干头净脸的，平时看着也很温顺，没想到坏都包在肚子里，毒得很……我这儿子说不了话，你看，你看看……”亲家公撩开男人的上衣，哑巴一个乳头肿胀着，边缘的皮肉翻着边，泛着青紫，被缝了差不多一圈。再这样下去，就出人命了。你们这不是坑人吗？”

小艾怀里抱着一个口袋，一声不响地站在那里。

小艾妈涨紫着脸：“她平时不是这样子的……真的不是这样子的。”

哑巴用手语比画着：大意是晚上一黑灯，哑巴把小艾怀里的口袋夺下来，原来里面都是枯萎的合欢花，哑巴要碰她，平时柔弱的小艾变得力大无穷，从不说话的她嘴里会破天荒地嘟囔着：“不要打架……不要打架……”她还用槐树的棘针扎哑巴。要不是哑巴爹拦着，哑巴差点儿把小艾掐死。

徐老师疑惑地看着赵岩：“你说，小艾平时不说话，她男人说的事，是不是编出来的？”

赵岩低头摆弄着刚采摘来的蒲黄，突然双手抱着自己的头，抽泣起来。

“我有罪……我有罪……”

“这话说的，你有啥罪？关你啥事？”

赵岩犹豫了好一会儿，告诉了徐老师多年前的一件事。

就在小艾五岁的时候，那天，赵岩和村里的几个小伙伴玩藏猫猫。因为小艾是个小孩，他们不让她一起玩儿，赵岩看小艾急得快要哭的样子，就哄她说小艾跟自己一拨，然后跟别的小伙伴说：“她是我妹妹，别惹她哭，就让她跟着藏呗，反正你们也不用找她。”

小艾发现了一个绝妙的藏身之处——一座废弃的烤黄烟的烟炉，门口被用玉米秸堵死了。小艾把那两捆玉米秸稍微一掰，果然有个通道通进了里面，烟炉里面很是宽敞，地上还有一个草垫子。

小艾又把玉米捆恢复原样，便在烟炉内选了一个隐蔽的位置躲了起来。因为兴奋，小艾的胸脯剧烈起伏着，额头上汗津津的。

后来，一直没人来找小艾，她都有点儿打盹儿了。

就在她快要睡着的时候，堵住的门口被打开了。

进来的是村书记赵余庆和玉菊婶。

赵余庆和玉菊婶似乎在吵架。

“你不用嘴硬，好像八辈子没见过女人似的，我看你见了那女人眼珠子都快要瞪出来了。”

“行了，我对你怎么样你又不是不知道，我是真心的，别叨叨那些没用的了，想死我了……”

赵余庆一下子把玉菊婶掀翻在地，又咬又掐，好像要把玉菊婶摁进地里。玉菊婶一定是被打疼了，她呻吟的声音让小艾头皮发麻。

烟炉里升腾起了一阵难闻的腥味，这味道与烟炉内潮湿的味道混合在一起，让人作呕。

小艾瑟缩地抱着自己的肩膀，这个烟炉此刻对她来说，就像一个坟墓，血腥、阴森、恐怖……

扑通一声闷响，好像烟道的泥坯陷落的声音。

小艾往发出声音的那个地方看过去，那里什么也没有。

赵余庆从玉菊婶身上下来，警觉地在烟炉内转了一圈，他俩几乎同时发现了小艾。

“娘个腚的，你个死孩子跑这里面干什么？不声不响地装鬼啊？”

玉菊婶一声不响，发出窸窸窣窣的穿衣服的声音。

就在赵余庆快要走到洞口时，他突然又转回身来，一把把小艾拽到面前：“说，你看到什么了？”

“我看到你和玉菊婶……打，打架……”

赵余庆啪的一巴掌。

“说，你看到什么了？”

“我看到你打……”

啪，又是一巴掌。

小艾的哭喊激怒了赵余庆，他一双大手把抖成一团的小艾提了起来，把小艾头朝下吊在手上。小艾因为惧怕，更加凄厉地大声哭着。

后来，赵余庆不知从哪里找了一根槐树条子，从上面掰下来棘针拿在手里，又问小艾看到什么了，问一下扎一下小艾耳朵后的头皮。被扎疼的小艾停止了号叫，眼睛惊惧地大睁着。

赵余庆再问她，她就只摇头，不再说一个字。赵余庆这才罢手，嘴里嘟囔了一句什么。

玉菊婶不安地拽了拽赵余庆，两个人从洞口钻了出去。

有光从洞口投过来。那个洞口像一只张开的嘴巴，凶恶、狰狞，似乎要把什么一口吞掉。

徐老师注视着赵岩。

“你怎么知道得这么详细？”

赵岩低着头，长时间的沉默。

“其实……其实我在小艾之前……已经藏进了那个烟炉……赵余庆和玉菊走了之后，我才从草堆里出来把吓坏的小艾背到诊所……可能就是从那会儿开始，小艾认定了我是那个永远不会伤害她的人。我一直不敢把实情说出来，我也一直努力地想把小艾治好，可是我没做到……我本来应该把这事早说出来，把那浑蛋送进监狱，可是我不敢……”

赵岩无声地哭了。

徐老师沉默了。

（7）

诊所外一阵吵闹，小艾把半个脑袋探出门口，盯着熙攘的人群。

赵余庆连滚带爬地在地上求饶。一个男人手里拿着一根荆棘条子狠命地往赵余庆身上抽着。赵岩出来一看，那个拿荆棘条子的是玉菊婶家的男人。他一下子明白了什么。刚要回身进屋的赵岩突然返身走来一下子夺过男人手里的荆条。围观的人松了一口气，终于有人敢出来劝架了。赵岩没有劝架，他深吸一口气，挥起手中的荆条更加狠命地往赵余庆身上抽着，一边抽嘴里一边发着狠：“小艾，我替你打这狗杂种。小艾，哥替你打这狗杂种。”

赵余庆发现打自己的人换成了赵岩，他一边护着自己的头一边骂：“赵岩你个狗崽子是不是疯了？你干吗打我？你娘的，你诊所这几间房还打算不打算用了？你个狗崽子。”

“不用了，我早他娘的不想用了。打死你个黑心狼……你害了小艾一辈子……你害得我一辈子做噩梦……打死你！打死你！”赵岩的眼睛血红，额头的青筋暴突着，神仙巷的人从没见过赵岩如此模样。

随着荆条抽打的噗噗声的增加，小艾眼里的惊惶慢慢消失了。

在众人诧异的目光里，小艾从诊所里走出来，拉着赵岩的手：“哥哥，我找到你了。猫猫藏完了，咱回家……猫猫藏完了，咱回家……”

一阵风吹过，簌簌落下的合欢花像一场梦幻般红色的雨，红丝绒一样落了一地……

相见恨早

一堆废钢铁
重塑或者溃烂

两个人相见
恨早或是恨晚

（1）

太阳越来越毒，神仙巷的胡同里，卖菜的都撑起了遮阳伞，有的干脆贱卖收摊。刘宝的摊位在墙角阴凉处，他东瞅西看，真是怪了，今天他这菜摊连个人毛也没见。刘宝懊丧地把身边一个还没完工的木制奥特曼扔地上，坐在马扎上打起了盹儿。

一只苍蝇在刘宝翻着毛边冒着油光的秋衣领子和他挂了一层黑灰的耳朵上忙活着，刘宝时不时拿黑黢黢的手拍一下后脖颈，拍一次，脖子上就留下几个黑指印。

“喂，伙计。”不知什么时候，刘宝的菜摊前站了一个衣着光鲜的瘦高个男人。

刘宝一个机灵，赶紧习惯性满脸堆笑，黑脸膛上八颗大白牙格外晃眼。

“新鲜的豆角，带刺的黄瓜，您看看，要点儿啥？”

“还新鲜呢，你看看，都蔫成什么样了。”

“嘿嘿。”刘宝不好意思地搔搔头，“您要，可以便宜点儿。”

那人把黑公文包放在脚边，墨镜摘掉挂在上衣口袋上，拿起了刘宝身边那个奥特曼，翻来覆去拿在手里看。

“不错不错，胳膊腿还会动，你做的？”

“嗯。”刘宝口气明显降温了。心里嘀咕，不买菜，你在这里叨叨啥。

“明天我还来，你给我做个这玩意儿，越稀罕越好。”

“俺没空，还得卖菜。这个是给俺小侄子做的，超市里卖的那么多玩意儿都腻了，非得让我给他做个木头的。”刘宝说着，就要闭眼睡觉。

“你一天卖菜挣多少钱？做好了，你明天的菜我包了。”

刘宝歪着脑袋，撇了撇嘴，想说什么又咽了回去，不理那个瘦高个了。

那人走了几步，突然又转了回来，掏出两张百元钞票塞到刘宝手里：“这是定金，明天这个点儿我来取货。”

刘宝腾的一下坐直了身子，看着那个瘦高个走出胡同，上了一辆本田。这人是不是有毛病啊，要这破玩意儿干吗？刘宝捻着手里嘎嘎作响的新钞票，困意全消。

第二天，那个人如约前来。刘宝从自己放钱的布兜子里掏出一个木头人。

瘦高个还没等拿手里就一声惊叹，太牛了，牛大发了。

瘦高个眼珠子都快掉地上了，激动得双手颤抖，忙不迭地一边喊着好好好，一边又掏出了几张百元大钞递给刘宝。刘宝被吓住了，说破天都不要，还把昨天的定金又塞回瘦高个手里。

“这破玩意儿，哪值那么多钱，您赶紧收起来。”

瘦高个掏出笔和名片，在名片写了一行字，递给刘宝：“别卖菜了，听说这个地方招工，下月 3 号你照这个地址去面试吧。”

“快别耍俺了，招俺去俺能干什么？再说……”

瘦高个不等刘宝说完，就兴冲冲地抱着木头人走了，回头又叮嘱一句：“听我的，一定去啊。”

刘宝也没当回事，继续出他的摊，卖他的菜。给别人找零钱时，不经意间掏出了那张皱皱巴巴的名片，明天就是 3 号了？刘宝辗转反侧，一晚上没合眼，脑子乱哄哄地一直在琢磨那天的事。去还是不去？自己干个保安最后都让人家撸下来，走到哪里别人都用异样的眼光瞅着他。刘宝希望把自己像泥胎娃娃一样，敲碎了，砸烂了，然后再重新粘成一个全新的自己。他甚至希望自己能像菜筐里的白菜一样，腐烂、霉变，这样至少可以把过去抹掉。可是这样的重塑或者溃烂总是在快要完成时，被无情的现实打回原形。

看那人的样子不像是开玩笑，刘宝总觉得这事就像突如其来的一个快递包裹，他想拆开，但是又担心是快递小哥送错了人。

不行，明天一定去看看，得去看看这个家伙到底为什么要他。

第二天刘宝起了个大早，用水抿了抿有点挓挲的头发，翻箱倒柜找出以前的一件枪驳头西装，穿上一双双星旅游鞋，这可是刘宝最贵的一双鞋子。刘宝照名片上的地址找到高密东北乡一个挂着“三三集团”牌子的大楼。刘宝心里奇怪，东北乡出了个莫言，没听说这里还有个三三。院子里全是堆得山一样高的破铜烂铁，刘宝在院子转了一圈，找到一间贴着报名处的办公室。

刘宝忐忑着敲开门，屋子里早已塞满了报名的人。大家的目光一齐聚焦在刘宝身上，刘宝的行头太惊悚了，里面一件领口脱了线的秋衣，外套一件皱皱巴巴的灰西服，脚上一双刺眼的白色旅游鞋。大家看刘宝的眼神怪怪的，这年头儿什么都缺，就是不缺奇葩，谁会把这样的竞争者放在眼里？刘宝在乱箭一样的目光扫射之下拿到报名表，拿着笔犹犹豫豫，最后好似下了很大决心，终于还是填完了。

面试结束后一周，宣布结果的时候大家都傻了眼，那个奇葩竟然入选了！宣布结果的，就是买刘宝木头人的那个人。

这玩笑开得有点儿大。

（2）

一个姓赵的车间主任领着刘宝在厂区转了一圈，刘宝这才弄明白，这三三集团就是一个再生资源回收、改造的地方。厂区内陈列着各种用废钢铁改造成的造型各异的艺术品。威猛高大的关羽，凶神恶煞的张飞，展翅欲飞的超级大蜻蜓，昂首阔步的变形金刚……

刘宝越看越糊涂，我来能干吗？

赵主任拍拍一脸懵懂的刘宝：“兄弟，知道为什么唯独你通过面试了吗？”

刘宝摇摇头。

“买你木头人的瘦高个叫薛平，那可是我们公司的副总。他看上你的手艺了，准确说是看中你脑袋瓜里那些好创意了，他回来就跟得了宝贝一样，在董事会上再三强调一定要把你招进来。”

“我……我能干啥？”

“你就对着这堆破铜烂铁，能寻思个啥就是啥，不怕你点子新，更不怕你点子怪。知道吧，你那个捣蛋的木头人往样品间一摆，马上就有客户要订购。”

“可，可我那是摆弄木头，跟这铁家伙，不是一回事。”

“嗨，有些东西都是相通的。铁艺无非就是要焊接、喷砂、抛光、打磨、喷漆。你就只管在脑子里设计、造型。剩下的活，自有人干。”

第二天，刘宝脱掉西装换上工作服，成了三三集团的一名正式员工。

刘宝对着这些破铜烂铁，就像对着他的木头一样，不到一个月，竟有点儿痴迷忘我起来。最重要的，它们能让刘宝暂时放下那个包袱。这些废物似乎都是刘宝失散多年的老朋友，在他眼里，它们都有了温度，有了气息，有了脾性，也有了魂儿。

那个锈迹斑斑的自行车圈，在刘宝手里撒着娇，她想做哪吒的风火轮，刘宝略一犹豫，这车圈就用自己挓挲着的一块铁锈划了一下刘宝的手，跟刘宝使起了小性子。刘宝拗不过她，赶紧把她安排到哪吒脚下。那根争强好胜的乙字形轴承一看也来了劲，直到刘宝让他变成铁臂阿童木的一条胳膊，他才停止了闹腾。刘宝虽然平时跟同事们不咋说话，跟这些破铜烂铁一块儿，他却一边干活，一边和他的宝贝们嘀嘀咕咕。薛平没事的时候经常过来看刘宝干活，他发现刘宝只要拿起手里的工具一下子就和平时判若两人，目光中有一种说不出的锋芒和锐利。刘宝全身心投入的样子有种决绝的狠劲，又酷又帅。

几个月下来，刘宝的样品一打出来，订单接着就到，供不应求。刘宝在三三集团，渐渐小有名气。同事们见了刘宝，也都没有了初见刘宝时的那种不屑一顾，一口一个刘工刘工地叫着。

跟薛平渐渐熟络了，刘宝在他面前也不再那么拘束。忙完活儿，刘宝有时候也跟薛平唠两句。

“您这么大领导，咋还去神仙巷那破地方？”

“嗨，我又不是什么大人物，怎么就去不得？我一个二姨在那个胡同里，逢五排十地我得去看看。我得感谢我二姨呀，要不怎么能挖到你这么个奇才。”

（3）

刘宝正在宿舍里一边啃着馒头，一边趴在桌上画着图纸。赵主任兴冲冲推门进来，“宝儿，来大活儿了。”

“什么大活儿？”

“一个大老板，想搞一个以科幻钢雕为主题的公园，看了咱展示的样品，点名让你设计呢。不过……”

“不过什么？”

“工期有点儿紧，四十天交货，需要你加班加点赶出来。我听说给出的报价倒是很高，公司对这个业务很重视。怎么样？敢不敢接？”

刘宝从赵主任手里接过资料，翻着看了看，这可是块硬骨头……刘宝蹙着眉毛，咬着嘴唇低头沉吟：“豁出去了，这活儿，接了！”

赵主任朝刘宝举举拳头，好！

接下来的日子，刘宝开始了日夜鏖战。为了找灵感，刘宝白天干活，晚上就一遍一遍看科幻光碟，连晚上做梦不是外太空就是侏罗纪。一个月下来，刘宝头发挓挲着，胡子都顾不上刮，眼睛通红。不知道的，都以为他受了什么天大的刺激，走在大街上，路人都对他频频侧目而视。别人都觉得刘宝辛苦，刘宝反而很享受这样的辛苦——辛苦有时候是沙漠里的沙，能掩埋若干不想忆起的记忆。

为了保证按期交货，薛平安排公司的各个部门协同作战，对刘宝提供一切可能的支持。当最后一件作品验收合格，刘宝一头栽倒在地，睡了两天两夜才醒过来。

刘宝睁开眼睛，窗口射进的阳光让他感觉有点儿眩晕。宿舍里挤了不少人，大家都嚷嚷着，醒了，这家伙终于醒了。

“你们怎么都在这里？我这是睡了多长时间？”

“好家伙，你这一觉真够长的，赶紧起来收拾收拾，主题公园的大老板非要请你这个大神，给你举行庆功宴。”

刘宝揉了揉眼睛：“不去，我要睡觉。”说着话，刘宝又要往床上躺。

薛平走上前把刘宝薅起来：“你家伙，真以为自己成神了，这是要拿架子？”

刘宝一听这话，赶紧一骨碌爬起来，脱下身上的工作服，开始收拾起来。

庆功宴安排在红高粱大酒店，刘宝一进房间，满桌的人都齐刷刷站起来。薛平亲自把一杯酒递到刘宝手中：“来，大功臣。”

一个腆着肚子、头皮锃亮的五十来岁男人举着酒杯走了过来。薛平赶紧介绍：“这位就是定我们这批货的吴总，吴总一定要见一见你这位大师级的人物。”

刘宝刚想客气，突然瞥见吴总插在上衣左口袋里的空袖管，再抬头一看吴总的脸，刘宝脸唰地一下白了。

吴总的笑容僵在脸上，也愣怔在那里。

“原来是你！”吴总把酒杯重重地放在桌上。

刘宝也放下杯子，杯底与桌子砰的一声碰撞，酒洒了大半。

薛平莫名其妙地看看吴总，又看看刘宝：“你俩，认识？”

“岂止认识。贵公司真是心宽肚大，连这种人都用。”吴总乜斜了一眼刘宝，轻蔑地撇了撇嘴。

刘宝扭头走出了房间，他知道，自己完了。

出了红高粱大酒店，刘宝不知道自己该去哪里。外面的夜，很黑。

又一次，刘宝就快要忘掉过去的时候，他又不得不和那个以前的自己遭遇。

薛平好歹把吴总留住，房间里的空气有点儿凝滞，酒菜也没有了往日的味道。庆功宴就在不尴不尬的气氛中草草收场。

送走吴总，薛平刚要上车，突然瞥见拿着酒瓶子低头坐在门口阴影里的刘宝，刘宝身边摆着一排空啤酒瓶。

“刘宝，你上我车。”薛平冲着刘宝喊了一嗓子。

司机拉了拉醉醺醺的刘宝：“快上车，发什么呆呀。”

闻着车里的香水味，刘宝屁股一半靠外坐在车后座上，他拿车上的抽纸擦了擦手，局促着，却不知道手该往哪里放。

走到神仙巷路口，刘宝嗫嚅着：“薛总，我到家了。”薛平瞥一眼路边灯火通明的烧烤摊，示意司机把车停了下来。

“你回吧，我跟刘宝说会儿话。”薛平跟司机交代完，又转向刘宝，“刘宝，要不咱俩再灌灌缝？”

“啊？……还……还喝啊？”

“灌不？”

刘宝小心脏扑通扑通地开始加速，心里嘀咕，这家伙葫芦里到底卖的什么药？我不可能再在三三待了，这是要打我一棍子先给我个甜枣吃？

灌就灌。刘宝心一横，语气也松快下来，甭管你卖的是蒙汗药还是断肠散，豁出去了，爱咋的咋的！

（4）

“服务员，来一箱银麦。”刘宝的嗓音突然高昂起来，他从服务员手里接过啤酒箱子，啪啪啪，把一箱啤酒全开了，脸上带着一种壮士一去不复还的豪壮表情。

薛平哈哈一笑：“好小子，有尿性。”

三瓶酒下肚，刘宝目光开始走直线，舌头开始不拿弯：“薛……薛总，俺就要走了，谢谢您跟俺吃这个送行饭……”刘宝说着，突然趴在桌子上抽泣起来，“不，不管怎么说，俺都要谢谢薛总当时收留俺……俺这个废人……”

“刘宝，那个吴总说的可是真的？你进去过？”

刘宝手里抓着酒瓶子，手上青筋暴突。他擦了擦下巴上的啤酒，点了点头。

“他那条胳膊，就是让我劈了去的。”

薛平瞪大了眼睛。

是的，刘宝进去过，而且一进就是三年。不知从什么时候起，“进去”成了刘宝最忌讳的一个词。

当他“出来”时，未婚妻成了别人家孩子的妈，刘宝毫无怨言，并不是所有人都有义务站在原地等你。

父母跟他说话也不再跟以前一样骂骂咧咧，他们生怕冒犯了儿子那可怜的自尊。而父母的这种小心翼翼，恰恰让刘宝时时刻刻瑟缩在过去与现在的夹缝里，进不来，也逃不掉。刘宝干脆自己在外面租了房子，从家里搬了出来。

他选择了逃离。

“薛总，我对不起你，报名的时候，我没照实填简历。我知道，一个人只要‘进去’过，就废了，公司不可能用我这样的废人。是薛总力主把我招进来的，嗯嗯，我……我对不起薛总，我对不起公司。我卷铺盖走人。我……我本来就是个废物，没人要的废物。我去给人看大门，人家知道我的底细，都把我撵了。”刘宝端起酒瓶，咕嘟咕嘟把多半瓶酒一口气灌了下去。

薛平的电话响了起来，他站起身，去旁边压低了声音和电话那头的人嘀咕着什么。

接完电话，薛平脸上似乎轻松了许多。

“说说，当时是为什么？”

“你也知道，前些年咱高密到处拆迁。那时候拆迁不像现在，动不动就来硬的。”

薛平看着刘宝，继续。

“我们家邻居一个老太太，死活不搬。”

“为什么？”

“老太太认死理，他老头儿是在这个房子里去世的，她说老房子里有他老头子的气息，一搬家，老头儿就找不着回来的路了。结果开发商调来了推土机要强拆。老太太躺地上死活不起来，推土机就硬往前开，都碰到老太太衣服了还是往前开！我急了眼，拿起一把铁锨就劈向了那个站在一边吆三喝四指挥的家伙。后来我才知道，那家伙一条胳膊废了，他是那个开发公司的头儿。”

“其实你不劈他，推土机未必真敢把老太太推了。”

“当时没多想，就是觉得老太太可怜，她老人家是我们胡同里最善良的老太太，我们那一片儿几乎每一家都得过她的济。谁家小媳妇没人看孩子，就送她家。她家南屋里全是邻里百家的暖瓶，她家的煤球炉子从没灭过，一直义务给那些胡同里上班忙的左邻右舍烧水。我不能眼看着……”

“我知道了。”薛平不再让情绪激动的刘宝继续说下去，“其实刚才给我打电话的人已经调查清楚了，和你说的情况几乎不差。刘宝，你知道咱们集团的理念是什么吗？”

“理念？什么理念？”刘宝又拿起啤酒瓶，咕咚一口，“俺光知道……光知道鼓捣这些破铜烂铁，什么里念外念的都不在行。”刘宝把下巴顶在酒瓶口上，双眼迷离，直愣愣地盯着薛平。

薛平拍拍刘宝肩膀：“时候不早了，咱回吧。”

两个人勾肩搭背，蹒跚着走在空无一人的马路上，他俩一会儿晃到左边，一会儿晃到右边。刘宝还直嚷嚷为什么马路今天怎么这么窄。

“以后，不能为您……出力了。咱，咱要是晚点认识多好啊……”

“刘宝，不是认识早晚的事，你老是把自己当废物，放不下心里的包袱，认识再晚也没用。你小子不想给我出力了？想溜，告诉你，门儿都没有。”

刘宝一下子愣住了，酒醒了大半。

“你是说，我……我还能继续留下来？”

“当然，合同的尾款估计是白瞎了，你小子不给我把损失补回来，就想溜，想得美。”

刘宝木头一样立在原地，嘴唇哆嗦着，却一句话也说不出来。

“别整天废物废物挂在嘴上拿自己不当人。你小子给我记住了，这世上没有废品，只有放置不当的资源。钢铁是这样，人也是这样。这就是三三集团的经营理念。”

薛平扔下这句话，晃晃悠悠往胡同口走去。

夜风中飘来那英那首深情的《相见恨早》：玻璃窗一格一格像旧电影，当时青春年少，我们相识太早……醒来已不堪寻找，何时能被你忘掉……

老于头的桃花运

一朵桃花
这个三月的荡妇
魅惑整个春天，使其不知今夕是何年

桃花运
这个粉艳艳的词儿
招来蜜蜂蝴蝶，也引来无尽的落花流水之殇

说起来真是邪门儿，打光棍儿好几十年无人问津，老于头这几天被说媒牵线、上门自荐的人挤破了门。

老于头，从我迈出校门来到单位第一天起，就是他在警卫室看门，戴一顶破毛线帽子，额头上晃荡着一截脱落的线头。整天跟个霜打的茄子一般，蔫蔫的。那时候他四十来岁，光棍儿一条。如今，一眨眼，二十年过去了，他还是光棍儿一条杵在那儿。至于原因，大家众说纷纭，版本不少。

来说媒的太多，老于头晕晕乎乎的，不知道自己为何一下子命犯桃花，且来势汹汹，大有被桃花淹没之势。媒人们都把自己的主儿说得天花乱坠，老于头有点儿没法取舍，问我："嫚儿，怎么办？"（多少年的老习惯，现在我都是嫚儿娘了，还是叫我嫚儿。）"好办，人家比武招亲，你来个当面选妃吧。"于是乎，众媒人把自己手头的那些女人都领了来。那老于头立于桃红柳绿之中，真个就跟乾隆爷一样，挑挑拣拣起来。单位的同事小王就在旁捂着嘴哧哧地笑。来应招的大多是五十来岁或丧偶或离婚的半老女人，竟然还有一个三十岁的大姑娘！我纳了闷了，这是怎么了？我围着老于头转了三圈，这老头儿也没见发迹变成钻石王老五，也没一夜变成潘安，还是蔫不登的那个屃样，这些人，都中邪了？

三十岁的大姑娘，老于头自知自己虽然是童子身，但毕竟六十的人了，看着眼馋，绝不能选！挑来挑去，选中了李仙庄的一个五十岁左右的离婚女人，叫李菊，带着个上大学的女儿。这李菊，别看五十多岁，在一众庄稼户农妇群里也算独领风骚，皮肤很白，脸上皱纹也不是很多，一双眼睛细长，会说话一样，在老于头身上扫来扫去，直扫得老于头当场拍板，就是她了！那李菊应招胜出，像捡了个金元宝，脸上乐开了花。那些没被选中的都满眼仇恨地瞅瞅那李菊，悻悻而去。

这李菊乐呵呵地走进警卫室，帮老于头收拾凌乱的屋子，一边收拾一边嘀咕：“这大老爷们，没个女人照应真不行，你看，都乱成狗窝了。”收拾了一大堆脏衣服、臭袜子，放在盆里，就要去洗。老于头不好意思了：“以后再说，以后再说。”李菊抓住老于头来拦挡她的手：“一家人了，客气啥。”把老于头羞得脸红到了脖子根，赶紧提起水桶，跑出去：“俺去帮你打水去。”

那李菊俨然成了警卫室的女主人，连日来一天不落地骑着电动车往警卫室跑。忙进忙出，一点儿不认生。忙活完，就坐在警卫室的长椅上，和老于头挨着坐那儿拉家常，老于头环顾左右，红着脸往外挪了挪。

“于哥，咱们什么时候去登记？”

“啊？登什么记？”

“就是打结婚证呗。”

“不急，不急，先处处再说。说不定你到时候看不上俺了呢。”老于头嘴角露出一丝不易察觉的笑意。

“嗨，怎么可能，您现在这身价，上哪找去？”

“我？还有身价？”

“那个……噢，我就是看您人老实厚道，是个靠得住的男人。于哥对今后有什么打算没？没打算去高密买个房啥的？”

“啊？去高密买房？高密一套房不得好几十万，买不起买不起啊。”

“我打算回老家新盖四间大瓦房，心想等哪天不在这里看门了，就回老家去住，靠着千数来块的退休金安心养老。”

“于哥真是个靠谱的人，一点也不扎煞（张狂）。”

等那李菊从警卫室一走，同事小王便煞有介事地去老于头那里打听事，还问老于头发展到什么地步了。那老于头一个劲地说，自己这条件，心里有点儿不踏实。那小王就撺掇着老于头赶紧去把证领了再说，一副拉到篮子里便是菜的架势。

“趁你现在还是个香饽饽，赶紧把事办了。”

“真怪了，都好几十年没人提这事了，这些日子这是咋了？”老于头乜斜了一眼小王。

“嗯嗯，你现在成钻石王老五了呗。”那小王又嗤嗤地坏笑。

过了不几天，那李菊用电动车驮来了大红绸缎面的被子，绣着鸳鸯戏水的花枕头，看这样子是大婚当前了？俩人如胶似漆，蜜里调油一般，黏糊糊，甜腻腻。

不出半月，老于头手捧两本大红的小本本，来到办公室，乐呵呵地分喜糖。头上那顶脱线的破帽子也换成了时髦的薄呢帽，一身崭新的灰色毛呢套装，脚上那双刷得发白的黄球鞋也换成了锃亮的皮鞋。走几步就低头瞅瞅他的新鞋，生怕弄脏。

同事七嘴八舌地一边祝贺一边调笑：“这老于头，真时髦，也来个闪婚啊。”

“闪不着，闪不着。”老于头红着脸连声说。

“别闪着腰就好。”惹得满屋的人都哈哈大笑。

同事们都背后开始商量，贺喜的时候该给这老于头多少份子钱。

忽然一日，警卫室里像炸了锅，老于头和那李菊吵上了。摔盆砸罐，异常激烈。那李菊披散着头发，在那里骂骂咧咧：“你看你这熊样，三脚踢不出个屁来，没想到还会出来骗婚。没有就是没有，你装什么大尾巴狼？”

“我什么时候说过我有来的？是哪个王八蛋给我造的谣。”

“别人吃饱了撑的，给你造谣？我看你就是想女人想疯了，自己一肚子花花肠子，还赖别人。”

老于头气得整个人都哆嗦着，只管听那李菊破口大骂，一句话都憋不出来。

那李菊找出红绸缎被子和花枕头，往电动车上捆绑。拿出那两本结婚证摔在老于头脸上。

老于头急了眼:“这证,你不能扔了拉倒,你得和俺去把离婚办了,不能占着茅坑不拉屎。”

“幸亏俺留了一手，看你这老东西一开始就不像个好鸟，这结婚证，是俺找人办的假证，花了俺二百块呢，你把钱还俺。”

“你，你是嫁钱还是嫁男人？”

“哎哟哟，也不撒泡尿照照，就你个看大门的，没钱，谁稀罕你啊。”

老于头一屁股跌坐地上，气得鼻子都歪了，拿手指着那李菊：“你……你……”哆嗦着嘴唇没了下文。

那李菊把警卫室里能摔之物都砸在地上，搅了个底朝天。骑上电动车，嘴里依然骂着扬长而去。

老于头哭得鼻涕一把泪一把,也不心疼那新帽子了,一把揪下来,擦着鼻涕。

同事们赶紧去问其中缘由。

那老于头满肚子委屈：“谁给我造的谣，说我买彩票中了五百万？谁这么缺德，让我这把年纪了丢人现眼。”

那小王眨巴着俩小眼睛，怯生生地凑过来：“哎，本来看你这么大年纪了，想帮帮你，没想到弄成这样。是我上次去你们村果园买苹果，给你撒了这么个谎，没想到还这么管用……现在的女人啊……”

老于头拾起地上的帽子，没好气地朝小王扔过去：“小子，你这哪是帮俺，分明是害俺啊。”

上级要来单位检查卫生，单位忙着大扫除，大门口的电线杆上俗称城市牛皮癣的小广告也在清理之列。老于头提着水桶，拿着铁刷子清理电线杆上的小广告。清理完不孕不育找某某的那个“牛皮癣”之后，老于头看到了办假证的小广告，他把桶里的水发狠地泼到小广告上，用铁刷子“唰唰唰”地擦着，仿佛那真是长在他身上的一块“牛皮癣”。

老于头的遭遇让大家津津乐道了一段时间，同事们纷纷感慨现在人心难测，女人心海底针呀。

有一个人忍不住了：“其实，老于头自己也知道怎么突然媒人多了起来，他自己装糊涂罢了。”

一句话，大家都不再吱声了。

巧克力蛋糕

儿子的儿子爱吃巧克力

爸爸的爸爸就想把整个世界都种满巧克力

（1）

林德祥和卡卡百无聊赖地坐在家门口，消磨着夕阳晚照下的光阴。

林德祥的这个家是一栋住过五代人的老房子，坐落在高密神仙巷轿杆胡同的最里头。

老房子的破败在阳光的侧照里反而呈现出一种古意，就像一个扛着命运的长衫男子，在民国的时光里负重前行。

林德祥瞅着那条蜷缩在自己身边的流浪狗卡卡。几年来，他与卡卡之间建立起了一种由萍水相逢滋长而成的相互信任。这样的信任可能源于他第一次让这条狗在自己的门楼里过夜，也可能源于他俩极其相似的自我和孤独。林德祥经常和流浪狗四目相对，他不知道这条脏兮兮的白毛狮子狗是否读懂了他的目光。他觉得自己与这条狗有很多共同的东西，不同之处在于，流浪狗居无定所，而他还有这么几间摇摇欲坠的平房赖以栖身。

以前的邻居老庞领着一帮穿着维客超市制服的租房客过来看房子，杂沓的脚步声惊扰了老巷子的沉寂。

老庞一边走一边跟租房客夸大其词地介绍这神仙巷的诸多好处："这房子虽然不太新，但是架不住地段好，位于市中心，离超市近，四通八达，去哪里都方便……"老庞看见了门口坐着的林德祥，扭头跟他打招呼："老林，你又搬回来了？"

"嗯，搬回来了。"林德祥的脸抽搐了一下，把脸往旁边别了一下，似乎不太愿意跟老邻居多说话。

"咋不住你的小二层了？放着小别墅不住，来住这老房子？"

林德祥咳嗽了一声："哎，儿子在上海买学区房，孙子要上私立幼儿园，光托儿费一月就六七千呢。俺把小二层卖了，支持儿子，更得支持孙子不是？"其实老林也不知道儿子是不是买的学区房，孙子的托儿费是不少，具体多少他也没弄清楚，只是觉得这样说更"有面儿"。

"了不得，大上海买学区房，一般人都买不起啊。你这儿子有出息。你这孙子更了不得，托儿费一月六七千哎，我一年的生活费也花不了六七千呢。我要有这么个出息儿子和孙子，不说卖房子，卖血我也愿意。北上广，了不得，了不得呀。"

林德祥朝老庞撇撇嘴，"别站着说话不腰疼，你搬回这老房子来住住试试？"

老庞没接话，推开院门走了进去。

这栋老房子的确有年头了，还是林德祥和老婆刘桂英早些年靠秤杆子卖海鲜一分一厘攒出来的，当时虽是二手房，但也花了三万块。这可不是几间房子的问题，而是代表着林德祥从庄户人变成了城里人，大翻身了！

那时候林德祥的儿子林栋还小，改革开放大潮正掀起狂波劲澜。林德祥和刘桂英干劲十足，在允许一部分人先富起来那股政策风的吹拂之下，他和老婆有个感觉，只要人肯出力，赚钱似乎不是一件特别难的事。林德祥每天早上二三点就去上货。海鲜批发市场得赶早，要不然好货都出完了，他们一天的生意都会受影响。成色不好的海鲜，价钱自然上不去，海鲜行里有门道，越是成本贵的货，利润越是高。

一天天忙下来，林德祥两口子几乎每天披着星月开着三轮突突突回到家。儿子林栋又歪在炕沿上睡着了，手里拿着一块方便面，嘴角流着哈喇子。

林德祥到家顾不上洗手，先把收款箱从三轮车上拿下来，把箱子扣过来，数着今天收到的现金，在一本散发着鱼腥味的破本子上记着一天的账。刘桂英凑上前来：“今天怎么样？”

“嘿，净赚二百，再干几年，咱就可以去城里买套房子，不用乡下城里来回跑了。”说起房子，林德祥的眼睛突然明亮起来。他小心地把那个破本子理了理封面，然后又小心地把它压在收款箱底下，仿佛箱子底下压着的是一个不小心就会飞走的梦想。

刘桂英也咧嘴一笑，把一个卷饼送到林德祥嘴里，“先吃点儿，以后要是在自己家门口做买卖，想想都舒坦。”

刘桂英俯下身，把那块没啃完的方便面轻轻从林栋手里拿出来，又把掉在枕头边的方便面屑拂到地上。

“栋栋又吃着东西睡着了……要是在城里买了房，咱栋栋就可以在咱跟前上学，不用跟着遭这罪了……”说这话时，刘桂英嗓音里就带了哭腔。一阵心酸突然间涌上她的心头，捏在林德祥手里的那一摞票子也难以抵挡她对年幼儿子的负疚和心疼。

在海鲜市场上，林德祥的抠门是出名的。刘桂英至今有件羊毛坎肩还压在箱底，每次翻衣橱看到这件白底青花的坎肩，刘桂英心里就别扭一阵子。

那还是几年前的一个礼拜二，因为头天是高密大集，大集日很多人该买的东西基本都买全了，第二天所有生意就寡淡了一些。

一个刘桂英平时要好的姐妹喊着刘桂英去市场别处转转。林德祥看看今天实在是没几个人来，心想在这里盯着也没用，就叮嘱刘桂英，快去快回。

刘桂英和姐妹逛了半晌午，满面春风地回来了。她兴冲冲地从方便袋里抖落出一件坎肩，穿在身上前前后后转身给林德祥看：“怎么样，好看不？”

林德祥嘴唇动了动，没吱声。

相邻摊位的一位中年妇女羡慕地瞅着刘桂英：“桂英，很显脸色，真好看，在哪里买的？多少钱？”

“纯羊毛的，特价处理，才五十块钱。就在对过那个胡同里，赶紧去，要不然都抢没了。”

“五十块还便宜？啧啧啧，你真趁钱。冷天穿没袖子，热天穿捂痱子，买这么件破烂玩意儿，钱多了烧的？”

林德祥劈头盖脸一句话把刘桂英脸上的笑容一下子斩住了，邻摊那个大姐朝刘桂英使使眼色，不再说话。

“我看你就是没事找事，我花钱你就心疼。”

“我心疼？我省下为了谁？你说说我为了谁？”林德祥一下子把秤杆砸在地上，吹胡子瞪眼朝着刘桂英吼了起来。

刘桂英看看全市场的人都瞅着自己，脸憋得通红，一屁股坐在凳子上，再没说一句话。

自从跟了你林德祥，我和你林德祥风里来雨里去，一年到头，不舍得买件衣服，虽然卖海鲜，也没舍得吃过一次鲜鱼活虾。为这么一件五十块的坎肩，你就跟我这样？刘桂英越想越委屈，眼泪不自觉地吧嗒吧嗒往下掉。

一到家，刘桂英就把那件羊毛坎肩塞进了衣橱，以后再没动过。

林德祥和刘桂英的辛苦没有白费，他家一步步卖了农村的小土屋，在高密神仙巷买了三间小平房，儿子林栋也转到了城里的东关小学。过了几年，神仙巷的平房不住了，林德祥又花了三十几万在胶河边买了复式的小二层。林栋也考进了高密五中，食宿都在学校，每两周回家一次。林德祥两口子因为不再牵挂儿子，买卖也越做越大，原来一米半的摊位扩大到了三四米。

林德祥又想起从老家搬出来时他们戏称这是农村包围城市，从老家进城是农村包围城市，那么两次换房就是两次奔小康革命的完胜，是林德祥人生路上的里程碑，相当于革命老兵枪林弹雨里冲杀出来的军功章。林德祥望着自家二层小楼前面那个布局精致的小院子，脚步结结实实地踏着那条竹子掩映下鹅卵石铺的小甬路。他的目光透过竹叶的缝隙仰望着天空，长长地舒了一口气。他还记得几年前从农村老家往城里搬家的那天，村里的左邻右舍用艳羡的目光看着林德祥一家三口把盆盆罐罐搬上了三轮车。林德祥也满面春风地把那些再也用不到的农具分给平时关系亲厚的叔伯侄孙。

“人家林德祥这就成了城里人呀,啥时候咱也去城里买套房啊。”

“林德祥，你小子可别把老家的邻亲百家忘了啊。”

“嗨，哪能忘？城里乡下都一样，我也就是图个买卖近便省事，还是老家的热炕头睡着舒坦。”

林德祥嘴上这样说，心里其实乐着呢。我林德祥不光要农村包围城市，我以后还要在高密城买高楼，住别墅。

林德祥摸着影壁墙上那个鲜艳的大“福”字,得意地瞅着刘桂英:“你说咱节约得值不值？”

刘桂英瞅瞅他，一句话没说。

（2）

起风了。

林德祥望着邻居家两扇门中间忽大忽小的那道缝隙，老庞讲给租房客那些夸大其词的话和故意迎合的笑声时不时从门缝里钻出来。

风卷起地上的塑料袋同时夹杂着尘土钻进门缝，把老庞那些吹嘘得有点儿不着边际的话和曲意讨好的笑声从门缝里堵了回去。卡卡也靠墙根缩了缩身子。林德祥揉揉眼睛，赶紧收起马扎进了屋。

晚饭早就做好摆在餐桌上，但他没胃口。刚才听了老邻居这一席话，林德祥心里似乎舒坦了一些，拿起饭桌上的半个馒头咬了一口。林德祥突然捂着腮帮子蹲在地上，嘴里吸溜着。这馒头还是老伴儿去上海之前给他蒸下的，三个月了，不但长了青毛还变得刚硬，硌了他的牙。林德祥举起那个硬馒头砸向门口的狮子狗，去他娘的！

卡卡对林德祥的突然反目很是怨怼，它回头瞅了一眼，嗷嗷叫唤着跑出了胡同。林德祥把狗打跑自己又后悔不迭，他感觉自己现在很难把控情绪，为什么要去砸一条狗？它招你了还是惹你了？它要是再不回来了怎么办？

丁零零，丁零零……屋里的电话机响了起来，林德祥赶紧起身小跑着进了屋。抓起电话机，一听是孙子木木的声音，脸上乐开了花。

“木木啊，想爷爷没有？想了，爷爷也想你了啊。好好，木木想吃什么呀，爷爷这就去给你买，这就去，好好好……快到了呀，好好好，爷爷这就去迎接俺的大孙子……哈哈哈。”

孙子的一个电话把林德祥从抑郁里一下子打捞出来，他突然欢喜雀跃如一个孩子。放下电话，赶紧拿起抹布把沙发、茶几擦了擦，把床铺的铺盖叠好摆整齐，看看地上有点儿脏，拿起拖布拖了几下。他一边嘴里埋怨儿子搞突然袭击，一边着急忙慌地出了胡同在路上巴望。

电话里说好了给孙子买好吃的，林德祥赶紧去了胡同对面的超市，买了娃哈哈和最贵的德克士。

“爷爷。”林德祥刚从小超市出来，就看见木木拉着奶奶的手，儿子林栋和儿媳方慧提着大包小包进了门。

林德祥一下把孙子抱在怀里，“木木，可想死爷爷了。来，好好让爷爷看看，俺大孙子长高了没有？长胖了没有？木木吃不吃巧克力？”

木木大声说：“吃！”

老伴儿笑着骂林德祥：“这老东西，眼里光有你孙子。”

林德祥这才扭头招呼儿子儿媳进屋，又扭头看了一眼老伴儿烫过还染了色的头发。

一家人热热闹闹吃了顿团圆饭，因为坐车劳累，叙了一会儿旧，林栋一家三口就早早休息了。

林德祥关上房门，也不理老伴儿，拉过被子蒙头便睡。老伴儿摸不着头脑，心里纳闷这老东西发哪门子神经？咋还跟我使开性子了？

看林德祥翻来覆去睡不着，老伴儿把林德祥蒙头的被子掀开："老东西，你给我说明白了，这是犯啥病了？"

林德祥啪的一下把灯扭开，"哼，看看，看看，去了上海几天，你看你烧包成啥样了？还学上洋乖了，烫了个绵羊腚头，这么个岁数了，也不嫌丢人……"

老伴儿给了林德祥一巴掌："你个老东西，我丢人？你以为我愿意？还不是为了儿子儿媳脸上好看？大上海，你以为是咱小高密？上海人看哪里人都是乡下人呢，说话那个酸溜溜哎，还不是为了给孩子长脸，不让人笑话咱小县城的人土气？"

林德祥揪了揪老伴儿的"绵羊腚"头发，撇着嘴啧啧着。

刘桂英把林德祥的手扒拉开："你还跟我耍脾气，你以为我不委屈啊，在儿媳妇面前我是小心了再小心，生怕木木有个啥闪失，要是孩子磕了碰了，咱心疼暂且不说，要是被儿媳妇抢白了，你说我这老脸往哪里搁？回来你还给我使脸色，我还想找个人使脸子呢，我……我在外面像个赔着小心的丫鬟，回来，回来你个老不死的还跟我阴阳怪气。我，你说我还活个什么劲啊……"老伴儿说着，那声音就带了哭腔，开始抽抽搭搭抹眼泪。

这几年来，虽然每次看到那件羊毛坎肩刘桂英的心还是会猛地抽一下，但是在林德祥的日益熏染之下，她也慢慢习惯了省俭过日子，不为别的，为了孩子有个好前程，怎么省俭都不过分。

林德祥家停止换房是从儿子林栋上高二开始的，林德祥突然认识到，房子换来换去还是个死物，人是活的，孩子比房子更重要。林德祥这几年是赚了点小钱，但是他可不想让儿子再干这行，不受用，更不体面。儿子得考上大学，去大城市，见大世面。

林栋的高考有点儿意外，比平时成绩少考了 20 分。这对林栋，对林德祥全家都是一个不小的打击。林栋这分数，可以选择青岛的一个二本学校，也可以选择上海的一个大专院校。在全家权衡再权衡之后，林栋选择了去上海的一个纺织大学。在志愿选择上，林栋顺从了林德祥的一贯原则，去大地方，见大世面。

随着儿子在“大上海”求学、毕业、成家，林德祥慢慢被各种力不从心困扰：体力上的，财力上的，心理上的。买卖竞争越来越激烈，利润空间越来越被挤压，买海鲜的顾客越来越挑剔，同行间各种钩心斗角也愈演愈烈，相邻摊位间的口角甚至肢体摩擦也时有发生。摊主们望着自己冷清的摊位，有的聚一起玩儿起了扑克，有的互相斗嘴磨牙。

看着林德祥慢慢佝偻起来的身子，焦虑也慢慢爬到妻子刘桂英的脸上。他家膨胀起来的摊位在不知不觉中慢慢缩水，直到林德祥最后一次因为胸部的绞痛被 120 救护车送进医院，林德祥最终把那个缩过好几次水的摊位转租了出去。

林德祥病最严重的那会儿，林栋把他接到上海住了一段时间，理由是上海的医疗条件比高密好。

医疗条件好是好，但是每次去医院那一大摞医药费单子让林德祥肉疼心更疼。在上海住了半个月，林德祥就吵吵着要回去。林栋也是个犟脾气，不好利索了，坚决不让他回。

林德祥住在林栋家也闲不住，他也不知从哪里倒腾来了土，把搁置不用的花盆找出来，在花盆里种起了韭菜秧起了蒜苗，说：“市场上的菜贵还有农药，不如自家种点。你们年轻人别整天大大咧咧，省着点，以后用钱的地方多着呢。”

方慧知道她这老公爹过日子紧，也没说什么。

林栋租住的这个一室一厅，连个给林德祥单独住的房间都没有，客厅里放了一张50公分宽的折叠床，白天小床折叠起来放在客厅阳台，晚上就把客厅沙发挪一下，放那张小床。林德祥刚来的时候，看着小床搬来搬去，感觉自己被搬成了一片落叶一簇漂萍，飘来荡去不踏实，心里不踏实便老是失眠。时间长了，也慢慢习惯了。

一天，林德祥又在阳台上摆弄他那几棵蒜苗，远远看着方慧穿了一件以前从没见过的大红风衣从小区门口往家走来。林德祥把刚收割完的蒜苗归拢起来，听着方慧开门闭门声。

“回来了，今天这蒜苗我割了不少……你……”

林德祥愣了几秒钟，方慧身上的大红风衣不见了，换上了早上出门时穿的那件旧西服。林德祥把蒜苗放在厨房案板上，默默回了客厅。

林栋在厨房里边做饭边和方慧小声嘀咕:“你那件风衣挺漂亮的，咋不穿了？”

“你爸那么抠，穿了他心里不舒服。我每次都是出门再换上。”

“那多麻烦啊……”

“嘘……”

第二天早上，林栋一起床看见林德祥收拾得浑身利索，一个行李箱放在脚边。

“爸，你这是要干吗？”

“回高密。”

“您还没好利索呢，不急。”

“谁说我没好利索？我这不是好好的了。”

方慧和林栋好说歹说都没劝住林德祥，没办法，只得把他送上了火车。

上车门的瞬间，林德祥扭头冲林栋喊了一嗓子：“林栋，我过日子抠门儿不是为了我自己。”

“我知道，爸。”林栋郑重地回答。

（3）

“不想那些过去的事儿。”林德祥叹一口气，拍拍老伴儿肩膀，“都说老伴儿老伴儿，你说我们这老了老了，倒成了牛郎织女见不上面了……怎么了？在上海，儿媳妇给你气受了？”

“想哪儿去了，这方慧虽然是大城市的女孩子，却一点儿也不娇气，对我也挺好，一口一个妈叫着，我们娘俩，从没红过脸呢。”

“那你还委屈啥？好了好了，你去是为了看孙子，我自个儿在家也是为了孙子，你说咱都是自个儿愿意的，还委屈个啥，都是为了孩子往前奔不是？”老林讨好地贴着老伴儿后背，把胳膊搭在她身上。

“其实也不光是因为这个，你没看我给木木买的德克士，他妈领着他出去一趟，德克士就不见了，我都看出来了，木木不高兴。是她妈把德克士偷偷没收了，啥意思？嫌弃？上海的德克士还两个样，我可是买了超市里最贵的呢，真是……”

“你这就多心了，木木这两天咳嗽呢，他妈肯定是不想让他吃甜东西，人家小慧算是懂事的，你没看，咱这小破屋，又暗又潮，人家眉头都不皱一下，知足吧。”

“我们住这小破屋，还不是为了他们？”

“行了，别发牢骚了。知足吧你就，你是没见过那些厉害的儿媳妇，乡下的公公婆婆去了，嫌脏，都有不让进门的呢。”

“这次回来，住几天啊？”

“等你过了生日，我们就回去。”

“嗯嗯，好，好。我可以和俺孙子多待几天了。”

（4）

方慧和木木睡熟了，林栋却难以成眠。他瞅着屋顶，瞅着月光下因为返潮墙皮脱落后斑斑驳驳的墙面。

刚毕业那会儿，林栋感觉自己像刚出笼的小兽，迸发，昂扬。为了弥补高考失利的遗憾，林栋在大学里一刻也不松懈，连年拿奖学金，最后还被评为优秀毕业生。当他抱着简历到处推销自己却接连碰壁之后，林栋一下子迷茫了——什么奖学金，什么优秀毕业生……在黑压压的求职大军洪流裹挟之下，他这个专科生在面试人员的眼里是如此轻飘飘微不足道。

“对不起，这个职位不适合你。”一句话，就把满怀希望的林栋打得满目凄惶。

林栋不是那种轻易妥协的人，就像他自己说的，他心里有一条自己明确的路，除了自己手里提的灯，任何人，任何事都无法阻止他的脚步。这种百折不回的韧劲最终让他谋得一个还算满意的职位，实习期工资虽然只相当于每月的基本生活费，但林栋干的却是全勤工资的活，该他干的他干，不该他干的他还干。一年后，林栋在部门经理赞许的目光里度过实习期成了公司一名正式员工。收获自信的同时，林栋也收获了爱情。

这个骑着单车，拼命三郎一样对工作痴迷投入的山东小伙引起了同事方慧的关注。方慧是土生土长的上海人。眼睛不大，单眼皮，眼角眉梢却透着掩抑不住的温柔纯善，头发随便拢一个马尾，天蓝色衬衣往白色牛仔裤里一扎，不刻意搭理，浑身却洋溢着别样的青春润泽和飞扬的神采。

方慧的父母都是工人，别看是蓝领，他们在城区有房子，有上海户口，光这一条，他们就没把这个小县城来的林栋放在眼里。

有一次林栋登门拜访，方慧的妈妈把林栋提着的礼品原封不动地扔到门外。方慧追着面红耳赤的林栋一直追到单身宿舍。就在那一晚，方慧以百般的柔情和超乎寻常的热烈拥住林栋，义无反顾地把自己交给了林栋。从那一刻起，林栋就下定决心，他要爱方慧一辈子，他要尽自己的全力给方慧幸福。

林栋顺风顺水地在公司干了几年之后，因为国际市场的贸易争端，牵涉到专利侵权等等乱七八糟的名目，本来如日中天的公司被日益边缘化，利润空间被逐渐挤压，一天天显出了颓势。裁员减负，是每个没落公司的老套路，打算大干一场的林栋听说也被列入了裁员名单。

本来女儿结婚后，看着林栋在公司的业绩越来越好，大有升职进军公司管理层的势头，对林栋态度有所缓和的方慧妈又开始了对林栋的横挑鼻子竖挑眼。

世上有种人，他们会在压力之下越发地有股决绝的狠劲。林栋的狠劲就在丈母娘的重压之下迸发了出来。在公司宣布裁员之前，林栋辞了职跳槽到另一家经营医疗器械的公司。

林栋发现随着和形形色色的人打交道，原来不善言辞的自己不知从什么时候起学会了很多东西。用原来同事的话说，林栋现在的情商上了八百六十个台阶。在一个环境中浸染的时间长了，有些东西会慢慢渗透到人的身体里、意识里。在刀枪剑戟中冲杀久了，你会在无意识中穿起铠甲，把自己武装到质地坚硬。一个老器物在岁月里磨蚀久了，就会自然而然有了包浆……

一开始，林栋到处碰壁。那些让林栋心怀希望的家伙吃完了喝完了，明里暗里的“意思”也收了，但是合同却遥遥无期。

林栋不服输，但却始终找不到有效的突破口。

直到有一次他原来的大学同学来上海找他，这个同学恰好也是做医疗器械。在同学的不断提点之下，一直没开和的林栋接连拿下了几个订单。

推销医疗器械之余，林栋还兼职做着好几个小公司的广告设计。方慧看着林栋没日没夜地拼，心疼地劝他不要兼那么多职。林栋直视着方慧，“我要给你我力所能及的幸福。”有了儿子木木以后，不但林栋兼职，方慧也给好几家私企干起了业余会计。

随着订单的增加和儿子的一天天长大，林栋在上海买房的愿望也越来越强烈。

还有一个他没说出口的原因——为了打压一下老是对他颐指气使，甚至不正眼瞧他一眼的丈母娘的嚣张气焰，也是为了儿子木木上学方便，林栋终于下定决心买房。

倒腾了一段时间，小两口儿把所有积蓄都翻出来，盘点了一下数目，接近三十万了。两人不约而同地说：“走，看房子去。”

转了几个楼盘，最终选定了城郊一个新开发的楼盘，虽然有点儿偏，但配置、绿化都还看得过去。

售楼小姐满面春风地接待了他俩，拿出计算器，给他们算除去贷款，他们还应该交的首付金额。

林栋看着计算器上显示的那个数字，“您再算一遍。”说话声音明显比刚进门时低了下去。

售楼小姐啪啪啪一通按键，“没错，就是这个数，在这地段，算是低的了，这是最低首付额。”

挫败感像一把尖刀一下子捅在林栋的胸口，都这么拼了，还差这么多？林栋拉起方慧，“走，再看看别的。”

方慧一看林栋铁青的脸，把没说完的话咽进了肚里。

他俩没去别的楼盘，林栋一路无语把方慧送回家，他说公司还有点儿事就扭头出了门。转悠了半天，林栋去了一个路边小饭店，点了一盘花生米，一盘醋溜土豆丝，要了一瓶牛栏山二锅头。

林栋感觉生活就像一个个台阶摆在自己面前，当他以为只要攀上这级台阶就可以歇歇了，但是当真正把这级台阶踩在脚下，他发现自己根本停不下来，还有更高的台阶在上头。没结婚前为了结婚。结婚后为了自己在丈母娘面前腰杆儿更硬。生孩子后，为了木木上个好幼儿园、好学校。孩子上了好学校又想换个好房。每天忙完了把自己扔在床上，身心疲惫的林栋经常故意忽视方慧眼神和动作里的明示和暗示，他太累了。

身边的林栋一会儿就响起了鼾声。对我不耐烦了？方慧心里的委屈起伏翻涌，她大睁着眼睛，没有一点儿睡意。方慧瞅着窗帘缝隙里射进来的那道月光，那光亮齐斩斩的，在床上画了一道分割线，把她和林栋分在了两边。她讨厌这道分割线，抬手把被子一掀，但那道线还是分明地落了下来。方慧从被窝里爬出来，把窗帘拉紧，把月光挡在了外面。重新钻进被窝，方慧从背后抱住了林栋。迷迷糊糊的林栋翻过身来抱住她，嘴里喃喃着："方慧……我要让你幸福……我要尽我的全力……给你……幸福……"

他们租住的房屋眼看到期了，木木也到了上学年龄，房子到了非买不可的时候。林栋实在没办法，就给高密的爸妈打电话说了那边情况。接到电话，林德祥一个劲地跟儿子说："儿子不愁，包在爸身上。"

撂下电话，老两口儿犯了难。这些年，他俩拼死累活，把儿子供出了大学。林栋上大学那会儿，老两口儿心想，儿子大学毕业了他俩就轻松了。林栋刚找到工作那阵儿，自己有了工资，不再问家里要钱，老两口儿的确松了一口气。但是过了没多长时间，老两口儿又抠抠搜搜起来。为嘛？儿子毕业是毕业了，可还要买房，还要结婚，不攒两个钱，心里没底啊。

虽说这些年两人也攒了仨瓜俩枣，但是相对于上海的房价，他俩的那点积蓄就是蚂蚁撼大树。老两口儿琢磨了半夜，最后决定，为了儿子，卖掉现在住着的小二层，回神仙巷的老房子里去住。再不行，就杀回老家，回去睡农村那盘火炕。话是这么说，林德祥心里有数，老家是回不去了，自从他在左邻右舍艳羡的目光里搬出了那几间瓦房，他就知道，他林德祥这辈子再也不可能回来了。

老两口儿回到这老房子，面对着神仙巷里成堆的垃圾，满地的泥泞，不禁皱起了眉头。进了屋，遍布满屋的蛛网，和因为地势低在屋内地面上形成的一个个潮湿的印迹，因为常年不通风，充斥着一股难闻的霉味。林德祥和老伴儿都不说话，心里却是一样的五味杂陈，一样的翻江倒海。活了这么多年，一下子倒退回了十年前，心里怎么说都有那么点儿不是滋味。曾经的农村包围城市，曾经的里程碑……现在呢？节节败退，像这栋潮湿的老房子，更像他日益衰颓的身体，再也没有了以前的昂扬……

（5）

接下来这几天，林德祥变着样地改善生活，买这买那，生怕慢待了自己的孙子。

那条流浪狗对林德祥很是不满，趴在门口，看着他拉着木木的手出来进去，眼睛里满是敌意。

今儿一大早，林德祥拉着木木要去凤凰公园看猴子。路上木木一直嚷着身上痒，林德祥赶紧停住电动三轮，掀起木木外套——木木身上起了密密麻麻一层红色的小疙瘩！他心里又急又心疼，孙子这是被什么毒虫子咬了？不行，得赶紧去医院。

从医院回来，林德祥拿着一大包各种药膏和药片，到家嘱咐方慧赶紧给木木抹药膏。

他突然觉得心口有点儿发闷，赶紧一屁股坐在门前的台阶上，从上衣口袋里掏出救心丸服了一粒。

“木木身上有疹子呢，是不是因为这屋子潮湿啊？要不，要不咱回去吧？”方慧在屋子里压低声音对林栋说。

“没事吧，我在这屋子里住到十好几岁，也没出啥毛病。再说了，怎么着也得给老爷子过了生日再走吧。”林栋顿了顿，“咱都好几年没回来给爸过生日了……”

方慧看林栋满脸的愧疚，本来还想分辩几句，话到嘴边，又咽了回去。

“你勤快着点，爸妈不容易，这几天我看咱爸累得够呛。”林栋说完这句话，就背过身去，心里说不出的难受。尽管别人觉得林栋在上海上的大学，又在大上海落了户，是老林家的骄傲，但他总觉得对不住爸妈，对不起这个家。林栋在想，他们这一家人是不是把目标定得太高了，如果不是非得为了去大地方，如果当时自己选择省内的城市求学，自己是不是就不会这么狼狈？

方慧把手搭在林栋后背上，轻轻拍了几下。

木木因为身上痒，一晚上没睡好，第二天又哭又闹。林德祥急得抓耳挠腮，抱着孙子到处转悠。走在街上，木木从玻璃窗里看到超市柜台里的火腿肠，平时虽然眼馋，但是妈妈从不买给他吃，理由当然是垃圾食品小孩子不能吃。

看孙子稀罕，林德祥心想，只要孙子不哭不闹，偶尔吃一回又能怎样？

木木拿着火腿，让爷爷把封口揪开，便兴高采烈地从爷爷怀里下来，似乎也不觉得身上痒了，蹲在大门口吃了起来。

林德祥松了一口气，看见胡同口一帮老邻居正在讨论这里旧房改造的事，也凑上去听听大家热火朝天议论的棚改到底什么政策。

“啊……呜呜……呜呜……”是木木的哭声，林德祥一个激灵，赶紧往门口跑。

木木手上鲜血淋淋，哭得撕心裂肺。那条狮子狗嘴里叼着半截火腿肠躲在墙角贪婪地吃着。

林栋抱起木木就往医院跑。

林德祥站在门口发了一会儿呆，突然抄起一块砖头，砸向那条狮子狗。

木木被狗咬了，全家人跟着着急上火，虽然打了疫苗，但是伤口处老是不能愈合。方慧的脸色逐渐难看起来。

林德祥又是后悔，又是心疼，又是生气——生自己的气，没事给木木买什么火腿肠啊！

就在林德祥生日前一天，木木发起了高烧，全家人都慌了神。

“林栋，赶紧回上海！你要不回，我和木木回去。”方慧对着林栋吼了起来。

“再等一天，去人民医院看看……就等一天行不行？”林栋看看儿子，看看父亲，左右为难。

“等什么等，赶紧订票去！过生日要紧还是孩子要紧？这里的医疗条件能跟上海的比？”林德祥朝着林栋发了火，林栋其实等的就是老爸这句话，赶紧掏出手机订火车票。

上火车前，一直昏昏沉沉的木木一下子拉住林德祥的手：“爷爷，爷爷你也跟我们去上海……”

林栋一家三口走了，老伴儿也走了。那条流浪狗自从被林德祥砸了一砖头，也没了踪影。林德祥坐在院子里，瞅着梧桐树上的叶子出神。枝叶缝隙间投射下来的阳光似乎灼疼了他的眼，林德祥抹了一下眼睛，进了屋。

一个戴着白帽子的小伙子推门进来，林德祥定的蛋糕到了。他跟谁赌气一样要了一个三层的巧克力蛋糕，上面嵌满各种水果。这蛋糕，是提香那边最贵的一款。林德祥把一包蜡烛全插上，全点上，也不吹，就瞅着蜡烛燃尽，烧到巧克力层吱吱地冒着青烟，兀自熄灭。

就是因为木木爱吃巧克力，他特意要的巧克力蛋糕。

后 记

在神仙巷这条曲里拐弯的老巷子里，有卖鸡蛋卖菜的，卖塑料桶洗脸盆的，有架着杆子卖肉的，还有打卦算命相面的……这里有成堆冒着臭气的烂菜叶、烂瓜果，这里有在垃圾箱跳进跳出觅食的流浪猫……此起彼伏的叫卖声，车辆通行不畅一声紧似一声的汽车喇叭声，把整个巷子叫嚷得喧嚣又真实。

源于在巷子南头的醴泉小区住了十年，我对这里的每一个犄角旮旯都熟稔又留恋，尽管棚户区改造早已把神仙巷的喧嚣弃置到了时光深处，但每次经过这里，我都会在原来巷子尽头的位置驻足，想听一听买菜大姨讨价还价的吆喝声，想买一斤刚出锅的葱油饼，喝一碗放了韭花辣椒油的豆腐脑儿。这里的一切分明还恍如昨日，怎么突然都不见了呢……

这个神仙巷系列小说，2015 年我刚涉足文学就开始写了。从一开始兴之所至的率性而为，到后来逐渐对人世、人生、人性有了些微粗浅认识后的虔诚书写，我力图以生命的宽广与仁慈来打量一切人与事，然而无知与浅陋经常让我束手无策，就这样一路磕磕绊绊，这个系列一直伴随我走到今天。

如今，这个系列里面的小说已相继在各级报刊发表，并在潍坊市年度优秀文艺作品征集中获得一等奖等。可以说，神仙巷系列在记录一系列小人物的同时，也记录着我个人的文学成长——而这也正是我没有把最初几篇小说从这个文集里剔除出去的原因。

《高密女人王大花》是我开始练笔的第一篇小说，当时公众号一发出来，阅读量过万，文后的留言区里得到了若干高密本地和外地读者的留言反馈。不是时事热点，也不是吸睛的标题党，在一个小县城，一篇普通的短篇小说能有这样的点击率，还是有点儿出人意料。如今回头看，这篇小文缺点很多，甚至不能被称为严格意义上的小说，但是文中王大花的那种泼辣、随性和如牛饮水般的痛快淋漓，在后面的文中很难找到了。每次我自己读或者改这篇小文，还是会让自己泪流满面。

《饮弹而亡》中再婚后本来生活幸福美满的老胡，因为拆迁换房时的利益算计，一家人生活中的矛盾日益积累。孙子豆豆的误伤成了矛盾爆发的导火索，最终让原本幸福的美满生活饮弹而亡。物欲对人性的扭曲之痛，也让我黯然神伤。

《谁在原地等我》中“杨玉环”（杨钰涵）和“赵飞燕”（赵菲艳）因为孚日家纺的一次招工报名偶然相遇，又因为别人的一句玩笑两人日益互相关注，最终成为亲密无间的闺中蜜友。在相处中，因为女孩子过分的敏感和自尊两个人分分合合，最后又因为两个人同时爱上了滕大彬导致彻底分道扬镳。赵菲艳的癌后重生让闺蜜两个最终又重归于好，写到最后，我自己都松了一口气。人性就是这么纷繁复杂，生活的深处，爱与恨也是如此纠结不休。

《巧克力蛋糕》中的林德祥，年轻时夫妻二人靠自己的奋斗从农村到城市，又努力把孩子送往更大的城市。为了儿子在上海买房，老两口儿省吃俭用，最后把自己住的房子卖了，回到了神仙巷摇摇欲坠的老房子。儿子林栋又为了自己的儿子，打着几份工，就为了自己的儿子能在大城市扎下根……一代又一代人就这样为了尊严，为了下一代，打拼着，努力着。儿子的儿子喜欢巧克力，爸爸的爸爸就想把整个世界都种满巧克力……

《阿数瑟》中两位云南姑娘，同样的选择不同的命运，一个是心力交瘁黯然退场，一个在世俗的眼光里守候生活里的一片安宁……

人性是物性的绽放，人道是天道的赓续。

目前来说，我的文学创作分两条腿走路，一条是如《麦穗》那样的乡土文学，立足于高密西南乡，深藏农村世俗，穿透岁月沧桑；另一条则是定位在高密神仙巷，描摹市井烟火，演绎世间百态。无论是写乡村、写城市，人性表达始终是我笔下刻画的主线，一切都在生活深处、记忆深处，倾听历史的回声，呼唤心灵的共鸣。

这本书里，记录和书写了一个个市井小人物，他们粗鄙、他们狡黠、他们自私；他们善良、他们正直、他们宽容。他们在安静的夜晚，喧嚣的白天，在拥挤的菜市场，在琐细生活的角角落落或哭或笑，或歌或舞。他们有精神的苏醒与彷徨，自我的觉悟与迷顿，生命的挣扎与超越。他们也有自己卑微的骄傲与自尊，有自己的快乐与疼痛。

我为他们哭，为他们笑，为他们给予人世的温暖而温暖，为他们的自责而自责，为他们的忏悔而忏悔。他们就是这样的可怜又可敬，可憎又可爱。而我最终书写他们，是因为我发现，我也具有他们内心的一切不安与怯懦，却没有他们一切的高尚与勇敢。

随着城市的旧城改造，神仙巷已经从高密地理版图上永远地消失了。而我妄想这个系列能让高密神仙巷在人们的记忆中标注下一个微小的符号，当人们读到这本书的时候，还能回忆起神仙巷菜市场那种烟火人间的气息，倘能如此，我心甚慰。